MANCHAS DE TINTA

LUIS ROYO VILLANOVA

POESÍAS A FIN DE CURSO
CANTARES DE *DOS GUITARRAS*
PÁGINAS ARAGONESAS
CUENTOS Y CRÓNICAS
CRÍTICA LITERARIA
NARRACIONES Y
VIAJES DE "*BLANCO Y NEGRO*"

Prólogo de
S. y J. Álvarez Quintero

Homenaje de
Mariano de Cavia

Prólogo del autor,
Luis Royo Villanova

Edición de
Juan Bautista Bergua
Ediciones Ibéricas

Colección La Crítica Literaria
www.LaCriticaLiteraria.com

Copyright del texto: ©2011 Ediciones Ibéricas
Ediciones Ibéricas - Clásicos Bergua - Librería Editorial Bergua
Ediciones Bergua, Madrid (España)

Copyright de esta edición: ©2011 LaCriticaLiteraria.com
Colección La Crítica Literaria
www.LaCriticaLiteraria.com
ISBN: 978-84-7083-198-0

Imagen de la portada: Luis Royo Villanova (1866 - 1900)

Ediciones Ibéricas - LaCriticaLiteraria.com
Calle Ferraz, 26
28008 Madrid
www.EdicionesIbericas.es
www.LaCriticaLiteraria.com

Impreso por LSI (Internacional) y SAFEKAT S.L. (España)

ÍNDICE

DEDICATORIA

A DOÑA ANA BORDELAS Y CALLEN,
VIUDA DE LUIS ROYO VILLANOVA

Treinta y cinco años de viudez, sin viudedad, no han aminorado un ápice la fe que de novia prometiste, de esposa juraste y de viuda guardas con fervorosa lealtad de amor.

Ante ella nos rendimos tremantes de emoción y te rogamos aceptes la dedicatoria de estas páginas, cuya edición es obra del cariño que al entrañable Luis tuvimos siempre, y que, como el tuyo a él y el nuestro a ti, perdurará mientras vivamos.

TUS HERMANOS

Luis Royo Villanova
(24 noviembre 1866 - 1 febrero 1900)

PRÓLOGO DE S. Y J. ÁLVAREZ QUINTERO

Los hermanos Royo Villanova, ilustres y queridos amigos nuestros, han tenido el dichoso acuerdo de reunir en un haz o en un ramo las flores del ingenio de su hermano Luis, muerto en la plenitud de las esperanzas, y que por andar sueltas y desparramadas aquí y allá, si ellos no las juntan y atan con cariñosas manos, corrían el riesgo de perderse. Agradézcanselo, desde luego, los amantes de la gracia culta, del talento juvenil y lozano, de la musa alegre, que alivia el cansancio o la melancolía del lector.

Y con la amabilidad y afecto que nos obligan y nos conmueven a la par, nos han brindado las primeras páginas de este libro para que en ellas ofrendemos unas palabras al infortunado escritor, unido a ellos por todos los vínculos de la verdadera fraternidad. ¿Qué les ha movido a elegirnos, entre tantos como, mejor que nosotros, por razones de naturaleza entre otras, hubieran podido desempeñar este honroso encargo? Sin duda alguna, la consideración de nuestra misma fraternidad, pareja de la de ellos en cuanto al sentimiento, y el saber que entre las cualidades que más estimamos y que nos complace que siempre resplandezca junto al mérito sobresaliente, está la bondad. Y es precisamente la bondad, una bondad clara, honda, comprensiva, la que late en todos los escritos de Royo Villanova, la que aromatiza sus páginas, prestándoles un calor y una simpatía que avaloran en todo caso su limpia forma literaria.

Adviértese ya esta condición del escritor en su primer libro; en esas "Manchas de tinta" lanzadas a la calle a instancias de camaradas y amigos de que él donosamente reniega, y que son como los primeros brotes de su fértil ingenio. Páginas desenfadadas, ingenuas, sin afeite ni retoque alguno; chispeantes "salidas" del humor juvenil, que alegremente pintan y reflejan las tribulaciones, las burlas y los azares y contratiempos estudiantiles; composiciones escritas en una época de la poesía festiva en España, en que la facilidad de la rima venía a ser su mejor y más alabado encanto.

La rica vena de Luis Royo apunta en ellas ya, y luego se manifiesta gallardamente y se agranda y brilla de continuo en sus amenos cuentos, en sus pintorescos artículos de la actualidad, en sus interesantes crónicas de viajes, en sus vigorosos cuadros de costumbres, tocados con verídico y jugoso pincel. La mirada de simpatía que ha atraído hacia sí en estos últimos tiempos la brava tierra de Aragón se debe en gran parte a la obra — no por breve menos intensa — de este singular escritor, que supo verla, sentirla y quererla con alma de artista y de hijo, y que supo también presentarla a la consideración de los demás con las sencillas dotes de su pluma, tan fina, tan culta, tan salada y tan serena e imparcial, que no perdona ni disimula el defecto, sino que lo realza con garbo hasta lograr hacerlo disculpable y gracioso.

Bien se comprende la predilección de Royo Villanova por el delicioso poeta sevillano Baltasar del Alcázar, aquel viejo dotado de la alegría de la inteligencia y del ingenio socarrón, donairoso, archivo de experiencia y monte de sal, sabedor de todo, capaz de las veras como de las burlas, pero más dado a éstas que a las otras; reflexivo y discreto espectador de la vida, sensual y enamorado, sin hiel y sin bilis, que se cortaba siempre la cólera con algún trago de buen vino ¡alto licor celestial!. Necesariamente había de serle muy simpático al agudo mozo aragonés, cuya cultura, nunca ostentada pedantescamente, corre por sus escritos como un aire de distinción; que también contemplaba la vida con ojos risueños, y era capaz de la bondad maliciosa y de la bondadosa malicia, de la picante ingenuidad y de la ingenua picardía; y que cuando salía de ronda con el "cacherulo" a la cabeza solía entreverar una cuerda andaluza en las aragonesas cuerdas de su guitarro. Léase, en prueba de esto que decimos, el entusiástico y cordial panegírico de Alcázar, preciosa gala, por sí solo, de este volumen.

No es aventurada afirmación ésta de que el guitarro de Royo llevaba entre las suyas naturales una cuerda andaluza. Consciente o no de ello su dueño, la llevaba. Habla Luis Royo de la jota; a toda hora la ensalza o la analiza en contraposición de los cantos de la tierra baja, recordándolos siempre, y tal vez lamentando en lo íntimo de su corazón no hallar en la jota la poética sugestión que halla siempre en ellos y que se deleita en señalar. A tal punto llega, vencido de este amor, que una vez exclama: "¿Qué importa que el cantar baturro no sea poético, si es verdadero?" A lo cual hemos de replicarle nosotros, que más de una vez hemos saboreado, hasta dar en las lágrimas, la grave y áspera poesía de la jota: "Justamente, amigo, en lo verdadero del cantar aragonés está la raíz de su poesía."

Efectivamente; Luis Royo Villanova era un buen poeta popular; pero un poeta aragonés... un tanto tocado de andalucismo.

> Te querré hasta que me muera;
> te lo juro por las cruces
> de los hierros de tu reja.

> Quisiera ser, alma mía,
> cuando rezas el rosario,
> cuentecita entre tus dedos,
> y oración entre tus labios.

> Cuando me dijiste "sí"
> de aquel árbol a la sombra,
> ¿por qué no se volvió el árbol
> el cura de la parroquia?

Ni vive el pez sin el agua,
ni el árbol sin la raíz,
ni el pájaro sin el nido,
ni yo sin quererte a ti.

Los paseos que yo he dado
bajo el balcón de mi novia,
puestos uno detrás de otro
llegan desde aquí a la gloria.

¿En qué tierra, en qué corazón han nacido estas coplas? ¿Quién se atreverá a sostener que en Aragón o en Andalucía, aisladamente? Ellas demuestran una vez más esta verdad a que nos hemos referido en varias ocasiones, la verdad de la oculta corriente que une a los dos pueblos, que los hace mirarse y quererse; que engendra en cada uno, superficialmente tan distintos, cantares que se dirían influídos o inspirados por amor del otro.

Y con la copla del Cabezo, cruza
la que nació en cortijo o en dehesa;
y cada pueblo su donaire aguza;
y en este ir y venir que nunca cesa,
la jota de Aragón se hace andaluza,
y la copla andaluza, aragonesa.

¿No será, por ventura, esta innegable compenetración de los espíritus aragoneses y andaluces, expresada por nosotros en los anteriores tercetos, otra de las razones que han movido a los hermanos yo Villanova a solicitar estas líneas nuestras?...

Nuevo testimonio evidente de tal compenetración y afinidad nos lo da su propio hermano Luis en el estudio comparativo de las coplas de las dos regiones. ¡Cómo va de uno a otro cancionero, ligándolos en lo íntimo de su devoción, cuando pretende diferenciarlos y definirlos separadamente!... Sólo da con una diferencia esencial y sin mezcla alguna, al exaltar con todo el brío de su convicción, de su sinceridad y de su sentimiento, la fuerte, la viril, la saludable alegría peculiar de la jota.

* * *

Lo mucho bueno que dió de sí el malogrado ingenio de Luis Royo, bien patente está en este libro; pero ¡con cuán desoladora melancolía no se piensa en lo que pudo dar al correr de los años, al llegar a la cima de su madurez, espíritu tan bien dotado, tan equilibrado y tan sereno, de tan innato buen gusto y señorío!...

Como piadoso homenaje a su buena memoria publican sus hermanos los trabajos aquí coleccionados, dedicándolos, en conmovedoras palabras, a la noble dama que fue en vida su compañera y que, muerto él, no quiso otro amor que el de su recuerdo.

¿Para qué otras flores? ¿Para qué las nuestras?

S. Y J. ÁLVAREZ QUINTERO

HOMENAJE DE MARIANO DE CAVIA
(Periodista importante de la época de la Restauración española)

EL PERENNE ADIÓS

¡Qué mes de enero este del último año del siglo XIX!... Los "hijos del presupuesto" suelen llamarlo el mes de los cuarenta días. A mí me ha parecido que duraba cuarenta meses, y que no iba a concluirse nunca.

Primero, el susto que di a cuantos tienen la bondad, nunca bastante agradecida, de estimar en algo la vida que a uno le concede la alta y suprema misericordia.

En seguida, el inesperado fallecimiento de Eduardo de Palacio, amigo y compañero de tantos años en tantas campañas de la pelea periodística.

Después, el balazo de Blasco Ibáñez, con todas las inquietudes previas y consecutivas que consigo traen el hondo afecto y la sincera admiración.

Luego, la brusca desaparición de Arzubialde, uno de los primeros amigos que tuve en el Ateneo inolvidable de la calle de la Montera desaparición absurda en plena fuerza de vida y de talento.

Ahora, el fin rápido y brutal de Luis Boyo y Villanova, amigo del alma, flor de ingenio sano y lozano, dechado de hidalguía, modelo de cultura y laboriosidad periodísticas; pero no libre de defectos... Era la misma sencillez y la modestia mismas. Y éstas, que proclamamos en "lo ideal" como virtudes exquisitas, suelen ser en "lo real" dos graves faltas.

Aún no hace tres semanas, y en momentos muy abrumadores, Luis Boyo me prodigaba consuelos fraternales y palabras de elevado estimulo. Y ahora yo — que ya me voy considerando como mi propio superviviente — tengo que pagar aquella deuda con el último saludo. No acierto a expresarlo. Para insinuarlo no más, desde el fondo del corazón, y para sobreponerme algún tanto a un abatimiento terrible, estoy haciendo el esfuerzo mayor a que me he sometido desde que empecé a ver mis palabras puestas en letras de molde.

* * *

¡Qué triste y horriblemente ha desaparecido Luis Boyo de la vida!
¡Qué hermosa y gallardamente amaneció su ingenio!...

Todos lo saludamos y acatamos, desde que el fundador de "La Derecha", de Zaragoza, el malogrado Joaquín Gimeno y Vizarra uno de los hombres que más han influído cosí la predicación y el ejemplo en la renovación de la adormecida tierra aragonesa "descubrió" aquel estudiante imberbe que ponía en verso la Universidad de Zaragoza, según la frase de Luis Bonafoux.

De esto hace quince años. Aún no se había dado a conocer Boyo en la prensa madrilena, aún no se había hecho abogado en su pueblo, y ya se le conocía y celebraba en América. El día mismo, el martes pasado, en que sufría la cruel operación quirúrgica a la cual no ha podido sobrevivir, revolvía yo ciertos papeles viejos y olvidados, y entre ellos (¡misteriosos avisos del Acaso!) encontré el artículo, lleno de entusiasmo y buen humor, que dedicó Bonafaux al libro Manchas de tinta en El Español, periódico de intereses antillanos que a la sazón dirigía y hacía por entero el cáustico Ararais.

Releyendo pocas horas ha la exhumada crónica, en compañía de Rubén Darío, decíame el egregio literato americano:

— Siendo yo todavía un mozalbete, uno de los primeros artículos que escribí, con más sinceridad y más fervor, me lo inspiró el libro Manchas de tinta, y se publicó en el diario La Epoca, de Santiago de Chile. Tanto me cautivaron aquel espontáneo gracejo y aquel derroche de poética alegría y juvenil frescura. Andando los años, he venido a la Península, vivo en Madrid... y me he quedado sin tratar personalmente al Luis Boyo de mis mocedades literarias, sin que él, de fijo, haya sabido tampoco de aquella gran simpatía establecida de improviso entre dos muchachos al través de tanto mar y tanta tierra y tantas otras sugestiones dominantes.

* * *

La prensa entera rinde homenaje de justicia al escritor de sólida educación literaria, copiosa vena festiva y extremado tacto en los más peligrosos géneros. Y eso, en medio de tan cumplido tributo, que no es posible decir de él cuánto y todo lo que valía; porque de nadie, como del literato que se entrega por completo al trabajo devorador del periodismo, sin tiempo para dejar herencia más durable, puede repetirse a la hora que lloramos:

La parte principal se voló al cielo...

Una de las notas más dignas de alta y ejemplar recordación en la breve pero brillante carrera de esta personalidad periodística, la encuentro en su paso por la prensa satírica. Sabido es aquello, pues no hay símil más manoseado, del "rayo de sol que atraviesa el cristal, sin romperlo ni mancharlo". En efecto, el cristal no se rompe ni se mancha; pero el rayo de sol se quiebra y se enturbia. El noble y luminoso ingenio de Luis Royo, en sus abundantísimos trabajos periodísticos, pasó al través de las más vidriosas susceptibilidades, sin herirlas ni empañarlas, y sin desviarse él mismo de su honrada rectitud, ni enturbiar su festiva claridad.

* * *

Mucho podría añadir a estos recuerdos, si la tribulación del ánimo lo permitiese; pero ¡si lo poco que voy trazando lo trazo de milagro!

El hombre, a poco que dure y por chico que tenga el corazón, se convierte en un cementerio ambulante. Inscribamos en él un nombre más, y con letras que no se borren nunca.

La vida... La vida...

Creo que es Enrique Heine quien ha dicho de ella que no es, en suma, más que un continuo partir y un perenne adiós.

MARIANO DE CAVIA
2 febrero 1900, ("El Imparcial")

MANCHAS DE TINTA

LUIS ROYO VILLANOVA

PRÓLOGO DEL AUTOR

Una manada de lobos hambrientos es mucho menos temible que una manada de amigos falsos.

De los primeros puede uno defenderse o huir; de los segundos es imposible, porque no aullan ni enseñan los colmillos; por el contrario, le cogen a usted, le abrasan, le aprietan y le acarician de tal modo, que sale de allí como la cera de manos de chiquillo.

Yo he tenido muchos amigos de éstos: vistieron, para engañarme, la piel de amigos verdaderos; fingieron sus voces ingratas el atento dulcísimo de la amistad... y yo me dejé exprimir el corazón hasta que sacaron de él la última gota de cariño.

En pago dé mi lealtad me. juegan hoy la partida más serrana que pudieran jugarme humanos.

Obligarme a que publique este libro.

¿No tengo razón para desesperarme?

¡Oh! sí; dejadme llorar, que motivos tengo.

Ronqué entre ilusiones y me desperezo entre desencantos.

¡No merecen más lágrimas esos seudoamigos!

Bien es cierto que enjugo este llanto con el mismo pañuelo que empleo para limpiarme las narices.

Más a pesar de todo, la impresión ha sido horrible.

Si alguno hace mi historia clínica, podrá decir de mí:

"Pasó las viruelas y ninguna señal le dejaron en el rostro; pasó los desengaños y tuvo picado el corazón para toda su vida."

Hasta el momento presente no sabía yo el mal que podía causar un consejo.

Pero me he convencido ahora de que hay consejos Remington, consejos de nitro-glicerina y consejos de dos filos.

A mí me los han aplicado en píldoras, jarabes, emplastos, emulsiones, grageas, etc.

Mis amigos han puesto en juego toda la terapéutica para meterme en la cabeza lo que en ella no cabe.

La conveniencia de la publicación de este libro.

Y lo que han conseguido es hacerme persona paciente de una enfermedad nueva en la Medicina.

La amigofobia.

Se han apagado en mi alma para siempre los instintos de sociabilidad; en cuanto veo un amigo de ésos, me dan intenciones de cambiarle sus consejos por mordiscos.

¡Ah pérfidos! Habéis sido para mí peores que las sirenas.

Estas engañan con su canto y vosotros me habéis engañado con los míos.

Las sirenas son peces, de la cintura para abajo.

Vosotros sois peces de la cintura para abajo y de la cintura para arriba.

Al tomaros creí que erais buenos — como sucede con las monedas falsas —, pero al usaros he visto no pasabais.

Mejor dicho, ¡yo soy el que no paso!

Siguiendo, quizás, el ejemplo de aquellos famosos perros de Jezabel, me destrozasteis completamente, dejando sólo de mi cuerpo los pies y las manos.

Y el que lea este libro creerá que únicamente los primeros me dejasteis.

Pero ¡en fin! yo os perdono, pues considero que si juntos sois una calamidad, separados sois unos buenos chicos.

Lejos uno de otro, sois bellísimas gotas de agua, pero unidos hacéis un chaparrón.

De modo, que si quiero seguir en buenas relaciones con vosotros, de hoy en adelante habré de adoptar con vuestras amistades el sistema celular.

Cada uno en su celda, independiente y sin comunicación alguna con los otros.

En cuanto os unís dos ¡ya está el jollín armado!

Como al unirse en un vaso de agua los dos papeles de una gaseosa en polvo.

Recuerdo que una tarde, agotando toda clase de argumentos, para seducirme, me decíais, azucarando la frase con cariñosos adjetivos:

— ¡Publica el libro! ¡No seas tonto! ¡Si tú has caído en gracia!

Efectivamente; siento el batacazo.

¡Más me valdría haber calido en un colchón!

* * *

Puesto a divagar, entraré en otro género de consideraciones.

Soy primerizo.

¡Es la primera vez que "doy a luz"!

Mis amigos han sido los profesores de obstetricia.

Y han tenido que emplear el forceps.

Dicho sea en honor de mi ingenio que siempre se resistió a dar naturalmente este fruto.

Si la criatura sale mala, yo no tengo la culpa de ello, y haréis muy mal en reprocharme.

Sobrada pena tiene un padre viendo a su hijo perverso o tonto, para que vayan a echarle encima responsabilidades que no tiene.

Durante el período de gestación he pedido al cielo una cosa.

¡Que mi libro no se pareciese a mí!

¡Ya no he podido hacer más!

La mayor alegría que podéis dar a un individuo es decir de su hijo:

— ¡Es tu vivo retrato!

El mayor goce que me pueden proporcionar es decir de mi libro:

— ¡Parece mentira que sea tuyo!

Desgraciadamente para todos, mi parto no ha sido un parto simple.

He dado a luz varios gemelos.

¡Todos los ejemplares de la tirada!

Y sea por el exceso de producción, sea por las malas cualidades de lo producido, sea por la ferocidad del que produce, es el caso que mis "criaturas" no me inspiran afecto alguno.

Por ahora, desconozco el sentimiento de la paternidad.

Con la crueldad de esos chinos que — según los grabados de la Santa Infancia— exponen a sus hijos en medio de la calle a disposición del primer cerdo que pasa por allí, yo abandono mis libros en la tabla de un escaparate, a disposición del primer tonto que quiera gastarse 2,50 pesetas.

Realmente es una ferocidad eso de vender los hijos.

Desde los primeros tiempos de Roma no se había visto ejemplo igual de la mancipatio

Pero ¡en fin! las almas caritativas, los corazones filantrópicos, a quienes repugne mi proceder, en vez de vituperarme, que adopten esos hijos que yo emancipo, pues en caso contrario, me veré en la durísima necesidad de ponerlos en el torno de la Inclusa.

Y sabido es que la Inclusa de los libros es el almacén de las librerías.

Suplico un favor a los compradores de estos ejemplares recién nacidos.

Que si les ocurre la idea de llevarlos a cristianar, le digan al cura que cargue un poquito la mano en lo de la sal, que buena falta les hace.

* * *

Hablando formalmente:

Las conveniencias sociales exigían que yo publicase este libro.

Quizás fuese yo el único español cuyo nombre no figuraba al frente de ninguna obra impresa.

Así como los portugueses tienen la monomanía de los apellidos, nosotros tenemos la neurosis de las letras de molde.

El español que no es "autor" de alguna cosa, hace un mal papel en la sociedad.

Por supuesto, aquí llamamos "autor" a todo bicho viviente.

Lo mismo al que escribe una obra que al que comete un asesinato.

En honor de la Guardia civil debemos confesar que abundan más los primeros que los segundos.

Pero volvamos a los libros.

Hoy por hoy, presentarse en el mundo sin el libro correspondiente, es salir a la calle sin sombrero.

Por eso yo, que pienso echarme a la sociedad de un momento a otro, antes de ir a casa del sastre a tomarme medida de levita inglesa, he ido a casa del impresor a tomarme medida de libro.

El vicio de imprimir se va haciendo más perjudicial que los del tabaco y de la bebida.

El Estado, si ha de poner remedio a estos abusos, tendrá que clasificar a la Literatura en el ramo de Rentas Estancadas o exigir, para el ingreso en la carrera literaria, los correspondientes ejercicios de oposición.

En este último caso, disminuiría muchísimo el número de escritores.

¡A cuántos de éstos conozco yo que llevaron calabaza en la última convocatoria para sobrestantes!

Aun podría aplicarse otro remedio más eficaz.

El que empleó Floridablanca para expulsar a los jesuítas.

En un día y a una hora determinada, salieron éstos del territorio español, llevándose únicamente los breviarios.

Pues exactamente lo mismo.

A una señal de corneta habían de salir para el extranjero todos esos escritores, llevando bajo el brazo cada individuo su obra correspondiente.

Mientras esto no se haga, nadie tiene derecho a culparme por la publicación de éste libro.

Obligado por los falsos amigos e incitado por los malos ejemplos, echo sobre la literatura estas "manchas de tinta".

Arrastrado por los ciclones literarios y huracanes poéticos que corren hoy día, navegaré inconsciente y agarrado a mi libro por los aires de la publicidad, bien así como Paolo abrazado a su Francesco recorre vertiginosamente los círculos del infierno, merced al impulso horrible de aquellos huracanes violentísimos que de una manera tan magistral describe el Dante.

Conste, pues, que me ha cogido la inundación y soy arrastrado por la corriente.

Estoy con el agua al cuello.

Mis cantos son, cantos rodados.

LUIS ROYO VILLANOVA

POESÍAS "A FIN DE CURSO"

I. REPRIMENDA

*A mi queridísimo amigo el joven poeta y estudiante
Luis Mora Rovira.*

Sermón cuasi espeluznante
que doña Consuelo Greñas
dirige de mal talante
a un hijo suyo, estudiante
por más señas.

Ven aquí, condenado,
acércate a mi lado...
No tengas miedo, no, que no te pego;
voy a echarte un responso simplemente
— los palos vendrán luego
Irremisiblemente —.

¿Por qué no has ido a clase esta mañana?
Vamos a ver, responde.
¿No te ha dado la gana?
Pues ¿dónde has ido?, ¿dónde?
Al café o al billar, ¿verdad, hijo mío?
Pues no tengas cuidado,
no quedará esto así, yo te lo fío;
le diré a tu papá lo que ha pasado
y entonces, gran bribón, no tendrás frío.
Yo le diré además que te rebelas
y le diré que fumas,
y le diré también que lees novelas
de Paul de Kock y de Alejandro Dumas,
y le diré, por fin, que eres un pez...
¡A ver si te revienta de una vez!

¿Qué has hecho del dinero
que te di para el día de mi santo?
¿Que te has comprado, dices, un sombrero?
Eres un embustero,
un sombrero no puede costar tanto...
¡¡Si te di cuatrocientos veinte reales
justitos y cabales!!
Pero ¿qué has hecho?, ¡infame!, ¡desdichado!
¿Dónde están el reloj y la cadena?
¿Que los has empeñado?
Pues la hemos hecho buena...
¿Presumes que tu padre, gran indino,
se encuentra por las calles el dinero
o que sale al camino

lo mismo que si fuera un bandolero?
Pues si tal has pensado,
estás completamente equivocado.
    A tu padre le cuesta su trabajo
el dinero que gana honradamente
y trabaja a destajo
para labrarte un porvenir decente...
    ¡Ah!, si tú no existieras en el mundo
él no trabajaría ni un segundo,
porque, sin ti, podríamos los dos
vívir en paz de Dios...

    Sí, tu padre es aquí el caballo blanco
que te llena de plata los bolsillos
para que tú te marches al estanco
y compres a millares los pitillos;
y al café vayas luego,
y a las casas de juego,
y si la mala suerte te precisa
empeñas aunque sea la camisa...
    Anda, bribón, tunante,
que el demonio te aguante,
porque ya estoy de ti hasta las narices...
Pero ¿qué es lo que dices?
¿Que no te importa nada? ¡Gran pillete!
me gusta la franqueza...
¿Quieres ver cómo cojo un taburete
y te abro la cabeza?

    No quiero incomodarme,
nada he de conseguir con enfadarme;
con que ¡no reces!, haz
el favor de tener la fiesta en paz.
    Yo contaré a tu padre lo que he visto
y se arma en casa la de Dios es Cristo.

    Tu padre viene ya;
¡anda y entiéndete con tu papá!...

    (Entra el marido de pronto,
coge al chico por el brazo
y le pega un garrotazo
que le deja medio tonto.)

II. DECÍAMOS AYER...

Al aventajado escolar, poeta y músico, mi rubusto
amigo Mariano Baselga.

*Pistonuda explicación
de un gran profesor de Historia,
modelo de aplicación,
que se aprende la lección
de memoria.*

Vamos, tomen asiento
y ¡todo el mundo atento!
Dispénsenme si vengo con la capa,
pero la mañanita está tan fría
que si uno se destapa
coge una pulmonía; y aborrezco la
toga, pues la toga
no aprieta, pero ahoga.
Hecha esta aclaración,
sin perder tiempo, voy
a explicar la lección
de la mañana de hoy.
Trata la leccioncilla
de don Pedro primero de Castilla,
y ¡no hay duda, señores! un reinado
que tan diversamente se ha juzgado
tiene que ser, y es,
de especial interés.

Pero usted ¡aquel chico!
¿quiere usted atender a lo que explico?
Usted a broma lo toma,
¡pues no lo tome a broma!
que lo voy a poner en un aprieto,
¡haga usted el favor de estarse quieto!

Continuando en seguida
la historia interrumpida
primero he de decir — si he de ser fiel —
que a don Pedro primero
llámanle unos autores el *Cruel*
y otros el *Justiciero*.
Así subdivididos los partidos
estarán divididos
hasta que la moderna y sabia crítica,
cuya fuerza analítica
es, por decirlo así,

un fino bisturí
que atraviesa y descubre el organismo
de los seres creados
y penetra, valiente, en el abismo
de los hechos pasados
de su última palabra en el asunto;
¡fíjense ustedes bien en este punto!

Pero hombre, ese estudiante del rincón
va a ser mi perdición.
¡Cállese usted si puede!
¿Cuántas veces le he dicho que no enrede?

María de Padilla,
una de las mujeres más hermosas
del reino de Castilla,
sostuvo relaciones amorosas
con el joven monarca castellano
que era un hombre de fibra....
como aquel soberano
entran pocos en libra.

Y ahora ¿por qué se ríen? ¿por qué es eso?
Yo voy a cometer algún exceso.
Vamos, basta de risa
y a ver si se está en clase como en misa.

El pérfido monarca
dejaba tras de sí sangrienta marca,
terrible senda, vergonzoso rastro,
huellas de liviandad y corrupción
pruebas palpables son
doña Juana de Castro
y luego doña Blanca de Borbón,
víctimas infelices
de don Pedro primero,
cuyos muchos deslices,
cuyo carácter fiero
y bárbaras pasiones
le llevaron, en muchas ocasiones,
y en casos bien distintos,
a hacer de las mujeres
instrumento fatal de sus instintos.

¡Oh! rey cruel no esperes
que el libro de la Historia
consagre ni una línea a tu memoria;
no esperes, como digo,
que la crítica apruebe tus maldades
y éste será el castigo
de tus atrocidades.
¡Un rey que no respeta al sexo bello!
¡Un rey que no respeta a la mujer!
¿qué ha de ser rey aquello?
Ni fue ni pudo ser.

Hágame usted el favor
de cerrar esa puerta;
al entrar, un señor
se la ha dejado abierta
y este viento colado
nos puede producir un constipado.

Poco tiempo después
Pedro el *Ceremonioso,*
monarca aragonés,
de genio belicoso,
a nuestro Pedro declaró la guerra
lo mismo por el mar que por la tierra.
En esta lucha, que duró diez años
y tres o cuatro meses,
sufrió el *Cruel* algunos desengaños
y no pocos reveses.
Debemos advertir que su rival
también lo pasó mal,
y, aunque esta afirmación
es, a primera vista, algo imprudente,
sin embargo, mirada la cuestión
más detenidamente,
esto es muy razonable,
pues la guerra se hacía
de un modo lamentable...
¡es claro! todavía
desconocíase la artillería,
y, armados de metal hasta los dientes,
en las luchas aquéllas, brazo a brazo,
los pobres combatientes

se rajaban a limpio cintarazo.
Consecuencia final
de guerra tan bestial.
No había vencedores ni vencidos,
sino muertos y heridos.

¿Por qué se mueve usted? ¡Vaya un exceso!
¿Que quiere usted salirse? ¿Para qué?

No, no lo explique más si es para eso,
¡salga usted!, ¡salga usted!

Explicarles no quiero,
pues no hay necesidad de que lo explique,
el combate cruel, terrible y fiero
de don Pedro primero
con su hermano bastardo, don Enrique.

Pues señor, está visto
que no he de continuar.
¡Por los clavos de Cristo!
¿se quiere usted callar?
Y ésta no es la primera;
es ya la cuarta vez que le amonesto.
¡Si el santo Job viniera
no aguantaba un minuto en este puesto!
Y no hay humana forma
de hacer callar a semejante chico...
Hombre, venga usted aquí a la plataforma
y a ver si explica usted lo que yo explico,
¡No sea usted adusto!
y siga usted explicando, vamos, siga
yo escucharé con gusto
todos los disparates que usted diga...
¿Qué es eso? ¿Llora usted? ¡No es para tanto!
Parece usted un niño de la escuela.
¡Chiquillo! aquí no aguanto
tan estúpido llanto:
¡Llórele usted a su abuela!

Con esta interrupción
perdí la explicación.
Vamos, no la recuerdo, ya no sé

ni en dónde me quedé.
¡Veamos si recuerda mi memoria
la interrumpida historia!

Buscando algún apoyo en otra tierra
don Enrique el *Bastardo* encontró al fin
un aliado de guerra
en Beltrán Duguesclín;
y don Pedro primero,
al ver comprometida su arrogancia,
escapó de Castilla muy ligero
con dirección a Francia,
donde el Príncipe Negro
le estaba — según dicen — esperando...
¿Qué es eso? ¡Dan la hora! Pues me alegro,
que ya me iba cansando.
Mañana explicaré si tengo gana;
¡la misma lección de hoy para mañana!

(Al salir le dice cada
muchacho a su camarada
muy bajito y mano a mano
¿Verdad que no sabe nada
don Fulano?)

III. FALTA COLECTIVA

*A mi inseparable compañero de estudios, letras y
fatigas, el ingenioso escritor Manuel Pineda.*

Arenga grandilocuente
que un escolar influyente
dirige a ciento cincuenta
con el fin de "hacer pimienta".
—como dicen vulgarmente—

Queridos compañeros,
honra futura del hispano foro,
donde habéis de brillar como luceros,
oídme... ¡yo os lo imploro!
Dejad que el día pase
sin que entremos a clase;
dejad que el profesor llore o se ría
por encontrar la clase abandonada
y tengamos un día
la dulce ocupación de no hacer nada.
Pensad que lo que os pido
no es ningún disparate; si esto fuera
no me hubiera ocurrido,
¡de ninguna manera!
pero a la vista salta
que es muy justa la falta.
Tenéis la obligación, si sois corteses,
de hacer lo que yo quiero.
¿Ignorabais que hoy cumple cinco meses
la chica del portero?
Ya veis, pues, que el motivo
no puede ser más justo ni más santo;
de la falta nos llama el atractivo;
¡faltemos por lo tanto!
pero no lo toméis con esa calma
porque, amigos del alma,
si queréis vacaciones
habéis de aprovechar las ocasiones.
No ataquéis mi discurso
con esas tonterías
de que se acaba el curso
y que es malo faltar en estos días;
ni al faltar me propaso
ni ninguno que falta se propasa
porque, en último caso,
el que quiera estudiar que estudie en casa.
Quien entre hoy a las clases

¡con franqueza lo digo!
merece ser tildado con las frases
de "cobarde", "simplón" y "mal amigo",
y desde luego advierto
que, si de aquí entra alguno,
puede darse por muerto
el grandísimo tuno,
pues juro que a golpazos
he de hacerle pedazos.

    Y no penséis que a nuestros profesores
les importa gran cosa ¡no, señores!
porque ni son tan buenos
ni son tan puritanos
y, el que más y el que menos,
nos mira tan serenos
y se lava las manos
o parece — si endilga algún sermón —
que nos da la razón.

    Siempre me están llenando de amenazas
y de vanas promesas.
de darme calabazas.
pero yo ¡ni por ésas!
porque de todos modos
siempre digo y repito
que, aunque faltemos todos,
no les importa un pito.

    Reíd de las medidas ejemplares
y de la disciplina
que hay en estos lugares
— según rancia doctrina —.

    Expulsiones sin cuento,
consejos, expedientes, zarandajas...
pero pasa el momento
y todo queda en agua de cerrajas.

    Ya veis que es racional mi buen deseo
y la razón es obvia;
vamos, pues, a paseo
y aquel que tenga novia a ver la novia.

    Despreciando remotas calabazas
marche en tropel la alegre estudiantina;
recorramos las calles y las plazas
y armemos un belén en cada esquina;
vayamos al mercado

en pos de lo ignorado,
que allí están las criadas retrecheras
cuyos ojos al sol rinden de hinojos
y algunas cocineras
que guisan la comida con los ojos;
pasemos la mañana en estos trotes
y, si encontramos huecos los bolsillos,
¡vendamos en seguida estos librotes
para comprar pitillos!
Empuñe nuestra mano
la alegre cervatana
    Manchas de tinta
y no quede esta tarde cristal sano
en ninguna ventana.
Cantemos por la calle algo bonito
y, llevando el compás de las canciones,
digamos, sin cesar, a voz en grito:
¡Vivan las vacaciones!

      (Cuando el examen llegó,
    al estudiante que habló
    con tanta verbosidad
    ¡infeliz! no le salvó
    ni la "Paz y Caridad".)

IV. POR LA SEÑAL, DE LA SANTA CRUZ...

A mi hermano Ricardito, médico en cierne

Oración sencilla y pura
de un infeliz estudiante
que hacerse cura procura
y que, por fin, se hará cura
Dios mediante.

¡Oh! Dios de las alturas,
¡oh! Dios glorificado,
Dios de las criaturas,
dueño y señor de todo lo creado,
escucha nada más por un instante
la plegaria de un mísero estudiante.

Yo confieso mi culpa, Dios clemente,
yo fui desaplicado, lo confieso;
por eso aquí me postro humildemente,
nada más que por eso.
Sacadme de mi apuro
y seré, Dios querido,
el mejor estudiante, yo os lo juro,
del mundo conocido.
Compadécete ¡oh Dios! de mis desvelos...
"Padre nuestro que estáis allá en los cielos."

Una lección me sé, nada más una
entre todo el programa, ¡ya ve usted!
¡Dios mío, si tuviera la fortuna
de sacar la lección que yo me sé!
Un suspenso, señor, es horroroso,
un suspenso me aterra...
"Creo en Dios padre todopoderoso
y criador del cielo y de la tierra..."

¡Piedad! ¡piedad para este desdichado!
Vuestra clemencia invoco...
¡Aunque no sea más que un aprobado!
Ya veis que me contento con bien poco.
¡Perdón para el mortal que en vos confía!
no labréis mi desgracia...
"Dios te salve, María,
llena eres de gracia..."

Mirad que el caso es grave,
que ya pasa de broma
y que si me suspenden y lo sabe
mi padre, me desloma,
o se me come frito,
¡no sabe usted lo que es mi *papaíto!*
Sólo con vuestra ayuda se podrá
evitar tal discordia:
"Dios te salve, Señora, reina y madre de misericordia..."

¡Oh! Dios omnipotente,
concededme en seguida lo que os pido
y oirás, ¡oh señor!, constantemente
la oración de un mortal agradecido.
Los beneficios vuestros
yo pagaré rezando letanías...
(Ahora tres Padrenuestros
y tres Avemarias)

V. A MI CATEDRÁTICO

Dedicada al joven orador, mi querido condiscípulo Eduardo Ibarra

Tengo el gusto de copiar
la carta que un escolar
dirige a su profesor,
pidiéndole por favor
que le deje examinar.

Yo soy un estudiante de Medicina,
tengo veintitrés años y soy de Pina,
llevo buena conducta, me llaman Pablo,
tengo dos hermanitos que son el diablo
y, aunque parezco un pobre con esta ropa,
tengo en casa un sombrero de los de copa.
Mi papá es, al presente, tratante en vinos
y antes fue comerciante de ultramarinos;
yo represento dramas de mi cosecha
y gasto cazadoras con manga estrecha;
llevo barba cerrada, fumo en boquilla
y hasta me pongo guantes de cabritilla;
me gustan las muchachas y a veces suelo
ponerme agua de rosas en el pañuelo.

Usted no me conoce, mas no es extraño,
porque no voy a clase desde hace un año
y le escribo esta carta precisamente
porque sé que es con todos muy complaciente
y en cuanto yo le entere de lo ocurrido
me borrará las faltas que he cometido.
El caso es que hace tiempo murió mi abuela
— no sé si le mandaron a usted esquela —
y entre lutos, entierros y funerales,
herencias y otras cosas accidentales
se pasaban los días sin saber cómo
y yo no me acordaba ni por asomo
de las continuas faltas que me ponía
mi profesor querido de Anatomía.
Y teniendo noticia de la indulgencia
y, en fin, de las bondades de Su Excelencia...
— No tome usted a broma mi tratamiento,
que un hombre de su ciencia, de su talento,
y que ya lleva fama de publicista,
debe tener más cruces que yo en la lista —.
Espero, pues, que en gracia de mi infortunio
permitirá mi examen para este junio...

¡Verá usted mi talento! ¡Soy un estuche!
¡Se va usted a quedar bizco cuando me escuche!
Que aunque no abro los libros, ¡como los coja
y me ponga a estudiarlos hoja por hoja,
en diez días y aún antes — si usted me apura —
me meto en la cabeza la asignatura!

Por supuesto, yo creo que el no ir a clase,
aunque siempre es delito, tiene *su pase,*
y, por ejemplo, un chico que estudia en casa,
aunque no asista a clase no se propasa,
que muchas veces uno, por mil razones,
¡vamos!, no tiene ganas de explicaciones.

No es menester atarnos la cuerda corta
y, señor, sobre todo, ¿qué es lo que importa
que yo vaya a la clase o esté en la cama
si al acabar el curso me sé el programa?

Yo tengo compañeros de estos puntuales
que usted, al verlos tan quietos y tan formales,
se figura que atienden a lo que explica
y piensan en los ojos de alguna chica.

Hay otros que bostezan, y otros malditos
que se leen los diarios a pedacitos,
y si usted al hablar tiene su muletilla
y hay algún estudiante que se la pilla,
ése no hará otra cosa mientras la clase
que ver si usted repite la misma frase.

Fabricantes de barcos y cucuruchos
y pájaras que vuelan..., ¡de ésos hay muchos!,
y otros que hablan de novias, cantan a coro
y sacan los relojes porque son de oro.

Otro que tiene un ceño muy antipático
y hace caricaturas del catedrático
y dos que van juntitos continuamente
y se ríen de todo bicho viviente,
y se ponen arriba, por los rincones,
y se las echan *ellos* de muy guasones;
se ríen sin motivo y hablan de ustedes
y se llevan el yeso de las paredes,
y si alguno se queda medio dormido
van y le meten pajas por el oído.

Si el profesor pregunta, se arma la gorda;
la mitad de la gente se hace la sorda;
uno da por excusa que ayer no estaba;

otro, que no sabía *lo que se daba;*
otro dice llorando que está indispuesto;
otro, que no hay de venta libros de texto;
otro, que tiene un tío que está muy grave...,
y si alguno asegura que *se la sabe,*
verá usted al muchacho — si se destapa —
que lleva el libro abierto bajo la capa,
o si no sus amigos más allegados
le apuntan que es un gusto por todos lados,
y a veces, por reírse con sus dislates,
no apuntan otra cosa que disparates.

En fin, que no merezco ningún regaño
por no haber ido a clase desde hace un año
y usted debe quedarme reconocido,
pues merezco las gracias por no haber ido.
Y termino mi carta, ¡que era ya hora!;
dele usted expresiones a la señora,
besos a aquellas niñas tan vivarachas
— hágalos extensivos a las muchachas —,
contésteme muy pronto por el correo,
hágalo a la medida de mi deseo
y aquí se halla pendiente de su respuesta
su servidor y amigo.

PABLO DE CUESTA

VI. COMO ÉSTE HAY MUCHOS...

A mi estimadísimo compañero de Redacción, el hábil periodista con visos de estudiante, Enrique Lozano

Monólogo estudiantil.
La escena es un cuchitril
ni modesto ni elegante
y el actor un estudiante
de "primero de Civil".

Mañana me examino;
no hay remedio mañana;
maldigo mi destino
y mi suerte liviana.
   Yo no sé una palabra de Derecho,
¡nada absolutamente!,
y como a mí me claven, hago un hecho,
porque yo soy capaz, en mi despecho,
de matar a más gente
que ha nacido en el mundo
desde los tiempos de don Juan Segundo.
   (¡Qué bien vistos que son
estos rasgos, así, de erudición!)

   Pues sí, como decía,
yo no he mirado un libro todavía.
Allí, en aquel rincón,
los tengo en confusión, y aún falta alguno.
¡Ya ve usted si hay montón!
Pues no he mirado ni uno.
Y éste de la cubierta colorada
lo tiene usted entero y verdadero
lo mismo que lo trajo la criada
de casa del librero...
No puedo ver un libro ni pintado,
un libro me da horror
y me pone angustiado
y me pone furioso, sí, señor.
Vamos, yo los detesto,
y los detesto más si son *de texto.*

   ¿Y cómo voy a hacer,
¡oh Virgen soberana!,
para poder saber
el Derecho civil hasta mañana?
No sé cómo nos vamos a arreglar
porque, aunque haga un derroche,

yo no puedo estudiar
toda la asignatura en una noche.
Lo que es yo, lo confieso,
no tengo inteligencia para eso.

Hombre, los que me dan cien mil patadas
son esos amiguitos
que vienen con sus manos muy lavadas
a darnos consejitos,
según ellos, muy buenos
para que en el examen
estemos muy serenos,
y contestemos bien y nos proclamen
los muchachos mejores
de la Universidad, siendo los peores;
consejos ya muy viejos,
que son una *camama*.
¡Mucho me importarían los consejos
si me supiera bien todo el programa!
Y siendo, como soy,
un solemne ignorante
¿con que me aprenda los consejos, voy
a salir adelante?

Pues si esto no es así, señores míos,
¿a qué vienen aquí con esos líos?
De buena gana, si pudiera ser,
les daría algo más que mis desprecios,
porque es cosa que yo no puedo ver
a los hombres tan necios...

Uno de éstos me dijo ayer mañana:
—Ya sé que tú no sabes, buen Luisito,
pero estudia de gana,
y te digo y repito
que tú puedes sacar *sobresaliente*
porque te queda el tiempo suficiente
para coger los libros y estudiarlos,
y luego repasarlos
y, en fin, para enterarte del asunto
y saberte el programa sin un punto.
¡Si sería cernícalo el gachó!
Lo que le dije yo:
—Pero, buen hombre, usted ¿qué se figura
que es una asignatura?

Mas estoy observando
que, entre divagaciones,
el tiempo va pasando,
conque ¡a paseo mando
mis consideraciones!
Vaya, Luis, no charlemos,
cojamos un librote y estudiemos,
porque yo creo que,
con la ayuda de Dios,
perfectísimamente aprenderé
una lección o dos.

Abriré por en medio mi programa y
no me iré a la cama
hasta haber estudiado y aprendido
lo que me haya salido;
y, aunque yo me desmoche,
soy capaz de estudiar toda la noche,
y cuando entre la luz por el balcón
saberme, no tan sólo una lección,
sino dos y hasta tres; y de este modo
ya lo tengo hecho todo,
porque si en el examen
me salen las tres ¡oh!
puede ser que me llamen
y me den una nota de *mistó;*
y si llego a pescar
siquiera un *aprobado,*
todo lo puedo dar
por muy bien empleado.

Conque, Luis, basta ya de reflexiones
y vamos a estudiar las tres lecciones.
El programa abriremos, ¡ésto es!
¿A ver cuál me ha salido...?
¡Lección cincuenta y tres!
Estudiemos ahora el contenido.
Pero sepamos antes de qué trata,
¡no metamos la pata!
— *Legislación foral aragonesa* —
— *Concepto del sujeto del Derecho.* —
— *Qué es la capacidad y cuándo cesa.* —
— *Razón y consecuencias de este hecho.* —

— Idea general
de esta legislación
que se llama foral.
— El Derecho foral en Aragón.

(Y así pasó la noche el estudiante
con el libro delante,
y estudiando de gana
hasta que el sol entró por la ventana.)

(El día fatal llegó;
el chico se examinó,
deliberó el tribunal,
y al cabo, le suspendió,
como era muy natural.)

VII. EN CAPILLA

Al poeta de los muertos, mi constante vecino en las cátedras y amigo de siempre, Luis Ram de Viu

Aunque el cuadro os espante,
pintaré de un brochazo
la atroz y espeluznante
vida de un estudiante
en el octavo mes de su embarazo[1].

I

Las puertas están cerradas
y están las calles desiertas;
el chuzo del vigilante
da golpes en las aceras,
son las casas y los árboles
borrones y manchas negras,
y allá en las altas regiones,
por encima de las tejas,
el astro descolorido
sigue su curva carrera,
tardo, perezoso y lento,
como un proyectil sin fuerza.
Cuando todo el mundo duerme
nada más justo que duerma
Perico, el pobre estudiante
de Filosofía y Letras,
hurón de las librerías,
rata de las bibliotecas,
hormiga de los estantes,
pulgón de las almonedas,
polilla de pergaminos
y *bacillo* de obras nuevas.
    Siempre a los libros pegado,
como las hojas de menta,
tiene en su casa más tomos
que pelos en la cabeza;
nunca persiguió otros fines
que el *fin* de lo que leyera,
y opina que no hubo mundo
mientras no existió la imprenta.

---

[1] El mes de mayo, porque el curso empieza en octubre.

Durmiendo está el buen Perico,
mas no duerme a pierna suelta,
o así, al menos, lo denuncian
su agitación manifiesta,
sus entrecortadas frases,
sus vueltas y sus revueltas
que a los hierros de la cama
hacen prorrumpir en quejas.

Si es que sueña, cosa horrible
debe de ser lo que sueña,
pues, con los puños cerrados,
cama y tabiques golpea
mientras crujen del humilde
jergón las panojas secas
y caen al suelo las ropas,
más que rasgadas, deshechas,
y bailan dando chirridos
del pobre lecho las ruedas.

Por fin, la atroz pesadilla
huye, y el joven despierta
haciendo al aire preguntas
a que el aire no contesta,
y entonces, presa del miedo
y de grande inquietud presa,
frota en la pared un fósforo
para encender una vela;
con movimientos febriles
la cálida sien aprieta,
se limpia el sudor del rostro,
los párpados se restriega,
da un bostezo, se incorpora,
más tarde se despereza
y dice, cogiendo un libro
que tiene a la cabecera:
— Si fuesen verdad los sueños
qué desgraciada existencia
tan horrible ha sido el mío
que aún su recuerdo me aterra;
soñé que me examinaba,
y que saqué tres boletas,
y que me hacían preguntas,
y que no daba respuestas,
y que estaba medio tonto,

sin frases y sin ideas,
y que hubiera dado un mundo
por poder salirme fuera.
Soñé que los profesores
reían de mi torpeza,
burlándose de mi facha
y haciendo a mi dolor muecas;
que escuchaban mis suspiros
entre escarnios y entre befas
y acogían mis sollozos
con carcajadas homéricas;
que pasó la risa y me
pusieron de vuelta y media,
llenándome de improperios,
injurias y desvergüenzas
y que, inquieto y azorado,
les dije al fin con sorpresa:
"Yo soy el que estoy en brasas
y ustedes los que se queman."
Vi entonces brotar mil rayos
de las pupilas aquéllas;
togas, tinteros y plumas
volaron hasta las tejas,
salió de cada birrete
una calabaza inmensa
y, como lenguas de fuego,
vinieron a mi cabeza;
mis ojos entristecidos
lloraban lágrimas negras
que caían hacia el suelo
formando en el suelo letras
y éstas, luego, un "reprobado"
que tenía vara y media...
   Esta fue mi pesadilla
y pienso que tal vez sea
un aviso que me manda
la Divina Providencia;
¡le agradezco la intención,
porque debió de ser buena,
pero que para otra vez
me avise de otra manera!
   En fin, repasemos algo
de Literatura griega...

¡Aquí...! Donde dice: "Homero
como autor de la *Odisea.*"

II

—Las once de la mañana
dan en la vecina iglesia,
aún no me he desayunado
ni pienso en ello siguiera,
pues no ha de haber un instante
que aprovechado no sea
en favor de las lecciones
de "Literatura griega".
En calzoncillos estudio
la historia de los poetas;
dispénsenme, si les falto,
los ingenios de la Grecia,
¡ya me vestiré del todo
cuando repase las hembras!
Pero en fuerza de estudiar
y de estudiar a la fuerza,
no veo tres en un burro,
el texto distingo apenas
y parece, cuando leo,
que estoy chupando las letras.
Mas ¿qué importa? Usaré lentes
que hagan menor mi ceguera
y si, al fin, la miopía
viene ¡bien venida sea!
por el saber a que aspiro
tendré con gusto esa pena,
pues si se acorta mi vista
se alarga mi inteligencia.
La pesadilla de anoche
me ha puesto de tal manera
que, por si pequé, ya he hecho
propósito de la enmienda.
y juramento de no
salir de esta madriguera
hasta que de aquí me saquen
para el examen de prueba.
Y, entretanto, hojas tras hojas,
pliegos tras pliegos, etcétera,

yo devoraré los libros
y me atracaré de entregas
y los cuadernos de apuntes
rellenarán mi cabeza.

Si pasé noches en vilo
pasaré noches en vela
y he de estudiar a destajo,
con frenesí, con fiereza;
tengo sed de lo que ignoro,
tengo nostalgia de ciencia,
y hambre de conocimientos
y ansiedad de ser "lumbrera".

Gracias a los malos ratos
que me dan estas tareas,
en menos de una semana
he aprendido a la letra
la historia fiel y precisa
de los ingenios de Atenas.
Esquilo, Platón, Hesiodo,
Dionisio Periegéneta,
Mosco, Tirteo, Luciano,
y Parthenio de Nicea,
Plauto, Menandro, Terencio,
Sófocles, Bión, etcétera...,
son todos amigos míos
y les trato con franqueza,
pues sé su vida y milagros
como el que mejor los sepa.

Yo seguiré sin cansarme
la dura, emprendida senda,
que si está llena de abrojos
conduce a mansiones bellas;
y, al terminar la jornada,
espero con la fe ciega
del cristiano más sencillo,
tener mi casa repleta
de laureles y coronas,
premios y otras menudencias;
contar los "sobresalientes"
por millares de docenas,
las medallas por quintales
y los diplomas por resmas...

¿Qué dice usted? ¡Ah! Ya entiendo...
¡qué está la sopa en la mesa!
Pues que coman sin cuidado
y que no me esperen, ¡ea!
la sopa es incompatible
con la cultura de Grecia.
Yo no almuerzo, yo no como
ni ceno hasta que Dios quiera.
Con que, ¡hágame usted el grande
favor de tomar soleta!
y hasta que no me examine
no vuelva usted a abrir la puerta.

III

Los rayos de un sol poniente,
haciendo alardes de fuerza,
traspasan los emplomados
cristales de una vidriera;
por las calles ya no blancas
cruzan sombras aún no negras,
las golondrinas oscuras
parecen almas en pena;
los campanarios, fantasmas,
y los árboles, siluetas;
apágase poco a poco
en plazas y callejuelas
el ruido de los que charlan,
gritan, corren o pasean;
los activos faroleros
que luciérnagas semejan
acércanse a las farolas
para encender esas mechas
que están en luz y en altura
más bajas que las estrellas...
Y allá, en un segundo piso,
detrás de aquella vidriera,
prosigue el buen estudiante
de Filosofía y Letras
arrastrando sobre el libro
las narices y las cejas.
No se da cuenta de nada,
ni siquiera se da cuenta

de que la luz se ha marchado
con el sol, que es quien la lleva.
El sigue pegado al texto
como un *cliché* de madera
y estudia, cual si el estudio,
en él fuese penitencia;
pero ya raya en exceso
la endemoniada tarea.
porque, al fin, si es meritoria,
más que meritoria es terca.

  Perico sigue leyendo,
pero lo hace a duras penas,
pues la oscuridad es grande
y ¡hace imposible que lea;
mas, a fuerza de testarudo,
obstáculos no le arredran
y estudia hasta que, por fin,
la oscuridad es completa.

  Cerró entonces la ventana,
encendió luego una vela
y dijo en amargo tono
cuando acabó de encenderla:

  — Pues, señor, estos quehaceres
todo el tiempo se me llevan;
si es verdad que el tiempo es oro,
soy modelo de largueza,
pues derrocho el tiempo en cosas
que no son de mi incumbencia.
¡Nada!, de hoy en adelante
no cerraré las vidrieras,
ni encenderé las bujías,
ni me arreglaré la mesa,
ni cepillaré mi ropa,
¡para eso están las domésticas!
Yo a estudiar, a estudiar siempre,
mientras mis pupilas vean,
y haya en mi ser un cerebro
y haya en mi cerebro fuerzas;
hasta que la sangre cese
de correr por mis arterias
y mi pecho no respire
ni mi corazón se mueva...

  Pero poco después de

dichas las palabras éstas,
a pesar de sus propósitos
y de sus galanas cuentas,
durmióse Perico sin
apercibirse siquiera;
que es tan flaca y miserable
la humana naturaleza
que todos en ella mandan
menos aquel que la lleva.
　　　Rendido el pobre estudiante
dormía sobre la mesa,
como si fuesen los libros
de literatura griega,
triple esencia de beleño
o extracto de adormideras,
y daba al aire ronquidos
de tal timbre y de tal fuerza
que una señora vecina
le dijo a la cocinera:
　　　— Chica, mira a ver si llueve,
porque parece que truena.

　　　(Se examinó Perico al mes siguiente
sacando, ¡es natural!, "sobresaliente";
mas luego al pobre chico
en cama le postró grave dolencia
y se murió, por fin, el buen Perico
de un empacho de ciencia.)

VIII. MISTERIOS DEL BUZÓN

Al recentísimo abogado y poeta aragonés, mi simpático
amigo Emilio Alfaro y Malumbres

Documento bien extraño
carta en que pinta su daño,
y su rabia y su despecho,
un alumno del cuarto año
de Derecho.

Zaragoza, y a diez del mes de junio.
Mi querido papá:
Rendido y agobiado de infortunio
mi corazón está.

Tengo ya unas ojeras que dan miedo,
y, con este dolor que a mi alma abruma,
yo no sé cómo puedo
ni sostener la pluma.

Sin dormir ni un minuto
he pasado seguida una semana,
estudiando en los libros como un bruto
tarde, noche y mañana.

Y cuando yo pensaba
que iba a sacar *notable* por lo menos,
y cuando yo, infeliz, me figuraba
que era mi profesor de aquellos buenos
que hacen justicia y que, por consiguiente,
siempre me dan a mí "sobresaliente",
me he llevado el petardo más gigante
que se puede llevar un estudiante.

Cada vez que lo pienso
no sé lo que me pasa...
¡Si me han dado un suspenso
más grande que una casa...!

¡Si viera usted, papá, lo que lloraba
al ver mi remalísima fortuna...!
Y eso que de tres clases que llevaba
he salido suspenso sólo en una.
(Verdad que en las demás éste es el día
que no me he presentado todavía.)

Pero el caso es que estoy desesperado
y que estoy medio loco
y que, papá, si no me he suicidado
le ha faltado muy poco,
porque si no me agarran con presteza
de aquí, del pantalón,
me arrojo de cabeza

desde la barandilla de un balcón.
    Pero esto así no queda; vaya, vaya,
de ninguna manera, lo aseguro,
porque esto, padre, pasa de la raya
y de castaño oscuro.
    Lo que conmigo han hecho
ha sido una injusticia, sí, señor
¡suspenderme en Derecho!,
¡donde iba yo mejor...!
Esto son ganas, ya, de fastidiarme,
y esos señores, ¿qué?,
¿creen que voy a aguantarme?
Pues no me aguantaré...
    Y es que se creen, papá, que estoy en Babia,
y el tonto de la clase me hacen ser...
No sé por qué me tienen una rabia
que no me pueden ver...
    Yo les aguanto mucho, pero tanto,
¡vamos, que no lo aguanto!,
y pues que quieren, ¡sea!,
¡fuera va el disimulo!
al primer catedrático que vea
lo cojo y lo estrangulo;
que ya me importa un pito,
lo digo y lo repito,
de toda la carrera
entera y verdadera.

    A un chico como yo, tan aplicado;
a un chico como yo, tan estudioso,
¡no darle ni siquiera un aprobado!,
padre, eso es horroroso;
y en este mismo instante
salgo, cojo el sombrero,
y me encamino a paso de gigante
a la calle del Pez, veinte, tercero,
donde vive lo mismo que un señor
mi *querido* y *amado* profesor;
y allí le pediré satisfacciones
de la mala partida que me ha hecho,
y como sus razones
no me dejen del todo satisfecho...
la emprendo a puñetazos

hasta que ya no pueda con los brazos;
y después de ponerlo como un higo
saldré de aquella casa,
me iré, en seguida, en busca de un amigo
que sabe lo que pasa
(y a quien también por no sé qué locuras
lo han suspendido en dos asignaturas),
nos unimos y luego,
sin perder un minuto,
les prenderemos fuego
a la Universidad y al Instituto.
Y ¡vaya si lo haremos!
Nada, que me enfurezcan y veremos...

Con que, adiós, papá mío,
que se cuide usted mucho
y muchas expresiones a mi tío
y a mi prima y al *chucho*.
Todo lo que usted quiera a mi mamá,
ruegue usted a Dios que cambie mi destino,
y sabe cuánto le ama, buen papá,
su hijito que le adora, SATURNINO.
Post Data: Mándeme cincuenta duros,
pues con estos exámenes
he tenido, papá, muchos apuros
y he tenido vejámenes,
apuros y vejámenes que me han
obligado a coger mi buen gabán,
y un par de tenedores, y un anillo,
y un reloj de bolsillo,
y una silla de paja,
y un sombrero de copa con su caja.
y un pantalón rayado...
y así, como entre sueños,
todo me lo he llevado
a la casa de empeños.
Necesito mil reales,
mándemelos justitos y cabales.

Contestación del papá:
Teruel, doce. Hijo querido,
tu carta recibí ya
y mucho me ha sorprendido,

¡la verdad!
El suspenso que te han dado
ha sido, es cierto, un mal lance
que me tiene trastornado...
vamos, que me ha impresionado
tu percance.
Pero lo que yo no admito
es que quieras engañarme,
porque, lo digo y repito,
yo no tengo de bendito
ni un adarme.
Y dudo mucho que puedas
darme un mico, Saturnino,
que aunque tú eres muy *endino*,
yo no comulgo con ruedas
de molino.
Con que ¡fuera tonterías!
No me vengas con folias...
Si te han dado mala nota
será porque no sabrías
una jota.
¿Que maldices de tu suerte?
¿Que casi te has suicidado?
Sería cosa de verte...
Anda, hombre, date la muerte
sin cuidado.
Cuando ésta recibas, sales,
coges un par de puñales,
y mátate en un segundo,
que ¡para lo que tú vales
en el mundo!
Hombre, lo que me ha hecho gracia
es tu post data sabrosa.
¡Dinero! ¡Cosa horrorosa!
¿Quién se acuerda en su desgracia
de tal cosa?
Y me dices muy formal
que estás de fondos muy mal
y que ponga yo el remedio.
Pues yo no te envío un real,
no, ni medio.
Y además, hermoso, quiero
que a Teruel vengas porque

quiero hacerte... alpargatero;
y si no tienes dinero
     vente a pie.
    Un capital me has gastado,
pero ¡hasta aquí hemos llegado!
Lo dicho, desde mañana
puedes decir que has colgado
     la sotana.
    Este es, aunque no te cuadre,
mi plan, mi sencillo plan.
Expresiones de tu madre
y hasta la vista. Tu padre,
     Sebastián.

IX. ¡SUSPENSO!

*Al distinguido alumno de Derecho, fogoso orador
y amigo mío, Angel Acosta*

Drama cuya burda trama
ha tenido el infortunio.
Según es pública fama,
sólo se pone este drama
para junio.

ACTO PRIMERO

(ANTES DEL EXAMEN)

Estoy inquieto, desesperado,
no hay mal tan grande como mi mal,
todas las voces que oigo a mi lado,
voces las creo del tribunal.

Triste me dejan los sinsabores
y es horrorosa mi situación;
¡si se fijaran los profesores,
me aprobarían por compasión!

Pero no aguardo tanta ventura,
¡qué he de aguardarla!, ¡pobre de mí!
Precisamente se me figura
que yo no salgo vivo de aquí.

Sólo lo siento por mis parientes
que me pondrían de oro y azul.
¡Pues ya lo creo! Son unas gentes
que no me llaman más que gandul.

Si Dios me ayuda saldré del paso...
¡Yo te lo pido, supremo Juez!,
y te prometo, si me haces caso,
que he de enmendarme para otra vez.

Si tú me ayudas, no hay quien me tosa;
mas de otro modo, ¿qué he de hacer yo,
si no sabía más que una cosa
y hasta esa cosa se me olvidó?

Hace tres noches que no he dormido,
¡tres noches justas!; pero a pesar
de mis vigilias, ¡ay!, no he tenido
tiempo siquiera para empezar.

Fatales horas las que he pasado,
días horribles los de este mes.
¡Y para postres un reprobado
que abulte él solo por dos o tres!

Este es el premio que a mí me espera

tras unos días a cuyo fin
me estoy quedando como si fuera
la hoja delgada de un espadín

Pero ¡qué diablos!, como no quiero
que se lastime mi juventud,
¡afuera libros!, porque primero
que los estudios, es mi salud.

Ya no consiento que me reprendan
profesorcillos de relumbrón.
Si me suspenden, ¡que me suspendan!
¡Dios les aumente la vocación!...

Pero ¿qué escucho?... ¡ya estoy alerta!...
Es que han llamado... ¡ya va el bedel!...
¡Dios de los cielos!... ¡Estoy en puerta!
¡Se ha evaporado toda mi hiel!

¡Ya se me acercan los compañeros!;
¡será prudente disimular!
¿Que están muy fieros? ¡Pues que estén fieros!
¡A mí por fuerza me han de aprobar!

Traigo al dedillo la asignatura...
¡La campanilla!... (Cielos, ¡qué oí!;
lo dicho, dicho, se me figura
que yo no salgo vivo de aquí.)

ACTO II

(EN EL EXAMEN)

—Saque usted tres boletas
y a ver si dice usted, señor Fulano,
tres lecciones completas
de Derecho Romano...
¡Dése prisa, por Dios!... Causa usted enojos
con tanto revolver... ¡Basta de enredos!
— (Si tuviera los ojos
donde tengo las yemas de los dedos!)
— Lección cuarenta y ocho es la que toca,
Con que ¡a ver si echa usted por esa boca!
— (La suerte me ha dejado patitieso,
¡yo estoy frito!, ¡yo sudo!)
— Pero vamos, ¡qué es eso!,
¿se ha quedado usted mudo?
— (¡Ni San Lorenzo asado en la parrilla

sufrió lo que yo sufro esta mañana!)

— ¡No arranque usted las pajas de la silla,
si le da a usted la gana!

— (Miraré con cuidado
si el programa que tengo está ilustrado.)

— Lo que hace usted me escama;
¡déjeme usted un rato su programa!

— Aquí lo tiene usted; ¡hay hojas rotas!

— ¡Pero éste es un programa de solfeo!

— ¡No, señor!

— ¡Como veo
que está lleno de *notas!*

— (Pues señor, ¡juraríaque
se está divirtiendo a costa mía!)

— Me sorprende bastante
verle tan displicente
en tan supremo instante,
porque precisamente
esta misma lección que usted ha sacado
la pregunté yo en clase el mes pasado....
¡vaya!, y recuerdo yo
que usted la contestó.

— (Porque detrás estaba
uno que me apuntaba.)

— ¡Vamos a ver si aquí tiene más tino!
¿qué sabe usted de Ulpiano,
de Gayo y Modestino,
de Paulo y Justiniano?

— Hombre, pues no sé nada;
me mandaron un parte a la llegada,
mas no sé ni siquiera dónde viven;
¡deben de estar muy bien cuando no escriben!

— ¡Fuera guasas!, ¡mal rayo!,
¡diga usted en seguida quién fue Gayo!

— Algún gallo sería
(con la pronunciación de Andalucía).
De Modestino sé que era moreno,
que fue un jurisconsulto de regalo,
¡en fin!, que Modestino era muy bueno.
¡Mi destino es el malo!

— Es usted un mozalbete
que en todo ha de meter la cucharada;
¡salga usted, so pillete!,

y no le tiro a usted con el birrete
porque no pesa nada.

ACTO III

(DESPUÉS DEL EXAMEN)

— ¿Ya has salido?
— ¡Ya he salido!
— ¿Y qué tal has contestado?
— ¡Compañeros, me he lucido!
El tribunal se ha quedado
poco menos que aturdido.

No sé de dónde saqué
todo lo que dije allí,
pero de seguro sé
que no hay estudiante que
pueda compararse a mí.

Yo creo como un axioma
que me alumbró en mi quebranto
el Padre Santo de Roma
¡o el mismo Espíritu Santo
en figura de paloma!

¡Qué soltura en el hablar!,
¡qué elocuencia!, ¡qué calor!,
¡qué manera de pensar!;
he dejado a Castelar
inferior, ¡muy inferior!

No creáis que desvarío,
porque llamen a quien llamen
— y en esto les desafío —
no han de presenciar examen
igual que el examen mío.

Y no es que yo sepa, ¡no!;
pero, chicos, como yo
tengo esta facilidad
hago un discurso en un momento
si hay necesidad.

Yo no estaba preparado,
pero les he contestado
de tal modo a las lecciones,
que al acabar se han quedado
como quien mira visiones.

Espero con fundamento
que con un "sobresaliente"
pagarán mi lucimiento
y querrán que me contente,
¡pero yo no me contento!

   ¡Un sobresaliente!, ¡horror!
Para otros tendrá valor,
mas para mí es baladí,
¡y si no hay nota mejor
que la inventen para mí!

   Como yo sé lo que valgo,
quiero que mi genio irradie;
de mi ciencia me prevalgo
y exijo que me den algo
que no le hayan dado a nadie.

   Mas cortemos esta escena,
pues no merece la pena
que hable yo, y de todos modos
acepto la enhorabuena
tan cordial, que me dais todos...

   ¡El bedel! ¡Suerte cruel!
¡Suspenso!, ¡qué decepción!
Oiga usted, señor bedel,
yo no acepto este papel
¡es una equivocación!

APOTEOSIS FINAL

   Salen los estudiantes y, una vez fuera,
empiezan a echar pestes de la carrera:
   — ¡Son nuestros profesores unos indinos!,
¡nos están engañando como a unos chinos!
¡Suspender a Fulano! Nada, señores,
¡si le tienen envidia los profesores!

TELÓN

X. ¡QUE SEA ENHORABUENA!

A mi amigo de la infancia, el joven poeta y periodista
Rafael Lucas Martínez

Estas quintillas he hecho
después de ver tu brillante
licenciatura en Derecho.
Léelas en un instante
y ¡que te hagan buen provecho!

Con alegría he sabido
que te has hecho licenciado
tras un examen lucido
que todos han admirado
y hasta dicen que aplaudido.

En medio de mi placer
yo me asusto al comprender
lo mucho que el tiempo vuela.
¡Si parece que era ayer
cuando íbamos a la escuela!

Aun me duele el coscorrón
que aquel bruto de maestro
me pegó en cierta ocasión
por no darle la lección
lo mismo que el Padrenuestro.

Por un ligero descuido
me echó el sermón consabido
y trajo cola el reproche,
pues me quedé un mes seguido
hasta las diez de la noche.

Otra vez le hice cosquillas
— con un espejo en la luz —
y él, sin andarse en chiquillas,
me hizo poner de rodillas
y con los brazos en cruz.

Pero, chico, si pudiera
volver a tiempos tan buenos
de buena gana volviera,
¡porque entonces, cuando menos,
íbamos con la niñera!

¿No te acuerdas de Cristino?
Aquel chico de la Habana
que el primer día que vino
fue y se comió el pergamino
de la Doctrina cristiana.

¡Y Juan el de los apodos!
Aquel que de malos modos

te quitó unas aleluyas
cuando sabíamos todos
que eran tuyas y muy tuyas.

    Pues no hablemos de su hermano.
¡Aquel sí que hacía trampas!
Era un pérfido, un villano...
que se mojaba la mano
para volver las estampas.

    Mas olvido el tiempo aquél,
pues no quiero, Rafael,
que te me muestres adusto
y digas que tengo el gusto
de recordarte el cartel.

    Tú eres hoy un mozalbete
— dicho sea con perdón —
que al cumplir los diecisiete
se encuentra en disposición
de establecer su bufete.

    Y ante tu celebridad
no me extraña que se emboben.
¡Si eres en la actualidad
el abogado más joven
de toda la cristiandad!

    Dentro de poco harán ruido
tu apellido conocido
y tu acreditada toga
— que tu toga estará en boga
lo mismo que tu apellido —.

    Siempre serás el más fuerte;
nadie podrá hacerte el buh,
y habrá quien haga una muerte
sólo por tener la suerte
de que lo defiendas tú.

    Si eres fiscal, ¡voto a tal!,
verás que todas las veces
que vayas al tribunal,
aunque haya doscientos jueces
siempre mandará el fiscal.

    ¿Que quieres ser juez? Pues vete,
que aunque la carrera es mala,
a los seis años o siete
presidirás una Sala
— y tal vez un Gabinete —.

Tú te harás rico y así
irás siempre por ahí
de veinte mil alfileres,
y habrá cientos de mujeres
locas, perdidas por ti.
   Sé de muchas chicas que
te harán pedazos a abrazos
— ¡te lo juro por mi fe! —
y después las chicas se
morirán por tus pedazos.
   Y habrá en ambos hemisferios
reprensiones, y pelucas,
y palizas, y adulterios,
y divorcios, y tiberios,
¡y todo por el buen Lucas!
   En fin, serás un segundo
Boccacio, tan tremebundo
que siempre te abrirás paso.
¡No, lo que es yo no me caso
mientras tú estés en el mundo!
   Y adios, chico. Sentiría
que tomases esto a broma,
porque es una profecía
que se cumplirá, si el *coma*
no nos mata el mejor día.

DE MONOS

Exhalando un suspiro y otro suspiro
veo que ya no quieres hacerme caso,
y que bajas los ojos cuando te miro
y que vuelves la cara cuando yo paso.

Tus ojos, que al más triste dan alegría,
son para mí dos soles que ya se apagan,
y al mirar tu entrecejo, querida mía,
parece que te deben y no te pagan.

Quiero que lo comprendas; razón no tienes
para hacerme desprecios de ese tamaño
considera que matas con tus desdenes
al que no te hizo nunca maldito el daño.

Pero no romperemos las amistades
aunque esquives tus ojos de mis miradas,
¡al contrario!, me alegro de que te enfades,
¡porque estás tan bonita cuando te enfadas!

Si oro son tus sonrisas, aún son mejores
que tus sonrisas dulces tus menosprecios;
si gozoso me muero por tus favores,
me muero con más gusto por tus desprecios.

Con tus provocaciones me vuelves loco
y pienso, si es tu boca quien me provoca,
que el oro de cien minas sería poco
para pagar desprecios que da tu boca.

No esperes verme dócil ni arrodillado
por ver si al sosegarte de mí te apiadas,
ni pretendas que llore viendo tu enfado,
¡porque estás tan bonita cuando te enfadas!

Cuanto más te incomodes y te acibares
mayor será el encanto que me transmitas,
porque sois las mujeres como los mares
¡cuanto más irritadas, más rebonitas!

Quiero ver en tus ojos huellas de agravios;
quiero ver en tus labios huellas de enojos;
¡y verás qué bonitos están tus labios!,
¡y verás qué bonitos están tus ojos!

Quiero que con tus rayos, ¡rayos benditos!,
a un tiempo me asesines y me subyugues,
y si el alma me arrugas con tus deditos,
estará muy contenta de que la arrugues.

Me gustan tus enfados más que tus risas;
emplea, pues, conmigo los malos tratos.
¿Mi corazón no guardas? Pues bien, lo pisas
con los lindos tacones de tus zapatos.

Y si es que has pretendido buscar un arte
para echarme con cajas muy destempladas,
de poco te ha servido lo de enfadarte
¡porque aún estás más linda cuando te enfadas!

A UN EX AMIGO

*(Veinticuatro horas después
de estrenar una chistera
que parecía un ciprés.)*

Ayer te vi, buen Pascual,
con tu sombrero hechicero.
¡Pues no ibas poco formal!
Pero chico, ¡que sombrero
            tan bestial!
    Te saludé finamente
y despúes de mi saludo
me miraste frente a frente
y permaneciste mudo
            totalmente.
    No quiero tratos contigo
ni que nuestra amistad siga,
porque eres un mal amigo.
¡Qué! ¿Te enfada que lo diga?
        Pues lo digo.
    Dime, ¿está bien, so tronera,
que no saludes a quien
te ama con el alma entera?
Pues no está bien, ni siquiera
        medio bien.
    Y, aunque a mí tus necedades,
chico, me importan un cero,
al romper las amistades
voy a cantar las verdades
        del barquero.
    Tu sombrero está ya usado
y está pálido y cetrino.
¿Dices que es recién comprado?
Pues hijo, ¡te han engañado
        como a un chino!
    El es, o al menos ha sido,
— si no en su fondo, en la forma —
protestante decidido;
quiero decir, que ha sufrido
        la reforma.

Vamos, tu sombrero es fiero,
no hay más que verle la pinta,
y ¡qué cinta!, un metro entero...
Tu sombrero es un sombrero
que "está en cinta".
¿Y tus amigos? ¡Qué tropa!
¡Buena te pondrán la ropa!
Ese sombrero, dirán,
es de copa, sí, de copa...
de champán.

Todo esto es la verdad pura,
conque, amiguito, procura
buscar pronto la manera
de arrojar a la basura
tu chistera.

O, si no, coge el sombrero
y vete de una corrida
a decirle al sombrerero
que te devuelva en seguida
tu dinero.

Y, si de hoy en adelante,
no te enmiendas lo bastante
— Pascual, ¡tenlo muy presente! —
serás la irrisión constante
de la gente.

Con que, adiós, que ya te dejo;
sigue, pues, mi fiel consejo
¡ponte un hongo!, ¡ponte un hongo!
¡Ya yes, yo, que soy más viejo,
me lo pongo!

SERENATA

Abrigando el intento
   de dar al viento
el amoroso acento
   de su canción,
aquí está el que delira
   si en ti se mira,
llevando para lira
   su corazón.
Rubia de mis amores,
   flor de las flores,
quiero que te cerciores
   de mi querer,
y al mirarme de hinojos
   ve, sin sonrojos,
lo que pueden los ojos
   de una mujer.
No hablaré de mujeres,
   si eso prefieres,
¡ya sé de cierto que eres
   un querubín
que desde el alto cielo
   tendió su vuelo
para hacer de este suelo
   lindo jardín!
Quiero verte enterada
   de que no hay nada
igual que una mirada
   de esas que das;
y que por ellas diera,
   si yo pudiera,
mi vida, toda entera
   y algunas más.
Todo el que te divisa
   corre de prisa
para ver la sonrisa
   que empleas tu
con todos tus señores
   adoradores,

dados por tus primores
a Belcebú.
¡Por favor te lo pido!
Dime al oído
si soy el preferido
de entre esos cien
para enviarte un beso,
si es verdad eso,
pues labrará el suceso
mi eterno Edén.
Tal vez, ídolo hermoso,
viendo lo que oso,
me llames ambicioso
¡nunca lo fuí!
Yo soy un desgraciado
y enamorado
que, si vive a tu lado,
muere sin ti.
Yo soy la golondrina
que en ti adivina
la mansión peregrina
donde parar,
y se halla en un apuro
terrible y duro,
pues sabe de seguro
que va a estorbar.
Un corazón mendigo
que busca abrigo
y, soñando contigo,
vino hasta aquí;
un pecho que sin calma
busca la palma,
¡el cadáver de un alma
muerta por ti!
Yo soy un pobre loco
que siempre invoco
tu nombre para foco
de mi canción;
soy quien canta y delira
si en ti se mira,
llevando para lira
mi corazón.

MONOMANÍA

No ha cumplido quince abriles
el albañil Cosme Gil
y es ya, más que un albañil,
un modelo de albañiles.
　　Sus manos son un primor,
su aptitud es singular;
es un muchacho sin par,
¡no hay un albañil mejor!
　　Es siempre el niño mimado,
tiene padrinos de sobra,
¡en cuanto empieza una obra
ya está Cosme contratado!
　　Trabaja como una fiera,
nunca se vio en un apuro,
lo mismo fabrica un muro
que levanta una escalera.
　　Si hubiera veinte como él,
con su arrojo y su denuedo,
levantaban en un credo
otra torre de Babel.
　　El, sin andarse en pelillos,
construye, amasa y fabrica:
¡yo creo que domestica
las tejas y los ladrillos!
　　Toma en el andamio asiento
y está curado de espanto,
pues el peligro es su encanto
y el andamio es su elemento.
　　El lo hace todo, y no es chanza,
sin que nadie se lo explique,
y ¡hasta levanta un tabique
en la punta de una lanza!
　　Siempre triunfó si se puso,
y, si alguna vez se prueba,
dejará la Torre Nueva
derechita como un huso.

Por su arte se despepita
y, si ve una huerta abierta,
embaldosará la huerta
para que esté más bonita.

En resumen, Cosme Gil
es albañil de cartel
y no se halla otro como él
ni buscado con candil.

Pero, hablando francamente,
aunque es activo y es recto,
tiene un pequeño defecto,
que es el defecto siguiente:

Pasa unos días muy malos
si gasta un dedal de cal,
y no pasa del dedal
aunque lo emprendan a palos.

La considera un tesoro,
¡yo no sé qué se figura!
la trata con más finura
que si fuera polvo de oro.

Y lleva la economía
a un punto tan extremado
que a todo el mundo ha chocado
su extraña monomanía.

Unos dicen que son miedos
del pobre joven, el cual
no quiere gastar la cal
por no mancharse los dedos.

Otros dicen. Es un loco
y de loco es su manía.
Otros. No lo es todavía,
pero le falta muy poco.

Y entre semejante tropa
uno grita: Acerté yo;
¡lo que hay es que el chico no
quiere mancharse lo ropa!

Y abundan los dicharachos,
y crecen las discusiones,
y muchachos y peones
y peones y muchachos

disputan sobre aquel punto
y hablan a diestro y siniestro
hasta que al fin el maestro

interviene en el asunto.

    — ¡Cosme!

        — ¡Señor!

— ¡Ven aquí!

— ¿Qué quiere usted?

— ¡Me das ira!

    — ¿Por qué razón?

— Hombre, ¡mira
lo que me han dicho de ti!,
con que ¡a enmendarse!

— ¡Qué porra!
¡yo no he faltado!

— Sí tal;
¿por qué no gasta más cal?

    — ¡Porque soy de Calahorra!

PENSAMIENTOS Y COPLAS

Antes de nacer te quise;
y es que naciste mucho antes
en el fondo de mi alma
que en el seno de tu madre.

Dos cielos son tus ojos, sí, dos cielos
no lo niegues, chiquilla, no lo niegues;
soy más alto que tú, mucho más alto,
y levanto los ojos para verte.

Me voy hacia la feria,
niña del alma,
a comprar otros ojos
para tu cara;
porque es un gasto
que esos tuyos los lleves
para diario.

Ante su rubia cabeza
me paro, la miro y pienso
que tiene una mina de oro
en la raíz del cabello.

Yo dudo cuando te miro,
con el vestidito azul,
si es que tú vas como el cielo
o el cielo va como tú.

Yo no sé si tú tienes
un alma sólo,
o si tienes un alma
por cada ojo,
o si te pasa
que para cada ojo
tienes dos almas.

Un angelito del cielo
ayer del cielo bajó
a decirme que tu cara
se parece a la de Dios.

Las mujeres y las frutas
se parecen en extremo
pocas tienen corazón,
pero muchas tienen hueso.

En el balcón te vi y desde aquel día,
eterna ocupación de mi memoria,
pienso que tus balcones, alma mía,
son el escaparate de la gloria.

Cieguecita se ha quedado
la niña de mi querer,
que Dios la quitó los ojos
para ponérselos él.

Te tengo tanto cariño,
y es mi cariño tan grande,
que te diera, niña, un beso
con la boca de mi madre.

No me extraña que estés ciega,
porque tus ojos de cielo
no están hechos para ver,
sino para ver en ellos.

Dime, por qué llevas, niña,
ese pañuelo en la cara.
¿Es que te duelen las muela?
o es que estás así más guapa?

Si quieres que yo te pinte
la grandeza de mi amor,
pídele a Dios que me ponga
la boca en el corazón.

Un perro chico y un pan
le di ayer a un pobre ciego,
y ¡es natural!, me quede
sin el pan y sin el perro.

El reloj de aquella torre
tiene unas cosas bien raras.
¿Por qué, cuando da la media,
no da media campanada?

Vive muy tranquilo el sol
y la luna tiene cuernos;
hombre, ¡qué cosas tan raras
que suceden en el cielo!

Le pedí a usted dos pesetas
y no quiso darme nada.
Ay, padre, ¡es usted más duro
que veinte reales en plata!

Si en el corazón guardaste
el pelo que te di yo,
es muy natural que tengas
pelos en el corazón.

AUTOBIOGRAFÍA

Aunque andéis por sus cuatro costados
entera la Europa
de acá para allí,
no hallaréis entre mil desgraciados
ninguno que pueda
compararse a mí.
Ni el más necio conmigo se iguala,
pues todos me miran
con cierto desdén
porque tengo una sombra tan mala
que ningún asunto
me ha salido bien.
Yo nací en una noche sombría
que echaba en la alcoba
su negro capuz.
— ¡Y fijaos en la anomalía
de que, estando a oscuras,
me *dieron a luz!*
Aún el alma se asusta y consterna
pensando en la hazaña
de aquel comadrón,
que por poco me corta una pierna
creyendo, sin duda,
cortar el cordón.
Bien atado, con blanca envoltura,
llegué a la sagrada
pila bautismal,
y *durmióse en la suerte* el tal cura,
pues me dió una buena
ducha natural.
Por mis labios pasaron en masa
nodrizas a cientos
y amas en montón,
pero, al fin, sin saberlo en mi casa
tuve que arreglarme
con un biberón.

Pero estuvo mi vida en un brete,
    quedando flacucho
    de manera tal,
que, más tarde, al llegar al destete
    parecía un ángel...
    por lo espiritual.
En la escuela fuí un chico aplicado
    que, al pie de la letra,
    sabía el cartel;
mas, si alguno jugaba a mi lado,
    yo siempre pagaba
    los juegos de aquél.
Una tarde al subir a la acera
    por ir descuidado
    de bruces caí.
¡Si mi gorra no tiene visera
    me rompo el bautismo
    del golpe que dí!
Por delitos que no cometía
    papeles de multas
    pagaba a granel,
y eran tantos los pliegos, que un día
    forré mi despacho
    ¡y aún sobró papel!
Siempre atado llevaba el cogote,
    y, si mi memoria
    no recuerda mal,
"Consistorio" me dieron por mote
    al ver en mi cuerpo
    tanto *cardenal.*
Del colegio pasé al Instituto,
    donde ni los gatos
    me podían ver;
y, aunque siempre estudié como un bruto,
    con mucho trabajo
    salí bachiller.
(Es verdad que ni untaba al portero,
    ni me daba pisto
    ni era adulador,
ni soltaba jamás el dinero
    cuando eran los días
    de algún profesor.)

Me chiflé de una rubia hechicera
        que al Dios de los cielos
        le dice de tú,
mas la chica mi amor exaspera
        con cada desprecio
        que vale un Perú.
Y aunque loco en amores me abraso
        y es verdad que muero,
        también es verdad
que ella sigue no haciéndome caso
        ni una vez tan sólo
        por casualidad.
Hace días que, al ver mis dolores,
        pensando en ganancias
        al juego me fuí,
pero en juegos, igual que en amores,
        si lo puse todo,
        todo lo perdí.
Yo hago rimas, sonetos y endechas,
        mas... dada mi sombra,
        ¿qué ha de suceder?
Como nada me sale a derechas,
        mis versos dan ganas
        de echar a correr.
Con fervor a la Virgen le pido
        que me enseña un hombre
        cual yo, pero ¡ca!,
ni jamás en el mundo lo ha habido,
        ni lo hay al presente
        ni nunca lo habrá.
Pero, en fin, que se dé por llamado
        todo el que no tenga
        la misma opinión,
y, si prueba que es más desgraciado,
        se pondrá en mi sitio
        — previa oposición —.

LOS TERREMOTOS[2]

Dolorosa y terrible es la catástrofe,
rota y deshecha gime Andalucía,
y al contemplar en la infeliz comarca
llanto y desolación, lutos y ruinas,
el corazón se encoge temeroso,
escapa de los labios la sonrisa,
lloran los ojos lágrimas de pena,
suspira el pecho, el alma se contrista
y suben hacia Dios mil oraciones
ardientes, fervorosas y sencillas.
Pero abriendo un paréntesis ligero
en la triste amargura de estos días,
y pues que aun los asuntos más formales
tienen su lado frágil en la vida,
ya me darán ustedes su permiso
para que aquí debajo les transcriba
la carta que me envía de Granada
un amigo andaluz de mucha chispa.
　　Granada, veintitrés del mes de enero.
Amiguito del alma
Luego hará un mes entero
que huyó de nuestros ánimos la calma
al mirar estos campos tan preciosos
con temblores nerviosos
y este suelo que un día fue bonito
y hoy padece del baile de San Vito.
Yo siento la desgracia como todos;
amargo es mi dolor;
pero de todos modos
procuro conservar mi buen humor.
¿No sería muy tonto
que empezase a llorar, aquí, de pronto?
Mas, volviendo a mi cuento,
te diré que hace un mes próximamente
se observa en la ciudad gran movimiento
(aunque no comercial, precisamente);

---

[2] Composición leída en la función que los estudiantes de Zaragoza dieron en el teatro de Goya a beneficio de las víctimas andaluzas, el 26 de enero de 1885.

que los obreros dejan sus oficios
y corren en confusa caravana;
que hay espantosa huelga de edificios,
y que mi casa eché por la ventana
(a ruegos de un alcalde muy atento,
que me hizo abandonarla en el momento).
Lo que decía un punto el otro día
viendo estas construcciones tan endebles
"Desengáñese usted, en Andalucía
ya no hay bienes inmuebles."
(Toma nota del hecho
tú que eres estudiante de Derecho.)
    Dando traspiés marchamos
todos los granadinos;
no quiere decir esto que salgamos
de una tienda de vinos.
pero ¡vamos! cualquiera
que de pronto nos viera
pensaría que todos
estábamos beodos.
    Si por la calle va cualquier sujeto
piensa en su última hora,
porque a todos nos cae algún objeto
(como en las rifas estas que hay ahora).
    Hace unos cuantos días un marido
sorprendió a su mujer con un amante,
y éste, medio aturdido,
al vérselo delante,
en vez de resistirse en son de guerra
se limitó a decir: "Abrete, tierra."
La tierra obedeció,
y vino el terremoto y los tragó.
(Con este terrorífico argumento
está escribiendo un drama
un chico de talento
que se llama... no sé cómo se llama.)
    Un pueblo de aquí al lado
ha desaparecido
toda la policía lo ha buscado,
pero no ha sido habido.
    Un madero cayóle a un caballero
encima de la calva.
¿Quieres creer que se rompió el madero

y quedó la cabeza sana y salva?
    En fin, han ocurrido cosas buenas,
magníficas escenas
que harían esta carta interminable
y dejo en el tintero.
Por lo mismo que tú eres muy amable
yo no quiero abusar, vamos, no quiero
meter aquí la pata.
Sólo diré por vía de *postdata*
que algunos ingenieros (cuatro o cinco),
el terremoto estudian con ahinco.
No sé si encontrarán estos señores
el modo de acabar con los temblores;
discurren muchos medios
y tienen preparados mil remedios,
pero tal vez les pase
(y esto es lo que yo noto)
que les dé el terremoto
y caigan los remedios por su base.
    Para impedir que el mundo se nos tuerza
propone un genio opaco
las camisas de fuerza
y que aprieten la faja del Zodiaco.
    Otro sabio en agraz
un remedio inventó muy eficaz
    Poner la ciudad llena de
los fósforos estos de Cascante
la tierra se los traga y, al instante,
¡es claro!, se envenena.
Tanto este buen señor
como el otro anterior,
afirman que se debe
de buscar al autor de estos temblores,
porque aquí hay un autor o más autores.
¡Lo que es la tierra sola no se mueve!
A seguir no me atrevo;
se ha volcado el tintero y se me ha roto.
¡Me he puesto como nuevo!
¡Maldito terremoto!
Adiós, pásalo bien.
Tuyo siempre,

                                        SENÉN.

Esta es la carta que hoy he recibido;
olvidaos ahora de estas líneas
para pensar tan sólo en la desgracia
grande, profunda, dolorosa, íntima
que aflige a esa comarca, hoy moribunda
y ayer ebria de luz, llena de vida.
Dirigid la mirada cariñosa,
tended allá la mano compasiva,
prestad dulce consuelo y firme apoyo
a aquellos infelices, pobres víctimas
que arrastran su existencia de peligros
sobre montones de oscilantes ruinas,
con el cuerpo enterrado en los escombros,
con el alma enterrada en las desdichas.
Mandadles, pero pronto, sí, muy pronto,
que corre mucha prisa, mucha prisa
el pedazo de pan que os sobra a todos
y aquellos infelices necesitan;
enviadles la sangre de las venas
y la ropa que os tapa y os abriga,
y la leche que beben vuestros hijos
y luego el corazón y en él la vida,
porque no ha de poder un terremoto
más que pueden cien almas compasivas.
Y si seres humanos perecieron,
¡que nuestras oraciones les rediman!
Si mil familias se quedaron pobres,
¡la limosna otra vez las hará ricas!
Si obras de cal y canto se cayeron,
¡que obras de caridad se alcen erguidas!

SUCEDIDO

Ensuciándose en el lodo
de un camino vecinal
caminan con ruta igual
un pescador y un beodo.

Aunque el barro les enrona,
los dos marchan a la vez
y, si el uno lleva un pez,
el otro lleva una *mona*.

Cargado marcha el primero
presa del mayor enfado,
y es que aun marcha más cargado
al ver a su compañero

que, en apariencia abatido,
la tierra a menudo muerde
y, aunque el camino no pierde,
marcha borracho perdido.

Es el pescador más viejo
y, por razón de la edad,
se toma la libertad
de darle al otro un consejo.

— No te arrimes a las cubas,
no bebas — dice — no bebas,
haz como yo, ¡no te atrevas
ni siquiera a comer uvas!

Atiende a mis reflexiones
y escucha lo que te digo:
¿No ves tú, mi buen amigo,
si bebes, cómo te pones?

No hay vicio como ese vicio
y no se le ve la miga.
¡Permíteme que te diga
que marchas a un precipicio!

Ponte de hinojos aquí
y haz resolución interna
de no entrar a la taberna
ni arrimarte por allí,

y ofrécele al Redentor
que consagrarás tu vida
a la siempre bendecida

industria del pescador;
    renuncia, pues, a tus cuitas,
y, si lo haces con verdad,
tendrás la tranquilidad
de que tanto necesitas,
    cesarán todos tus males
como a ti te dé la gana;
maneja desde mañana
los cebos y los sedales;
    que cantos del cielo escucha
y ve abrirse el mismo cielo
quien ve del traidor anzuelo
colgar la argentina trucha...
    Tengo un corcho que es la alhaja
más perfecta que yo tuve,
pues mi corazón se sube
siempre que el corcho se baja.
    Y al tomar el dulce fresco
de una margen pintoresca...
¡ay!, cuando salgo de pesca
¡ya no sé lo que me pesco!
      — Su idea de usted es absurda.
— ¡Hazte pescador!
                — ¡No quiero!;
de pescar algo, prefiero
pescar, como hoy, una curda.
— ¿Una curda? Pues te fío
que no conozco ese pez.
— ¡Que hemos de hacerle! Tal vez
no venga por este río.
— ¡Te engañas!
         — ¡Oh, no!
                — ¡Te engañas!
Pero, en fin, oye si puedes
eso ¿lo pescas con redes?
— No, ¡si lo pesco con *cañas!*

EL CANARIO

I

Tenía la niña
un lindo canario,
cautivó en su jaula redonda y pequeña,
de hierros dorados.
Contento en su cárcel
el risueño pájaro
lanzaba a los vientos con dulce armonía
sus alegres cantos;
y hacía piruetas,
y daba mil saltos,
y asoma el pico por entre los hierros
flexibles y largos,
buscando — sin duda —
la pequeña mano
de su joven ama, la preciosa niña
de los ojos garzos,
la divina rubia
del pelo dorado,
la niña que tiene de alfiler el talle.
de sangre los labios.
El ave y la niña
comienzan su diálogo
¡Mirad qué bonito! La niña riendo
y el ave cantando.
¡Qué alegre está el día!
¡Qué alegres los pájaros!
¡Qué alegres las flores! ¡Qué alegre la niña!
¡Qué alegre el canario!

II

Un joven la acera
pasea entretanto
bajo el balconcito donde está la jaula
colgada de un clavo,
y mira a la niña,
que baja los párpados,
y entre dos suspiros, murmura envidioso
¡Quien fuera canario!

¡Quién pudiera, dice,
vivir enjaulado
teniendo por hierros las finas pestañas
de sus ojos garzos,
teniendo por cárcel
su seno nevado,
por luz sus miradas, por aire el aroma
de su aliento cálido!
¡Dios mío! ¡Dios mío!,
¡obra en mí un milagro!,
no quiero ser hombre, no quiero ser hombre,
¡yo quiero ser pájaro!
Así dice el joven,
y mira a lo alto,
y al ver a la niña y al pájaro juntos
dice suspirando
El bebe en su boca,
él come en su mano,
él mira de cerca sus ojos de cielo...
¡Quién fuera canario!

III

Ya no hay primavera,
las flores pasaron,
pasaron los días, pasaron los meses
y casi los años,
más no pasan nunca
los eternos diálogos
el joven lloroso, la niña riendo
y el ave cantando.
Un día el amante
se puso muy malo,
y el médico expuso que era su dolencia
fenómeno raro;
en fiebre continua,
siempre delirando,
el débil enfermo decía entre dientes
"¡Quién fuera canario!"
La muerte venía
con rápido paso,
y el doctor famoso llenaba la casa
de ungüentos y frascos.

Más todo era inútil,
y aquel desgraciado
murmuraba siempre con débil acento
"¡Quién fuera canario!"

IV

En un gabinete
oscuro y cerrado
se ve la silueta difusa y sombría
de ruin catafalco,
que encima sustenta
un féretro largo
vestido de negro, cubierto de cintas
y herido de clavos.
Cuatro hachones lloran,
mudos y estirados,
lágrimas de cera que salen ardiendo
y bajan quemando;
y las rojas llamas
en los negros pábilos
tiemblan y se encogen, se alargan y vibran
con fulgor extraño.

Metido en la caja
y en ella ajustado,
yacía el amante que a Dios le pedía
que lo hiciese pájaro.
Abierta la boca,
los ojos cerrados,
su yerto cadáver estaba amarillo
como aquel canario.

CONSEJOS A MI HERMANO JOSE MARÍA

Para que al error insano
no te inclines
quiero yo, querido hermano,
que camines
sin obstáculo ni cosa
parecida,
por la senda peligrosa
de la vida;
y esos consejos te mando,
¡no los vendas!,
quiero que de cuando en cuando
los aprendas
y con frecuencia los cites
(pues son de oro)
hasta que ya los recites
como un loro.

No te andes por las ramas
ni escribas nunca dramas,
ni te metas debajo de las camas.

Jamás hagas el *bu*
con las niñas que van a la maestra
y tengan hermanitos como tú.

Córtate el pelo al rape
y... al salir deja siempre puesto el tape.

No estés fuera de casa muchas horas
y cédeles la acera a las señoras.

Busca un amigo fiel
y fórrate los libros con papel.

Si el pasante te tira las orejas,
no prorrumpas en quejas
ni llames a Cachano con dos tejas.

No des jamás un salto
en donde acaben de poner asfalto.

No chupes nunca lacre
que tiene un sabor acre.

No comas aceitunas con exceso
ni te tragues el hueso.

Si escupes a la calle desde ariba,
que no le caiga a nadie la saliva.

No cojas la cuchara por el centro
ni te la metas nunca hasta allá dentro.

Atate la corbata
si es que se te desata.

No mires a lo bizco
ni digas nunca "pizco" por "pellizco".

No estudies, sobre todo,
de memoria la Historia;
ni duermas de ese modo
(es decir, de memoria).

Si tienes algún mal, haz que se pase
a la hora de ir a clase.

Nunca cortes el hilo de tus días,
ni escribas poesías
(sobre todo, si son como las mías).

Al cerrar una puerta que esté abierta,
no te cojas los dedos con la puerta.

Cuando veas hormigas,
saca un poco de pan y échales migas.

No digas palabrotas
ni arranques las gomillas de las botas.

Saluda al profesor cuando le veas
y no te comas nunca las obleas.

Si por descuido rompes algún plato
no digas que es el gato.

Ni le rompas el asa a alguna jícara,
que es una acción muy pícara.

A nadie hagas cosquillas
ni te recojas cajas de cerillas.

Si del hipo padeces
bebe sorbitos de agua muchas veces.

Mira por dónde pisas
y mira mucho las pesetas lisas.

Sé pulcro, niño, sé pulcro
desde la cuna al *sepulcro*.

Conque las máximas estas
    que te he dado
¿te han gustado?; ¿no contestas?;
    ¿te han gustado?
¿Dices que sí? Pues corriente
    desde ahora
cúmplelas exactamente
    sin demora.
Y adiós, ¡que vales más reales!
    ¡Oh! ¡Sí, tú...!
¡Cuando yo digo que vales
    un Perú!

¡ESCUCHA!

No bordes, chiquilla.
¿Por qué cansas tanto
esos ojos negros, tan monos, tan lindos,
que el cielo te ha dado?
Separa la vista
del blanco pañuelo,
porque tus miradas de gloria no debes
gastarlas en eso.
No bordes en telas,
borda en corazones,
que en los corazones, chiquilla, resaltan
mejor tus labores.
Tira pronto el hilo,
tira las agujas
y enhebra en tus grandes y finas pestañas
las miradas tuyas.
Mírame cual sabes
y poquito a poco,
hasta que yo tenga tu imagen divina
bordada en mis ojos.
Y cuando esté en ellos
tu imagen grabada
me arranco los ojos y después los miro
con los de tu cara.

CANTARES ADULTERADOS

En una casa de empeños
la otra mañana la vi,
los bolsillos hacia afuera,
¡por eso la conocí!

Antiguamente eran dulces
todas las aguas del mar;
se fue a baños mi casero
y empezaron a amargar.

Cuando yo esté en la agonía
siéntate en mi cabecera.
(Hazlo con mucho cuidado,
no me aplastes la cabeza.)

Dos cosas tengo en el alma
que no se apartan de mí[3]
un duro falso, muy falso,
y otro duro ¡así, así!

Estando cortando pinos
en el pinar del amor
se me ha clavado una astilla
en el dedo corazón.

¡Qué zapatitos que gasta
el sereno de mi calle!
Grandes como mis fatigas,
negros como mis pesares.

Diez años después de muerto
me dijo el enterrador
si tenía dos pesetas
y le contesté que no.

---

[3] Bolsillo.

Al ciego de la vihuela,
que canta en aquella esquina,
anda, ve y dile que calle,
que su canto me lastima.

Ya no vivo yo en la calle
donde usted me conoció
me marché de aquella casa
porque no tenía sol.

Después de diez años muerto,
por los gusanos comido,
se ha de encontrar en mis huesos
la señal de aquel pellizco.

Yo me arrimé a un pino verde
por ver si rae consolaba,
y el pino, como era pino,
no me dijo una palabra.

Pájaro que vas volando
y en el pico llevas hilo,
ven acá y cóseme un roto
que llevo en los calzoncillos.

Paloma que vas al monte,
mira que soy cazador
y que tengo la licencia
del señor gobernador.

La cajita de colores
y tus labios de coral,
cuando a menudo se encuentran,
¡qué de cosas se dirán!

Madre, madre, que me matan
y no me puedo valer,
que el casero me ha mandado
el recibo de alquiler.

Toma este puñalito
y ábreme el pecho,
que el chaqué de verano
me viene estrecho.

Debajo de tu ventana
me puse a considerar
que vives en tercer piso
y es tu piso el principal.

A la Habana me voy,
te lo vengo a decir;
si me pagas el viaje
no habrá más que pedir.

No te tapes la cara,
    niña bonita,
que ya no hay carnavales
    desde hace días.

A los carabineros
    no les des agua
si no tienen moneda
    con que pagarla.

Veinticinco calabozos
tiene la cárcel de Utrera,
y veinticinco le faltan
para llegar a cincuenta.

LA MUÑECA

I

Sencillo recuerdo
de su infancia tierna,
la niña preciosa de los negros ojos
guarda una muñeca.
De amor y cariño
con patentes muestras,
la estrecha en su seno, la cuna en su falda,
la abraza y la besa
con dulces transportes
que loco volvieran
al hombre más santo, moral y pacífico
que hubiese en la tierra.
El lindo juguete
que lo mimen deja,
y al suave contacto de aquellas caricias,
para ángeles hechas,
parece que al punto
se ríe y se alegra
como si ocurriese que, con tales besos,
la vida adquiriera.
Mueve el monigote
su dura cabeza,
sus brazos de alambre, sus ojos de vidrio,
su boca de cera,
su cuerpo de trapos,
sus informes piernas,
su pelo de estopa, sus manos — que tiene
sin dedos y huecas —,
y, hablando al oído
de su hermosa dueña,
murmura palabras — que, más que palabras,
son notas de orquesta —
y dice requiebros
y miente lindezas
con ese lenguaje que hablaran las flores
si hacerlo pudieran.
Entonces la niña
se pone contenta
y estruja en abrazos y se come a besos

a su compañera;
la pone vestidos
de preciosas telas,
la abruma al colgarla doradas sortijas
y ricas pulseras,
la adorna el cabello
con cintas de seda,
la pone mantillas, y flores, y plumas,
etcétera, etcétera,
y es tal su delirio,
que pobre se queda
por dar sus regalos, caprichos y joyas
a la tal muñeca.

II

La acera de enfrente
un joven pasea
y vierten sus ojos lágrimas amargas
que mojan la acera,
pues vio el desgraciado
la anterior escena
y siente en el alma celos espantosos
de aquella muñeca.
En una mirada
dando el alma entera,
mira a los balcones el enamorado
deshecho de pena
y, en pocos momentos,
a su casa llega,
escribiendo entonces la carta siguiente,
que copio a la letra:
"Angel de mi cielo,
niña de mis penas:
mil veces te he dicho que, ciego, te adoro
con pasión inmensa,
que por tus miradas
mi vida te diera
y, en fin, que te quiero como nadie puede
querer en la tierra.
Enfadada a veces,
y a veces risueña,
tus lindas pupilas, como un dominguillo

me traen y me llevan,
pero yo lo sufro
todo con paciencia,
pues, viniendo tuyas, las penas mayores
contento sufriera.
Más hoy no es extraño
que mi alma padezca
viendo que prefieres a su dulce afecto
y a su pasión tierna,
un pintado trozo
de tosca madera
que germen ha sido de celos horribles
que el alma me queman.
Si en tu ser de arcángel
algo humano queda,
por Dios te suplico que escuches mis ruegos
y que oigas mis quejas,
que me mires algo
cuando yo te vea
y que, en beneficio de mi amor ardiente,
rompas la muñeca".

III

La anterior epístola
recibió la bella
por el tan sabido, prosaico conducto
de una cocinera;
y después de un rato
— según malas lenguas —
la niña preciosa de los negros ojos
cogió unas tijeras
y, haciendo recortes
en la carta aquélla,
fabricó un sombrero de la última moda
para su muñeca.

JUEGO DE CARTAS

I

Carmen rebonitísima
Con emoción sin límites
le mando en esta epístola
mi pobre corazón.
Con mil dulzuras trátelo,
pues el pobre es tan tímido
que si la ve a usted áspera
se muere de emoción.

Desde el momento plácido
en que la vi en el omnibus,
siento en el alma un vértigo
que me hace estremecer,
y a menudo las lágrimas
que brotan de mis párpados
hasta mis labios húmedos
van a todo correr.

Carmen, usted es el ídolo
de la pasión volcánica
cuyos terribles ímpetus
ponen mi cuerpo tal,
que están mis ojos lánguidos,
mi faz es cadavérica
y mi rostro más diáfano
que límpido cristal.

Por su madre suplicóle
que tenga de mí lástima,
y me envíe sin pérdida
de tiempo el dulce sí,
la encantadora sílaba
cuyo influjo benéfico
maravilloso bálsamo
sería para mí.

No sea usted tiránica
rechazando mis súplicas
ni ponga usted obstáculos
a mi ardiente pasión.
Sea usted filantrópica
favores concediéndome,

que Dios pagará pródigo
si llega la ocasión.

Tuvo mi pobre espíritu
ensueños de tal índole
que, al punto, de quiméricos
yo les califiqué,
pues soy tan modestísimo
que rayo en lo estrambótico
y creí cosa mágica
que me quisiera usted.

Más rasgos tan poéticos
tuvieron vida efímera,
siendo, después, tan práctico
que, al fin, me decidí
y, ambicionando el éxito,
le remito esta epístola
para que sea intérprete
de lo que pasa en mí.

¡Oh visiones seráficas!
Ya veo el nupcial tálamo
y escucho de los ósculos
el chasquido sonar,
mientras diviso al párroco
delante de los cónyuges
leyéndoles la epístola
que les ha de juntar.

No quiero ser monótono
ni hacerme a usted antipático,
por lo tanto retírome,
con permiso de usted,
y aguardando en su réplica
el *sí* más categórico,
queda siempre amantísimo
su adorador.

JOSÉ.

II

SEÑOR DON PEPE DE ÁVILA

Es usted un estúpido
que no tiene ni un átomo
de sentido común.

Adjunta va su epístola,
cuyo estilo patético
dice en lenguaje tácito
que es obra de un atún.
    Sus ardientes perífrasis
de alumno de retórica,
son causa de mi estímulo
constante de reír,
y doy al viento innúmeras
carcajadas homéricas,
que por lo extemporáneas
van a dar que decir.
    He sentido muchísimo
que tenga usted esos síntomas
y el estado en que su ánimo
constantemente está.
No sea usted estúpido
y llame usted al médico;
yo creo que el pronóstico
muy grave no será.
    Le doy a usted el pésame
porque fue plancha de órdago
la que hizo en su ridícula
carta declaración;
y he sentido en el ánima
desde lo más recóndito
que gastase esos céntimos
para echarla al buzón.
    No lo tome usted a jácara,
pues la plancha es ciertísima;
oigame usted dos sílabas
y le convenceré.
¡Estoy unida en vínculo
con un primo de Lérida
y tengo ya tres vástagos
para servir a usted.

CARMEN.

RECORTES DE PERIÓDICO

Los caballos del coche
   de don Tadeo
desbocáronse anoche
   junto al paseo.
y, al fin de su carrera
   vertiginosa,
cayeron en la acera
   contra una losa.
El coche quedó yerto
   y ensangrentado,
el buen cochero muerto
   ¡y aun sepultado!;
los caballos quedaron
   agonizantes,
— tanto, que los mataron
   antes con antes —
el infeliz lacayo,
   lleno de vida,
como herido de un rayo
   murió en seguida,
y entre tantos horrores
   y tanto exceso
don Tadeo, señores,
   se encontró ileso...
   — Naturalmente
¡cómo que estaba en casa
   tranquilamente! —

En el paseo del Nido
dicen que se ha suicidado
un hombre muy bien portado;
es decir, muy bien vestido.
Dos cartas le han sido halladas
ocultas entre las ropas
la una era... el cinco de copas,y
la otra..., el nueve de espadas.
Además, junto al cadáver,
un sombrero, dos colillas
una caja de cerillas
y un *lapicerito Fáber*.

Ha pasado a mejor vida
don Gil Pérez, caballero
de la Real y distinguida
Orden de Carlos tercero.

En la calle del Frasco
se vende un general.
Si se devuelve el *casco*
se abonará un real.

Retratos que hace Narciso,
son los mejores del mundo,
y los hace en un segundo...
    piso.

Se da muy barato un gato
en la calle de Alcalá.
— Es natural; si se *da*
no puede ser más barato.

AUSENCIA

Como de ayer, me acuerdo
que era de día,
cuando vieros mis ojos
que anochecía,
que anochecía,
pues de aquí se marchaba
la niña mía.
No te marches y templa
mis amarguras,
que tengo mucho miedo
si estoy a oscuras,
y estoy a oscuras
no viendo tus pupilas
grandes y puras.
Por tus ausencias lloro,
sol de mi cielo;
y por más que lo busco,
no hallo consuelo,
no hallo consuelo
y un estanque de lágrimas
es mi pañuelo.
Con el llanto que vierto
más me enamoro,
pensando en tu cabeza,
que es terrón de oro.
¡Ay, terrón de oro!
Ser quisiera el avaro
de ese tesoro.
Como hace tantos días
que no te veo,
en mis penas amargas
morirme creo;
morirme creo,
Porque tú eres el ángel
de mi deseo.

El corazón te mando
con un suspiro,
y en él verás que siempre
Por ti deliro;
Por ti deliro,
y a las piedras del monte
dolor inspiro.
Como ha sido tu viaje
precipitado,
de algunas baratijas
te has olvidado;
te has olvidado
de un alma que no vive
más que a tu lado.
Golondrina que rauda
cruzas el viento,
tus alas necesito
por un momento,
¡Por un momento!,
que de mí se ha escapado
mi pensamiento
Ciegos están mis ojos
desde aquel día
en que vieron los pobres
que anochecía,
que anochecía,
pues de aquí se marchaba
la niña mía.

EPIGRAMAS

Dióle Manuel a Mariano
un puntapié soberano,
y don Juan, sin inmutarse,
castigó a aquél por tomarse
la justicia por su *mano*.

Porque en casa no la dejan,
no sale a paseo Juana,
y tampoco sale Pedro
porque *le dejan en casa*.

Con el taimado Perico
jugó el infeliz Pascual
y, aunque antes era muy rico,
hoy no le queda ni un real.
Se encuentra desesperado
y dice el pobre, afligido,
unas veces: "¡Me ha ganado!"
otras veces: "¡Me ha perdido!"

Yace en esta sepultura
don Julio. Descanse en paz.
(¡Hombre, descansar en guerra
no sería descansar!)

Tiene en un punto muy céntrico
catorce casas don Rufo.
¡Buenas estarán las casas
cuando caben en un *punto!*

En una rifa en Baeza
a una importante señora
le cayó una mecedora...
encima de la cabeza.

Una tortilla pidió
un caballero en la fonda;
tres pelos halló en el plato
y, en vez de montar en cólera,
se dirigió al camarero
y dijo con voz irónica
"Hombre, ¿han hecho esta tortilla
con aceite de bellotas?"

Al salir del Instituto
he sorprendido este diálogo
— ¿Cuántos años has cumplido?
— Dieciséis.
— Se me hace raro
¿No tenías diecisiete?
— Sí, pero he *perdido un año*.

Con media gorra en la mano
y el vestido hecho un jirón,
ante el autor de sus días
un niño se presentó.
Grita el padre hecho una furia
y dice con ronca voz
— ¿Dónde vas con media gorra?,
¿y la otra media, bribón?
El niño baja los ojos
encendido de rubor
y dice al fin:
— ¿La otra *media?;*
papá, ¡si llevo las dos!

MI VENTANA

¿Conocéis a la rubia de ese entresuelo
que está frente por frente de mi ventana?
Es un ángel que un día bajó del cielo
porque al Rey de los Reyes le dió la gana.
De todas las mujeres no hay dos más lindas
en pueblos españoles y no españoles,
porque tiene dos labios como dos guindas,
porque tiene dos ojos como dos soles.
Más de media docena de señoritos
están muertos los pobres por sus pedazos,
y tiene tan pequeños los piececitos
que no marcan pisadas, sino pinchazos.
No hay en el mundo pelo como su pelo,
ni hay en el mundo boca como su boca,
y al mirar sus mejillas de terciopelo
la vecindad entera se ha vuelto loca.
Yo estoy enamorado de mi vecina,
me pongo, si la miro, como la grana,
me atrae de tal manera su faz divina
que estoy siempre de codos en la ventana.
Allí paso los días, sin dejar uno;
allí paso las noches, que no me asustan,
y luego cuando me entran el desayuno
les digo a los vecinos: "¿Ustedes gustan?"
Clavado en mi ventana, como un lorito,
conozco al zapatero y al boticario,
y a los municipales de mi distrito,
y a todas las alfombras del vecindario.
Los vecinos me llaman "el ventanero";
se me ríen los niños y las mujeres,
y, por si no es bastante, mi buen casero
dicen que va a subirme los alquileres.
Pero no me incomodo ¡muy al contrario!,
y espero, con paciencia, cantar victoria,
¡yo pasaré contento por el Calvario
si al fin de la jornada veo la gloria!

Me tiene mi vecina medio alelado;
no podéis figuraros lo que la quiero,
y ayer, en un arranque de enamorado,
le mandé una cartita con el portero.

Voy a volverme loco si me contesta;
su respuesta es el blanco de mis porfías,
y aguardo la llegada de su respuesta,
que será la llegada de mi Mesías.

¡Ya se asoma mi niña! ¡Dios soberano!
¡qué bonito es su rostro!, ¡qué rebonito!;
reparad con qué gracia lleva en la mano
mi carta de ayer tarde y un papelito.

¡Es el papel que aguardo! ¡No cabe duda!
¡Por fin mis esperanzas veo logradas!
¡Ya se sonríe mi niña! ¡Ya me saluda!
¡Ya se me está comiendo con las miradas!

¡Que Dios pague tu carta con bendiciones!
Pero... ¡qué es lo que miro!, ¡válgame el cielo!
¡Si es que pone papeles en los balcones!
¡Si es que van a marcharse del entresuelo!

¡UN OCHAVO DE AMOR!

Ya sé que no me quieres,
        niña del alma;
mas tu desdén no me hace
        perder la calma;
ya sé que no me quieres,
        niña querida,
y en cambio yo te quiero
        más que a mi vida;
ya sé que no me quieres,
        niña adorada,
pero tu indiferencia
        me importa nada;
porque en estas cuestiones
        no soy un niño,
ya sé que no merezco
        yo tu cariño;
sí, ya sé que esos ojos
        tan hechiceros
— porque ya no son ojos,
        que son luceros —
y esa hermosa boquita,
        que dentro encierra
la sal que tener puede
        toda la tierra,
y ese pelo precioso,
        con cuyo pelo
me pareces un ángel
        de los del cielo...
Ya sé que todas estas
        mil monerías,
aunque mucho me empeñe
        no han de ser mías;
por eso, niña mía,
        no las deseo;
lo que hago es adorarlas
        cuando te veo.

No puedo ser tu novio,
    sino tu amigo,
y tan seguro tengo
    lo que te digo,
que si un día dijeres
    que no me amabas,
¡mira tú!, pensaría
    que me engañabas.
Por eso yo no ansío
    que tú suspires,
me contento tan sólo
    con que me mires;
y aunque yo, en mi locura,
    por ti me muero,
sólo quiero que sepas
    que yo te quiero;
tan sólo que me mires
    con esos ojos
que al sol y a las estrellas
    causan enojos;
tan sólo que me otorgues
    una mirada,
¡ya ves que me contento
    con casi nada!

A CUPIDO, ARMADO

(SONETO)

¿Dónde vas, temerario, dónde vas,
si este mundo como era ya no es?
Con tus débiles flechas ¿qué podrás
yendo la dinamita a puntapiés?
Eres loco y osado por demás
si no vuelves, amor, sobre tus pies.
Con el arco ¿vencer piensas quizás?;
¿las fuerzas del contrario ya no ves?
¿no te causan pavor sus armamentos?;
¿no ves bombas y balas a millones?;
¿de fusiles no ves cientos y cientos?
Pues oye y obedece a mis razones
o desiste una vez de tus intentos
o cómprate un fusil de dos cañones.

¡OH LA GLORIA!

(LEYENDA)

I

Es el castillo del Naipe
el más vetusto castillo
que, en dominios leoneses,
ojos feudales han visto.
Al lado de sus murallas
es frágil la de los chinos,
y se descuelgan sus fosos
hasta infernales abismos.
Su torre de la atalaya,
que es un puñal de granito,
nubes rasga y busca rayos
en los celestes dominios;
su siempre alzada picota
es terror de campesinos;
picas, lanzas y ballestas
agítanse de continuo
tras el almenaje duro
erizado y atrevido,
y, cuando, al marcharse el día,
da la *queda* el pobre esquilo
de lejana ermita, entonces
se alza el puente levadizo
con mucho crujir de goznes
y de cadenas gran ruido.
Más tarde la casta luna,
con resplandor mortecino,
ilumina débilmente
tan inexpugnable sitio;
y de allí a poco aparece
la figura de Ramiro,
el gallardo trovador
y enamorado rendido
de la hermosa castellana
de aquel roquero castillo
— Como todas las noches,
mi voz te canta;
como todas las noches,

sin esperanza;
porque es mi duda
si es tu desdén más grande
que tu hermosura.
Si pruebas de mí exiges,
te daré pruebas,
las que quieras, bien mío,
las que tú quieras;
y es tal mi temple,
que haré los imposibles
por merecerte.
Tal dijo el doncel fogoso
y, al momento que lo dijo,
de una gótica ventana
se abrieron los anchos vidrios
surgiendo, entre ambos, un rostro
de mujer, tan peregrino
que, avergonzada la luna,
huyó en el instante mismo.
Dejó oír la castellana
su voz de timbre argentino,
y así respondió a las trovas
de su amante empedernido
    — Si es verdad que me quieres
como te expresas,
arrojando la cítara
marcha a la guerra,
que eso es lo noble
y allí prueban su temple
los corazones.
Sé desde hoy el azote
del agareno;
el campamento moro
siembra de muertos,
y, cuando vuelvas,
lograrás con mi mano
cuanto deseas.
Sus frases al trovador
dejaron tan convencido,
que, a la mañana siguiente,
partió a la guerra sin tino,
no sin cambiar, al marcharse,
sus elegantes vestidos,

su cítara, sus collares
y joyeles de oro fino,
sus jubones de brocado,
sus plumas y bonetillos
por la pesada armadura
y el mandoble de dos filos,
la cota de espesa malla
y el acero damasquino,
el rico escudo en el brazo
y la ancha daga en el cinto.

II

Tras largos meses de lucha
con el árabe maldito,
dejó el trovador la guerra,
trayendo un botín tan rico
que el mismo Cid Campeador
resulta a su lado un niño.
Héroe de cien victorias,
caudillo entre los caudillos,
escarmiento de agarenos,
azote de berberiscos,
peste de africanas costas
y de Mahoma castigo,
trae banderas de los moros
en número tan crecido
que solamente sus paños
pueden enjugar un río;
espléndidos albornoces,
flores y frutos rarísimos,
brazaletes y amuletos
de los metales más finos,
alfanjes de rico puño
cuajados de oro y zafiros...
Victorioso vuelve, en fin,
el ex trovador Ramiro,
y, a pesar de sus victorias
y hechos jamás presentidos,
se entristecen los villanos
que le salen al camino,
gimen de dolor las mozas,

lloran de miedo los niños,
y la hermosa castellana,
viendo acercarse al caudillo,
gruñe y le da en las narices
con el puente levadizo.

III

    Y es que daba compasión
la figura de Ramiro
traía un chirlo en la frente,
y en el cogote dos chirlos;
dejóle un golpe de maza
sordo de entrambos oídos,
y en un lance perdió un ojo,
y en otro un pie y el tobillo.
Dejó la mano derecha
estando una vez cautivo,
y le marcaron también
como quien marca a un novillo.
¡Cuán grande volvía el héroe!
¡Cuán grande!, mas ¡cuán ridículo!;
¡qué valiente!, mas ¡qué feo!;
¡qué inmortal!, pero ¡qué tipo!
¡Ah!, la linda castellana
díjoselo bien clarito
cuando renunció al honor
de tenerle por marido
— Al partir para la guerra
me obedeciste, Ramiro;
pero una cosa es partir
y es otra volver partido.

DE MI VIHUELA

I

Nos casamos en San Gil,
y al marcharnos de la iglesia
tú pensabas en el santo
y yo pensaba en la cierva.

II

Cuando tú más altiva,
yo más *tozudo;*
que tú eres la giganta,
yo el cabezudo.

III

La Virgen del Pilar dice
que no quiere a los *gabachos;*
ellos vinieron con *Lannes*
y salieron trasquilados.

IV

Hoy sí que irán tres de ti
los muchachos a paseo;
hoy sí que te harán la rosca,
que es día de San Valero.

V

A la Virgen de Esperanza
yo le colgué un corazón;
tú llevaste luego un cirio,
¡mi ofrenda se derritió!

VI

Tan *veleta* es María
como su calle,
ayer de San Gil era,
y hoy de Don Jaime.

VII

Pronto iré por tus desdenes
hacia el puente de Torrero
por mi pie para tirarme,
o en hombros al cementerio.

VIII

Tan loco me tienes, hija,
que ni aún el traje me falta;
que tengo la manga verde
de apoyarme en la esperanza.

IX

Soy tan dado a confusiones
que a Dios del cielo le pido
que entre tú, baturra, y yo
armemos un baturrillo.

EPIGRAMAS

— ¿Por qué no sales, Andrés?
— Porque el estudio me asedia;
tengo tres clases, ya ves.
— Pero, hombre, ¿y vas a las tres?
— No; voy a las tres y media.

A tal extremo llevaba
su fachenda don Canuto,
que se embarcó estando grave
sólo por morir con rumbo.

— ¿Verdad que vienen muy buenos
los números de *El Tití?*
Y ¡qué amenos!
          — Eso, sí.
Han venido muy a menos.

SUPLICACIONES

I

A las V de la tarde
a mi reloj pregunté:
"¿Cuál es la mujer más linda?"
y me contestó que "V."

II

Al principio era rubia,
y el sol, al verla,
descendió y, con sus rayos,
la hizo morena.
Y desde entonces
ya no sale a paseo
más que de noche.

III

Te he visto en ocasiones
jugar con unos pitos muy bonitos,
y aún hoy cuando te pones
juegas con los humanos corazones
mejor que, siendo niña, con los pitos.

IV

Te vi los ojos y el pelo
y me pasa desde entonces
que todo lo veo negro.

V

La Torre Nueva dicen
que si se inclina
para verse en los ojos
de una vecina.
¡Si será guapa
que se inclinan las torres
para mirarla!

VI

Claro es que de aquel día
tú no recuerdas nada,
mas yo siento en los ojos todavía
el cálido pasar de tu mirada.

VII

A Granada he de marcharme,
Carmen, ¿sabe usted por qué?
Porque sólo allí podría
ver "Cármenes" a mis pies.

VIII

Ella me dijo que no;
mas yo pienso conseguir
que se desmaye algún día,
y entonces.... volverá en "sí".

IX

Aunque verte es mi deseo,
sin lentes yo no te veo
y con lentes lo hago mal,
porque tus miradas creo
que me rayan el cristal.

EPÍLOGO

Al terminar el enojoso camino que emprendí hace 195 páginas, tomo asiento y miro fatigado la última piedra donde puse el pie.

Es decir, el último verso de mi obra.

Yo, que subo de un tirón quinientas escaleras sin cansarme, estoy ahora jadeante y rendido como un andarín después de una carrera de empeño.

El camino ha sido corto, pero estaba erizado de ripios puntiagudos y consonantes sin punta.

Cuyos obstáculos, si incomodan al lector, ¡figúrense ustedes lo que molestarán al que escribe!

De tal manera me pusieron las sinuosidades de mi libro, que muchas veces tuve la tentación de acurrucarme dentro de un pliego, para no seguir más, o de suicidarme, tirándome de cabeza por una página.

La fuerza de mi voluntad hizo que, al fin, llegase a mi destino; si bien al terminar la caminata caigo sin aliento, como aquel soldado de las Termópilas.

Algunos pensarán que el viaje a través de un libro no es muy dificultoso, porque se camina sobre *hojas*.

Pero ¡es tan difícil pisar las hojas sin andarse por las ramas!

Permíteme, ¡oh lector!, que después de darte las gracias acaricie un instante a mi humilde pluma, condenada a bailar, mal de su grado, sobre el papel en ese vertiginoso vals de tinta que se llama "escritura".

¡Pobre pluma mía!

Negra y obediente como una esclava, escupiste en zig-zag sobre las cuartillas, mientras yo te sostuve, y bien sabe Dios que obligarte a escribir renglones a la medida — como yo llamo a los versos — es obligar a la pulga a que dé saltos pequeños e iguales.

Los *domadores* de estos bichos consiguen su objeto colgando a las patas de la pulga pequeñas esferas de metal.

Yo he sustituido estas esferas por ripios, que son más pesados.

Tal vez extrañen ustedes mi falta de amor propio al pregonar mis defectos como si tratara de reñir conmigo mismo.

Pero es que yo tengo la vanidad de mis faltas.

Así como los mendigos muestran en público sus anquilosis, sus llagas y sus amputaciones, teniéndose por más dichosos cuantas más miserias tienen para enseñar, yo me complazco en elegir mis ripios, prosaísmos y faltas de gramática con objeto de sacarlos a la picota.

Los pobres de solemnidad consiguen de aquel modo mayor número de bienhechores.

¡A ver si yo — aunque sea imitando a los mendigos — vendo la edición completa en una semana!

Cuentan de Miguel Angel que al acabar su magnífica estatua de Moisés dióla un golpazo con el martillo, pronunciando en un rapto de sublime orgullo aquel célebre:

— ¡Parla!

Ni yo soy escultor ni mi obra, por consiguiente, es una estatua; mas confieso ingenuamente que, al salir de la máquina el primer ejemplar de este libro, he parodiado a Miguel Angel.

Sobre todo en lo del golpazo.

Si en los libros pudieran levantarse chichones, hubiera quedado aquel ejemplar como un buñuelo de viento.

Por supuesto, mi enfado es inoportuno y tardío.

¿Qué saco yo con tocar el editor con las manos?

¡Si la cosa tuviera remedio!

Pero hemos pasado ya el Rubicón y es forzoso entrar en Roma.

Si me esperan con silbidos, bajaré la cabeza resignado; si me reciben con palmas y coronas, apuraré, hasta que me queme los dedos, la colilla del triunfo.

Prometo ser muy parco en lo de saborear laureles, porque desde que estudié botánica sé que las hojas de laurel tienen ácido prúsico y, ¡francamente!, me sabría muy mal morir de un retortijón de gloria.

En fin, ¡a qué apurarme! Allá va mi libro y salga lo que saliere, ¡yo no he de juzgarlo!

El único que juzga de sus obras es Dios, y aún hay muchos que se lo critican.

Por lo tanto, estoy resuelto a hacer con el fruto de mi ingenio lo que hacían las mujeres germanas con los frutos de sus respectivos vientres.

Ponían a la criatura en el río sobre un escudo y esperaban. Si éste se hundía, ahogábase el niño y decían las madres: "¡Dios lo ha querido así!" Cuando el escudo flotaba sobre el agua, el niño era cuidado e instruido con el mayor celo.

Allá va, pues, mi obra sobre el escudo de mi buen deseo, que abandono, temeroso, en el río de la publicidad.

Si se hunde, no me daré por aludido y haré mutis, retirándome humildemente por el foro.

Si se salva, prometo ser su padre, su abuelo, su maestro y hasta su ama de cría.

Ya veo que el pobre está raquítico y encanijado.

Pero comprendan ustedes que acaba de nacer.

* * *

Decididamente, he reñido con mi musa.

Le pedí que me soplara para hacer versos, — porque los poetas malos somos como los buques de vela; si no nos soplan, no podemos marchar — y la muy..., ¡no sé que la diga!, tan exageradamente cumplió mi petición, que hoy no me puedo lamer del catarro que cogí entonces.

Así es que mi libro es una serie de estornudos literarios y de toses poéticas.

Recomiendo a los poetas soplados el uso de la leche de burras, y como medida preventiva, que se abriguen el cráneo para no coger una *ripiosis,* que es la *tuberculosis* de la imaginación.

Lo que siento es que la musa debió de emplear el viento Sur.

Lo digo porque estoy completamente *abochornado.*

Deploro su mala partida, pero he de confesar que no me llevo chasco.

Cuando estudié las declinaciones en la cátedra de latín comprendí que de la "Musa" no podía salir cosa buena.

Bien es cierto que yo tengo la culpa de lo que me sucede.

Porque al hacerle a mi musa el supradicho ruego no comprendí que el aire

apaga el fuego chico
y enciende el grande.

Y como yo, en este terreno, soy una pajuela o, a lo más, un fósforo de los malos, al menor soplo, ¡claro!, di al traste con la poca luz que tenía.

Por eso percibirán ustedes en mis versos algo así como el tufo de un candil recién apagado.

En fin, ¡dispénsenme ustedes!

Si con el arrepentimiento pudiera borrar lo que acabo de hacer, a estas horas mi libro sería un cuaderno en blanco.

Pero ya veo que, en esto de borrar, más vale un raspador que todos los arrepentimientos del mundo.

No quiero, sin embargo, que mi delito quede sin castigar y me condeno a la pena de "muerte literaria en desprecio vil".

Pero al mismo tiempo — y con objeto de cumplir las formalidades legales — interpongo recurso de casación contra mi propia sentencia ante el público, que será en esta causa el Tribunal Supremo, al cual suplico que se digne examinar estos autos y, si juzga improcedente la pena impuesta por el tribunal inferior, se digne conmutarla por la inmediata de "silencio perpetuo", con las accesorias de "inhabilitación absoluta perpetua para escribir versos",

"pérdida y comiso de la pluma con que se consumó el delito" y "pago de las costas procesales", o sean, los gastos de impresión. Así procede en justicia que pido, etc.

* * *

Por las anteriores líneas comprenderán ustedes que estoy desesperado.

Pero me enorgullezco en mi desesperación al considerar que todos los grandes poetas acabaron por desesperarse.

¡En algo he de parecerme a ellos!

Y a un amigo mío que tiene la cara como un dedal, por resultado de las viruelas, y dice, consolándose en su desgracia, que se parece a Mirabeau.

Otro amigo tengo, músico y sordo, que asegura ser el *vivo retrato* de Beethoven, — por lo de la sordera — y otro, poeta y tuerto, que se cree un Tirteo, un Camoens o un Bretón de los Herreros.

Yo gozo al irritarme y pienso en Musset, Heine, Leopardi y Espronceda, los grandes biliosos del siglo.

Pensándolo bien, tengo muchos puntos de semejanza con los poetas contemporáneos.

Byron, refiriéndose a su poema "La peregrinación de Childe-Harold", dice que "se levantó una mañana poeta".

A mí ha debido de sucederme lo propio, pues no recuerdo que nadie me haya enseñado la caza de consonantes ni la medición geodésica de los versos.

Alfredo de Musset, el infortunado autor de "Rolla", pasó la mayor parte de su vida corriendo como un desesperado tras de la Malibrán o pisándole los tacones a *George Sand.*

Yo hace mucho tiempo que persigo a dos damas no menos hermosas que las adoradas por Musset: "La inspiración" y "La belleza literaria", sin ser más afortunado en mis amores que el ilustre libertino parisién.

Leopardi, el famoso ateo cuyos poemas son la filosofía de Schopenhauer versificada, exclamaba, pobre y medio ciego, desde su lecho de dolor:

> "Cada palabra que escribo
> me cuesta un llanto de sangre."

Algo así debe de ocurrirme cuando hago versos, porque quedo como si me hubiesen hecho una sangría.

Espronceda escribió "El diablo mundo", y todos convienen en que es un poema incompleto.

Yo me encargaré de escribir "La carne" para que resulten los tres enemigos del alma.

En el cementerio protestante de Londres, sobre la tumba del ilustre náufrago y autor del "Prometeo desencadenado", Shelley, está grabado aquel poético y sencillo epitafio:

> "Corazón de corazones."

Sobre la lápida que tape el prosaico nicho donde han de descansar mis huesos encargo a mis ejecutores que pongan la siguiente inscripción:

> "Ripio de ripios."

Luis Royo.

CANTARES DE *DOS GUITARRAS* [4]

---

[4] Del libro *Dos guitarras,* cantares, por L. Ram de Viu y L. Royo Villanova. Zaragoza, 1892.

CANTARES

I

Asómate a la ventana,
asómate, vida mía,
para que, al venir el sol,
se encuentre que ya es de día.

II

Con tinaja de bodega
te he llegado a comparar;
que, aunque se queme la casa,
conserva su frialdad.

III

Cuando yo me case
sin bulla ha de ser,
sin ruido ninguno, porque no es tu mano
la del almirez.

IV

Hoy es el día que avientan
corazones en la parva;
¡qué pocos caen con el grano!
¡cuántos vuelan con la paja!

V

Tal me han puesto mis quereres
que, cuando miro a un espejo,
no conozco al que hay enfrente.

VI

No todo lo que reluce
es oro, ni mucho menos;
no hay más oro que las onzas,
los doblones y tu pelo.

VII

¡Cuándo querrá Dios del cielo
que te caiga una centella
y te parta en dos mitades
o en dos mitades y media!

VIII

Vive la mora entre zarzas
y entre zarzas vive bien,
pues no pinchan a la mora,
sino a quien la va a coger.

IX

Desde que murió mi madre
mi casa es mata de rábanos;
que lo malo está a la vista
y lo bueno está enterrado.

X

Me dió la idea una vez
de ir a darte serenata,
salí con los pies fríos
y la vihuela... templada.

XI

Aunque miro a dos mujeres,
a una quiero nada más;
que el corazón siempre es uno
y los ojos son un par.

XII

Cuando me dijiste aquello
me puse coloradito;
que la sangre de mis venas
se quiso marchar contigo.

XIII

Si hablan mal de tu persona
deja que hablen y no llores;
cuanto mejor es la fruta
más la pican los gorriones.

XIV

Al corazón y al tonel
les suele ocurrir lo mismo
cuando están llenos, no salen
ni las palabras ni el vino.

XV

Te querré hasta que me muera;
te lo juro por las cruces
de los hierros de tu reja.

XVI

Las cuerdas de mi guitarra
de tripa dicen que son,
para que yo haga, al rondarte,
de las tripas corazón.

XVII

Con el burro de la noria
comparo a nuestro cariño
siempre andando, siempre andando
y siempre en el mismo sitio.

XVIII

Amores que de otro fueron,
ni me los des ni los busco,
porque no quiero que digan
que era mayor el difunto.

XIX

¿Que tu amor es de verdad?
Permíteme que lo dude;
verdad es el Evangelio
y los fieles *se hacen cruces.*

XX

¡Si será intención la tuya!
Desde que pedí tu mano
te dejas crecer las uñas.

XXI

Es mi cobarde cariño
cual mata de regaliz:
pequeño y oscuro el tallo,
honda y dulce la raíz.

XXII

Quisiera que esta guitarra
fuese la morena mía,
sólo por tener el gusto
de apretarle las clavijas.

XXIII

Ni vive el pez sin el agua,
ni el árbol sin la raíz,
ni el pájaro sin el nido,
ni yo sin quererte a ti.

XXIV

Hablen otros de la mar,
que el arroyo es mi placer;
y es que ellos van a mirar,
pero yo voy a beber.

XXV

Para tu pelo rubio
tu linda cara,
que el oro siempre tiene
premio en la plaza.

XXVI

¿Ves botar una pelota?
Pues lo mismo es mi querer;
cuanto más fuerte lo tiras
más alto sube después.

XXVII

Mira tú si mis razones
serán razones de peso,
que tuve que echar la carta
con dos docenas de sellos.

XXVIII

Tú eres como las sonajas;
yo, el parche de la pandera;
yo he recibido los golpes
y eres tú la que te quejas.

XXIX

Morena, a ti te he querido
y a ninguna más querré,
que yo, como las cerillas,
sólo me enciendo una vez.

XXX

Como el remo de la mar
que sale llorando a chorro,
así salí de tu casa
cuando te vi hablar con otro.

XXXI

Elige entre yo y tu madre
y elige por mi persona;
tu madre tiene otras hijas
y yo no tengo otra novia.

XXXII

Estornudo si te miro,
y no lo tomes a mal,
que, cuando se mira al sol,
por fuerza hay que estornudar.

XXXIII

¿Cómo quieres ver estrellas
cuando brilla el sol naciente?
¿Cómo quieres, si en ti pienso,
que en otras mujeres piense?

XXXIV

El cariño ha sido libre,
es libre y libre será;
cuando le parece, viene;
cuando le ocurre, se va.

XXXV

Al cantarte, desafino,
pero desafino adrede;
y así tendrá mi *pasión*
su *gallo* correspondiente.

XXXVI

Si tu padre quiere yerno
que suelte la mosca ya,
porque si él es agarrado,
yo aún estoy por agarrar.

XXXVII

Como me caso mañana,
los regalos me persiguen,
que hasta en vísperas de boda
me quieren venir con *chismes*.

XXXVIII

Dime otra vez que me quieres,
no me cansaré de oírlo,
que el canto del ruiseñor
gusta siempre y es el mismo.

XXXIX

¿Cómo quieres que yo ponga
mi amor en otra mujer,
cuando mi amor es tan grande
que no se puede mover?

XL

Tanto pienso en ti, cariño,
que de repetir tu nombre
ya no me acuerdo del mío.

XLI

Que se tragaba la gente
decían de tu mamá;
y ella misma ha confesado
que no me puede tragar.

XLII

Si Dios nos hizo de barro,
un puchero de Alcorcón
le hace exclamar a cualquiera:
— ¡De menos nos hizo Dios!

XLIII

Aunque te guste esa chica,
no te cases, compañero,
que a mí me gusta el tomate,
pero me hace muy mal cuerpo.

XLIV

He de coger tu cariño
y en un junco he de colgarle;
porque no he visto en mi vida
otro buñuelo más grande.

XLV

El viajero desde el tren
piensa que corren las viñas,
y tú me llamas ingrato
siendo tú la que me olvidas.

XLVI

A la embustera Pepita
le cuadra el nombre que tiene,
que por algo se les llama
a las pepitas si miente.

XLVII

Me dijo que me quería
y me lo dijo de un modo
que el aire, el cielo y la tierra
¡todo era cielo a mis ojos!

XLVIII

Madre, póngame una cinta
cosida en este retrato,
que me riñe el señor cura
si no llevo escapulario.

XLIX

Como quien prueba moneda,
tira su cariño al suelo
y en el sonido que dé
verás si es malo o es bueno.

L

Ve al telégrafo y verás
que en todas partes se pagan
las palabritas de más.

LI

Como el cohete en el cielo
es el amor en el alma;
estrellita cuando sube
y ceniza cuando baja.

LII

Vengo a darte serenata,
perdona si te despierto,
pero así verá tu padre
que soy quien te quita el sueño.

LIII

Los paseos que yo he dado
bajo el balcón de mi novia,
puestos uno detrás del otro
llegan desde aquí a la gloria.

LIV

Ese gruñón de tu padre
cerrojo me llama a mí;
cerrojo es él, que te encierra
y no te deja salir.

LV

Comparo a tus galanes
con los caballos;
que, cuando mejor andan,
andan *herrados.*

LVI

Antes faltará del cielo
el sol que yo de tu casa;
por eso dice tu madre
que *no hago ninguna falta.*

LVII

De tu corazón al mío
un hilo corre de seda;
por separados que estemos
ni se acaba, ni se enreda.

LVIII

Son tu corazón y el mío
como el coche y el tranvía
tú, ya has bajado el *completo;*
yo, ya he bajado el *se alquila.*

LIX

En el juntarse hay cariños
lo mismo que las estrellas,
que parece que se tocan
y están a cincuenta leguas.

LX

Si tú no eres el cielo
te falta poco,
que eres la levadura
para hacer otro.

LXI

Dile a tu madre que somos
las saetas del reló,
que, cuando ella da una vuelta,
doy una docena yo.

LXII

Quisiera ser, alma mía,
cuando rezas el Rosario,
cuentecita entre tus dedos
y oración entre tus labios.

LXIII

El amor de la coqueta
es la luz del farolero,
que siendo tan pequeñita
enciende tanto mechero.

LXIV

No te burles si estás alta,
que somos cubos de pozo
y luego estaré yo arriba
y tú bajarás al fondo.

LXV

Cuando me dijiste sí
de aquel árbol a la sombra,
¿por qué no se volvió el árbol
el cura de la parroquia?

LXVI

Al acabarse un cariño
como al matar una vela
más que la luz que se apaga
siento el tufillo que deja.

LXVII

¡Qué bonita penitencia
me han echado en el convento!
Que cuando venga tu padre
le digamos: *Padre Nuestro...*

LXVIII

Di si has sentido en tus ojos
las lágrimas del amor;
esas que enturbian la vista
y aclaran el corazón.

LXIX

Luciérnagas de ciudad
y luciérnagas del campo,
de lejos parecen luces
y de cerca son gusanos.

LXX

Tres gustos me das al verte
el de verte, y, a la vez,
el recordar que te he visto
y el pensar que te veré.

LXXI

El cariño que te doy
no te lo doy, te lo presto;
págame los intereses
y con eso me contento.

LXXII

De tu puerta me despido
después de echar mi canción
lo mismo que se despide
el péndulo del reloj.

LXXIII[5]

Torre Nueva, Torre Nueva,
¡malhaya quien te torció!
Por ti nacen mis paisanas
con tan mala inclinación.

LXXIV

Encerrado en el presidio
me puse a considerar
que sabe hacer alpargatas
quien no las puede gastar.

LXXV

A quererte principié
cuando estaba en el Hospicio;
me llevarán al Amparo
y aún seguirá mi cariño.

LXXVI

El Ebro crecido es sucio
y el arroyo Chico es claro;
más vale poquito y bueno,
morena, que mucho y malo.

LXXVII

Me parece tu cariño
la marcha de los timbales,
que todo el mundo la escucha,
pero no la entiende nadie.

---

[5] Este cantar y todos los siguientes se refieren a cosas, hechos y dichos de Zaragoza.

LXXVIII

En el portal de la Audiencia
hay dos gigantes desnudos;
un pleito así los dejó,
que no lo están por su gusto.

LXXIX

Ya se van los quintos, madre,
se van por la carretera.
¡quién fuera la capitana
de la tropa aragonesa!

LXXX

El chapitel de La Seo
coloradito se pone;
las cúpulas del Pilar
de veinticinco colores.

LXXXI

Adoras a un alférez,
    según me dicen,
porque son de tu gusto
    los colorines;
    y estoy pensando
que querrás luego a un chico
    del Seminario.

LXXXII

Tan loco me tienes, hija,
que ni aún el traje me falta,
que llevo la manga verde
de apoyarme en la esperanza.

LXXXIII

De la Lonja, cuando hay fiestas,
suden salir los gigantes;
pero al tallar a los quintos,
hasta el más pequeño sale.

LXXXIV

Zaragoza estás perdida,
y si no, vete al Mercado;
allí donde estuvo la horca
no hay más horcas que las de ajos.

LXXXV

Hoy sí que irán tras de ti
los muchachos a paseo;
hoy sí que te harán la rosca,
que es día de San Valero.

LXXXVI

A la Virgen de Esperanza
yo le colgué un corazón,
tú llevaste luego un cirio;
mi ofrenda se derritió.

LXXXVII

Es tu corazón, ingrata,
igual que el puente de hierro,
por donde, a cada minuto,
pasa volando un tren nuevo.

Y, en cambio, mi corazón
es como el puente de piedra,
que el coche menos cargado
despacito lo atraviesa.

LXXXVIII

Agustina de Aragón,
anda y dile a quien yo sé
que no me tire más balas,
porque yo no soy francés.

LXXXIX

Cuando tú más altiva
yo más tozudo;
que tú eres la *giganta,*
yo el *cabezudo.*

XC

El viento de Zaragoza
tiene malas intenciones,
que se lleva los sombreros,
las capas y los amores.

XCI

Paseos los de tu novio,
paseos que causan risa,
de la calle de la *Paja*
a la de la *Albardería.*

XCII

Bola de San Ildefonso,
si te caíste, mejor;
pondré en tu sitio a un cariño
que es una bola mayor.

XCIII

¡Qué rica te hizo la Virgen!
¡Qué rica!, pero ¡qué ingrata!
Tú eres la Puerta del Sol
y yo la Puerta Quemada.

XCIV

Arre, mulitas, arre,
corred, por Dios;
arre, muías, que tengo
mi novia en *Sos*.

XCV

Yo vivo en la Magdalena
y en San Pablo mi serrana;
si ella no tuviera el *gancho*
otro *gallo* me cantara.

XCVI

Vigilante, vigilante,
toque usted el pito, por Dios;
que aquí han robado un cariño
y hay quema en un corazón.

XCVII

No me mates, no me mates,
que bastante me has herido;
ya pueden echarme el paño
los de la Sangre de Cristo.

XCVIII

A las orillas del Ebro
planté mi primer amor,
pero vino una crecida
y el agua se lo llevó.

XCIX

Cuando voy a Remolinos
tengo que pensar en ti,
viendo en la salina un hueco
que tú dejaste al salir.

C

Pronto iré por tus desdenes
hacia el puente de Torrero;
por mi pie para tirarme
o en hombros al cementerio.

CI

Con las fiestas del Pilar
comparo a algún matrimonio,
porque empiezan en la iglesia
y después vienen los toros.

CII

Borrada tienen la cara
los dos leones del puente;
borrada la tendrás tú
como besarte me dejes.

CIII

Yo comparo a esa muchacha
con la Virgen del Pilar;
ni mira, ni habla, ni sale,
siempre metida en su altar.

CIV

Mira, no te pongas moños
que aquí los moños se pierden,
que también la Torre Nueva
lo tuvo y ya no lo tiene.

CV

La piedra que cae al río
y el querer que puse en ti
bajan al fondo, se clavan
y no vuelven a salir.

CVI

Deja que te bese,
hazme ese favor,
con aquel besito que me dió mi madre
cuando se murió.

CVII

Cuando aquélla me miró
sentí en el alma el efecto
de aquel que encuentra una cosa
y echa otra cosa de menos.

CVIII

Siempre que recuerdo
que te tuve amor,
me arrodillo, morena, y murmuro:
¡Pésame, Señor!

CIX

Ando de noche el camino
sin temor a que me roben,
que sólo dolores llevo
y nadie quiere dolores.

CX

¡Qué cosa más cursi
me parece el cielo,
desde que esa chica dice que me quiere
como yo la quiero!

CXI

Me he jugado medio duro
a que el sol de noche sale;
asómate a la ventana,
me verás ganar diez reales.

CXII

Allá van tus rizos,
yo te los devuelvo
para que no digan las gentes del barrio
que te tomo el pelo.

CXIII

Mira si he llorado
sobre aquella tierra de su sepultura,
que se ha vuelto barro.

CXIV

Como me dijo tu madre
que me marchara a paseo,
calle arriba, calle abajo,
por tu calle la obedezco.

CXV

Ver espero una moneda
que haga lo que has hecho tú,
que a otro le has dado la *cara*,
y a mí me has dado la *cruz*.

CXVI

Si eres rubia, no lo se;
si eres morena, tampoco;
desde que tus ojos vi
no miré más que tus ojos.

CXVII

Partida de nacimiento,
partida de soltería...
aun no empieza el matrimonio
y empiezan ya las *partidas*.

PÁGINAS ARAGONESAS

EL CRISTO DE LA SEO

El ilustrado sacerdote zaragozano y cura ecónomo de la Seo, don Antonio Ximénez de Bagües, me escribía no ha muchos días incluyendo en la amable carta las primicias de su historia de aquella catedral.

"Es en vano que trate usted de buscar relación alguna entre la historia de nuestro Santo Cristo y la historia general militar y política de Aragón. Llena está la Seo de esos recuerdos en sus capillas, en su altar mayor, en la *Parroquieta;* pero el Cristo milagroso que se eleva en medio del magnífico tras coro es ajeno a las luchas sangrientas y a las humanas contiendas de la Historia."

Y yo, que antes de escribir este artículo quise encontrar, para que sirviera de fondo al Cristo de la Seo, una página de nuestros anales, un folio de nuestros cronistas o un pergamino de nuestros fueros, leí con doble interés la historia sencilla del Santo Cristo, todo paz, misericordia y amor. ¿Quién fue el autor de su maravillosa escultura? No se sabe. ¿Cómo vino a la Seo? También se ignora. Sábese que cuando los canónigos de la Seo hacían vida de comunidad y eran clérigos regulares de San Agustín, el Cristo se veneraba en el refectorio de los canónigos, y cuando éstos fueron secularizados por una bula de Clemente VIII, en 1604, la imagen fue trasladada a la iglesia, donde no lleva, por consiguiente, tres siglos de existencia.

Allí, bajo el maravilloso tabernáculo cuyo origen está en la tradición que luego referiré brevemente, resplandece por sus milagros y atrae la devoción popular de los aragoneses el Cristo famoso, cuya historia, bien sencilla y relativamente moderna, contrasta de un modo notable con la pátina histórica, con la legendaria y ceñuda oscuridad que envuelve las capillas de la Seo zaragozana. El gótico retablo de alabastro que forma el altar mayor, y todos los detalles de éste, recuerdan en timbres y escudos la historia del antipapa aragonés Pedro de Luna; junto al histórico altar fueron ungidos nuestros reyes vistiendo la dalmática del diácono, y aún resuenan bajo los nervios ojivales arriba entrecruzados los *greujes* y las quejas de contrafuero lanzadas ante el rey por las Cortes aragonesas.

En la capilla de San Marcos parece escucharse el ruido de estocadas de dos caballeros aragoneses, más testarudos que irreligiosos, que dirimieron sus ofensas a cintarazos, sin parar cuenta en la santidad del lugar; la capilla de San Pedro Arbués evoca la muerte del santo inquisidor, acribillado a puñaladas en la iglesia, como Santo Domingo de Cantorbery, y la capilla de Santo Dominguito, clavado en la cruz con el traje infantil de los niños de coro, trae a la memoria otro asesinato de los judíos muy semejante al del Niño de la Guardia, en la catedral de Toledo.

En medio de tan sangrientas historias, santificadas por la palma del martirio y envueltas en la oscuridad de las capillas de la Seo, álzase en la parte más clara e iluminada de la catedral el tabernáculo barroco que sirve de trono al Santo Cristo y se eleva en medio del famosísimo trascoro, obra del cincel de Tudelilla, ilustración obligada de todas las obras de arte español y fondo elegido por Fortuny para su magnífico cuadro *El bautizo*. Las estatuas de los diáconos aragoneses San Vicente y San Lorenzo, y las escenas de sus respectivos martirios, son el asunto escultórico del trascoro; en medio de él se alza el tabernáculo sostenido por columnas salomónicas de mármol negro; una historiada cúpula dorada se apoya en ellas y sirve de base a una estatua de Cristo resucitado, que parece lanzarse a la maravillosa bóveda tachonada de rosetones, cuya labor copian los mármoles del suelo.

Dos detalles atraen la atención del devoto una vez delante del tabernáculo. El primero, esta frase, grabada en grandes letras sobre la faja inferior de la cúpula: *Y vos que me tenéis aquí, ¿qué hacéis por mí?* El segundo, la estatua orante de un canónigo que desde el lado de la epístola dirige al Cristo sus ojos sin pupilas.

La unión de ambos detalles, al parecer independientes y sin relación alguna entre sí, forma la tradición sagrada del Cristo de la Seo.

* * *

Corría la noche del 12 de septiembre de 1631.

Tocaban a *maitines* las campanas de la catedral, y poco a poco entraban en la Seo los canónigos, cambiaban en la sacristía sus negros trajes de calle por las holgadas y purpúreas vestiduras de ceremonial y entraban en el coro con el leve rumor de la oración en los labios y el leve rozar sobre el suelo de sus holgadas capas de seda.

Don Martín de Funes, uno de los más sabios y devotos miembros del cabildo, donde ostentaba la dignidad de Penitenciario, fuese a orar ante el Cristo, como tenía por costumbre todas las noches, y allí, prosternado ante el Crucifijo, pidióle perdón para sus culpas y consuelo para sus aflicciones.

El Cristo de la Seo, con débil voz e imperceptible movimiento de los muertos labios, interrogó al devoto en esta forma:

— Y vos que me tenéis aquí, ¿qué hacéis por mí?

El débil cuerpo del canónigo doblóse de emoción sobre las rodillas, pero aún halló fuerzas para responder, trémulo, al Santo Cristo.

— Señor, bien sabéis vos que son pecados o ha sido ofenderos lo que yo he hecho.

Redobló el devoto sus oraciones, y con ellas fortalecido marchó al coro, salió de él con sus compañeros una vez terminados los *maitines*, y nadie supo por el momento la mística conferencia celebrada entre el milagroso Crucifijo y el canónigo Funes.

Llegó éste a ser obispo de Albarracín, y en los descansos de su palacio consignó en un manuscrito con sentidas palabras el anterior suceso, así como algunas otras palabras que posteriormente le dijera el Cristo. Sólo a la muerte del Obispo debía abrirse, como así se hizo, el pliego lacrado de sus revelaciones, tras las cuales venía la disposición testamentaria dejando sus bienes para mayor honra y culto del Santo Cristo, así como para que el cuerpo del testador recibiese sepultura junto a la milagrosa imagen que le había hecho merced de sus milagrosas palabras.

El manuscrito del canónigo Funes consérvase intacto en el archivo de la Sede aragonesa; el tabernáculo que hoy cobija al Santo Cristo fue erigido con la manda piadosa dejada por el obispo de Albarracín, y la estatua de éste, de mármol blanco, que hoy se admira frente al altar, eterniza la piadosa y sencilla tradición del Cristo de la Seo.

* * *

Los milagros posteriormente obrados por el Santo Cristo de la Seo, y especialmente la benéfica y abundante lluvia que siguió a las memorables sequías de 1703 y 1803, apenas fue sacado en procesión solemne el Crucifijo, hicieron recordar a los zaragozanos las palabras pronunciadas por el canónigo Funes: "Que algún día había de ser sonado y muy renombrado el Santo Cristo de la catedral."

4 abril 1896. *(Blanco y Negro.)*

MI COCO

Siempre que cruzo la plaza de Aragón[6] y miro la panzuda efigie de Pignatelli — globo humano que quiere elevarse más de lo que está —, recuerdo, casi con vergüenza, el miedo que ese ilustre apellido me infundía en la infancia.

Y qué ajeno a mis temores estaría él, impasible y fuerte en su pedestal, como lo fue en su vida, guardando a Zaragoza con las espaldas y mirando al Huerva con la constancia imperturbable de un enfermo de ictericia que ve su salvación en el curso del agua!

Era yo niño y vivía en la casa llamada *del Canal.*

Cubriendo, por poco, una de las paredes de aquellos despachos se ostentaba un retrato de Pignatelli en tamaño natural, copia del que posee la Diputación, pintado por Goya.

Al entrar por primera vez, solo y a media luz, en aquella sala, sentí un miedo horrible el miedo de un niño cuando piensa que se le van a comer.

¿Quién era aquel hombre negro, alto, robusto, de cabeza pequeña cubierta por blanca peluca que se retorcía en las sienes, de calzón corto y zapato de hebilla, de chupa larga y sombrero de tres picos, llevado bajo el brazo, cuya mano enseñaba un papel que a mí me pareció la sentencia de mi muerte?

Y aquel hombre no hablaba, ni se movía, ni pisaba el suelo como los demás.

Había salido del tabique, rompiéndolo en cortadura rectangular, por donde se veían montes en lontananza, árboles que marcaban el curso de un arroyo y hasta un carruaje que asomaba tras una pequeña elevación del terreno.

Mi primer acto reflexivo fue dar un grito y salir de la estancia pidiendo perdón.

¡Había entrado en el despacho a comer obleas!

Muchas noches estuve soñando con aquel hombre gordo; nada dije a mi abuela, ni a mis hermanos, temiendo que *el señor del despacho* rae agarrase los pies estando yo en la cama, y desde aquel día, siempre que andaba solo por los pasillos, cantaba como un desesperado y me santiguaba hasta rayarme el rostro con la uña del pulgar.

---

[6] La estatua de Pignatelli, que hoy se alza en Torrero, acupaba entonces el lugar que ahora para el Monumento al Justiciazgo Aragonés.

Una tarde entré en el despacho haciéndome acompañar de la niñera y observé con estupor horrible que aquel hombre me miraba siempre, siempre, sin separar la vista de mí, pusiérame donde me pusiese.

No pude aguantar más y salí llorando como una Magdalena.

Mi madre acudió en seguida con árnica, pero rechacé el frasco y, agarrado a las faldas maternas, entré de nuevo en la mansión terrible.

— ¿Quién es éste? — pregunté a mi madre con mucho hipo. Y acto seguido me desaté en improperios contra don Ramón.

— ¿Este? ¡Pignatelli! — contestó mi madre echándose a reír.

Yo me quedé frío.

Pignatelli... Pignatelli... ¡Y se reía! ¡Ya no me asustaba! ¡Y lo decía con tanta naturalidad! Como podía haber dicho el sastre, el zapatero o el vecino del segundo.

Decididamente, aquello era cosa de brujería.

Y el tal apellido me daba mucho que pensar.

¡Pignatelli! Esa *ge* y esa *ene* juntas, que tan difíciles se hacían a mí pronunciación, no podían traer cosa buena.

Así es que viví mucho tiempo creyendo a puño cerrado que Pignatelli era amigo de Pedro Botero, que había engordado comiendo chicos, como el Gargantúa, y que los sábados por la noche se untaba el cuerpo de betún y volaba al *aquelarre,* montado en una escoba.

¡Cómo me he avergonzado después!

Sirvan estos renglones de retractación público y ojalá, con la pena que me impongo, quede purgado el delito que cometí.

Todos los años admiro con verdadera fruición las obras de Pignatelli y cada vez me parece más grande el nombre egregio del primer protector del Canal Imperial.

La presa del Bocal, con la casa de Compuertas al lado; la mina de Gallur, el inverosímil acueducto sobre el Jalón; las esclusas de Casa Blanca..., las de Valdegurriana... Todos los ingenieros hubieran sido pocos para dirigir estas construcciones sin la iniciativa poderosa y el carácter de hierro que hicieron un coloso del ilustre amigo de Floridablanca.

No era Pignatelli un ingeniero ni un sabio.

Pero a él solo corresponde la gloria de nuestro Canal, como corresponde a Lesseps el triunfo que pregonan dos istmos rotos.

Y Lesseps tampoco es ingeniero.

Felipe II no se distinguía, seguramente, por sus conocimientos arquitectónicos.

Y, sin embargo, más gloria le cabe a él que a Juan de Herrera en la construcción de "San Lorenzo".

¿Era, por ventura, Justiniano, muy perito en jurisprudencia?

Y, no obstante, de las obras que él dió a luz, toda la gloria es del emperador, que apenas si deja unas migajas a Triboniano, Doroteo, Teófilo y demás letrados de aquellos tiempos.

La explicación es clara.

Puede un individuo dirigir admirablemente una orquesta y no saber tocar el violín.

A primera vista, la locomotora es el vagón más inútil del tren, porque en ella no puede colocarse ningún viajero.

Pero es el motor que arrastra todo el ferrocarril.

Un verdadero carácter, un corazón grande y noble y un alma de hierro formaron a Pignatelli.

Era lo necesario.

El genio no trabaja, adivina.

En el mismo despacho donde yo le vi, que hoy es salón de sesiones de la Junta del Canal Imperial, subsiste el retrato del protector entre dos magníficos lienzos de Goya: un "Fernando VII" y un "Duque de San Carlos".

Siempre que paso por allí me pongo como una amapola y salgo diciendo: "¡Perdón!".

La misma palabra que pronuncié de niño cuando renuncié a quitar las obleas.

20 octubre 1886. (*La Derecha*, periódico diario de Zaragoza.)

NOCHEBUENA BATURRA

Así como en los rebordes de la tartera se encuentra solidificado su amarillenta membrana todo lo más sustancioso del caldo, y en la pared interior de un vaso de leche se halla lo más nutritivo, sólido y condensado de la nata, cuando se trata de usos populares y de costumbres típicas de una región habréis de buscarlas en su periferia, en esos pueblecillos oscuros y apartados en los cuales, por carecer de medios de comunicación, todavía se come, se bebe, se viste y se calza como hace cien años, al revés de las grandes capitales, donde a la continua se siente la influencia de la corte, como a su vez se nota influída por las modas y corrientes del cerebro del mundo.

Yo, el más *zaragocica* de los zaragozanos, el desterrado que con más nostalgia piensa en la capilla de la Virgen, en las ondas del Ebro y hasta en las ventoleras de la *Muy Benéfica,* me guardaré muy bien, tratándose de pintar costumbres típicas y regionales, de llamar en mi auxilio a las dos o tres musas que podrían ayudarme desde las orillas del Ebro, ni de sacar a colación el Coso ni la calle de Predicadores.

No; en Zaragoza no hay calzones cortos, ni *cacherulos* pintarrajeados, ni fajas moradas, cuyas múltiples vueltas hacen vientre empuñado del vientre más varonil; allí se ha perdido la indumentaria aragonesa y el *folklore* regional; sólo queda el corazón, muy grande, muy hermoso y muy guardado, para no usarlo más que cuando hace falta; la altivez de la raza, aquella altivez de nuestros abuelos, que apoyándose en la *Firma* de la *Manifestación* y en el *Justiciazgo* se oponían a los reyes cuando los reyes no resultaban traba ni cortapisa alguna; el valor heroico y silencioso de los Sitios, del 5 de marzo; de la epidemia colérica, valor este último que movió al Gobierno a premiar en masa a toda Zaragoza, colgando del escudo municipal la gran Cruz de Beneficencia, honrosa y leve carga que, por hermosa y leve, aguanta tan sólo el león rampante de nuestro escudo. Y, como expresión del alma recatada y pudorosa, también queda allí el acento aragonés, profundo, bajo, cavernoso, en nuestras guitarras, brusco y duro, porque no se amolda ni se tuerce, lleno de aristas. Pero, ¡bah!, sin tantas aristas, esquinas y puntas, ¿luciría tanto el brillante? Además, que el habla aragonesa, si en el hombre parece tosquedad, en la mujer es yema del corazón y hondo quejido del alma; jamás los tonos atiplados ni los acentos melifluos expresarán las grandes pasiones; nunca el clarinete ni el violín darán las notas hermosas y sentidas del violoncello y del oboe; en momentos supremos de ansiedad, como en momentos supremos de dicha, no se buscan halagos del oído, sino consuelos que bajen hasta el alma, y sólo el acento de la mujer aragonesa, con sus palabras prolongadas y sonidos finales inacabables, tiene el grueso espesor, la seriedad hermosa, la hondura insondable de lo que brota del corazón, que está más hondo de lo que parece.

Me alejo, pues, de la orilla del Ebro en la seguridad de que en cualquiera de los confines de las tres provincias aragonesas hallaremos una Navidad que nos desquite, al lector y a mí, de las molestias del viaje. Podrá ser en el somontano de Huesca, o bien faldas arriba del Pirineo, en algún pueblecillo de los que vigilan la marcha tortuosa y flamígera del Gállego y del Aragón; los astutos ríos que, unidos en la montaña, evitan bajar en línea recta para no despeñarse y trazar mil revueltas, espirales y rúbricas, llevando un camino más seguro, aun a trueque de hacerlo más largo. Podrá ser que nos internemos en la sierra de Albarracín o en cualquier otro abrupto paisaje turolense, donde las avaras rocas guardan vírgenes riquezas mineras, aún no explotadas ni visitadas siquiera por el ferrocarril; acaso, tomando el Moncayo por faro de nuestro viaje, me marche con el lector hacia Cinco Villas, o bien, recordando los jugosos melocotones, encaminemos nuestros pasos por la ribera del Jalón, de ese río mal genio, como todos los chiquitines, tan pronto imperceptible como un hilo, tan pronto inmenso como una sábana de tres telas. El sitio importa poco; romero más o menos en el fogón, mayor o menor holgura en los calzones, el hogar aragonés siempre es el mismo, ya esté en la raya de Francia, ya en los límites de Castellón, ya en los confines de Soria, ya en las cercanías de Sigüenza. En todos nos recibirán con la guitarra tañida con más o menos brío; en todos beberemos la copa de aguardiente con guindas o el vino seco, negro y espeso, como sangre enferma; en todos tendremos el plato de los pastores de Navidad las migas muy aceitosas, muy pellizcadas y muy relucientes, porque en Aragón no se comprende a los pastores de Belén más que comiendo migas, y para algo se ahorra el aceite del candil y se sustituye la luz mortecina de la pringosa mecha de algodón por la astilla resinosa que arde con vivísimos resplandores, llorando lágrimas pegajosas, y por el incendio de los bojes que, al chamuscarse bajo la gran campana, llenan la cocina de chispas bulliciosas, de toda una magia de luces de alegre y continuo castañeteo producida por el estallar de las fuertes y menudas hojas.

* * *

El encebado de los pavos, de los capones; la fabricación casera del turrón y las faenas de la recolección de la oliva anuncian las fiestas de Navidad casi tanto como el bloque del calendario americano que, colgado en la pared, va perdiendo sus últimas hojas, y los rigores de la estación con sus crudísimas madrugadas que llenan de rosadas el campo y espolvorean los árboles de blancos y poco durables *dorondones*.

Cuán divertido para los chicos la hora de la comida de los pavos. Además de la suculenta *pastura* del *panizo* y de todos los despojos de la cocina, se les hace tragar nueces enteras, abriéndoles con trabajo el pico y pasándoselas a fuerza de dedos por el *garganchón;* cuando tienen repleto el buche se les emborracha con ron para que tengan la carne blanda, y entonces es cosa de verles con la cresta y el moco pletóricos de sangre, marcando el lomo hasta tomar su cuerpo forma esférica, haciendo la rueda con el oscuro abanico de su cola y lanzando ese zumbido, sólo comparable a la escapada general de una bandada de gorriones.

Desde el corral, donde comen y se atracan los pavos, entra la chiquillería en la cocina. Allá, sobre las gigantescas *estrébedes,* fijas en el rescoldo y en la brasa de los tizones, se alza el caldero monumental, sólo empleado para calentar el agua de la colada y para cocer la pasta del mondongo. Ahora aparece lleno de miles de piñones y de almendras que cuajan poco a poco hasta formar, según el grado de cocción y la calidad de las materias primeras, lo mismo el suculento mazapán, que nada tiene que envidiar al de Toledo, que el sabroso *turrón de tabla,* que hace coger a los chicos el primer dolor de muelas y hace perder a los viejos el último colmillo de sus encías.

En el campo, mientras se sacude a los olivos con largas varas y se llega a las ramas últimas del cama juste, el pueblo entero prepara las rondas, las canciones, las demandas, los obsequios de Navidad. No hay sufragio universal ni representación del pueblo tan auténtica y completa como esa complejísima reunión de la gente baja al pie de los troncos retorcidos y polvorientos del olivar. Hombres y mujeres, niños y ancianos, todo el mundo acude a la recolección; la bandada popular cae sobre los olivos como antes cayeron las bandadas de tordos.

De noche se arreglan las guitarras, se confeccionan las zambombas, atando con *liza* un pergamino a la boca del puchero; se discurren las *cantas* de jota y se habla de los obsequios que prepara la gente rica.

— El señor alcalde — dice un mozo — ha recibido un cajón de bizcochos de Calatayud y dice que todo será para nosotros.

— ¿Todo? ¿Hasta las tablas?

— Hasta las tablas, para quemarlas en la hoguera de Nochebuena.

— ¿Qué más ha traído el ordinario de Zaragoza?

— ¿Qué más? ¿Qué más? Pa' los ricachones de la plaza ha traído tres cajones de higos de Fraga que me río yo.

— Esos ¿nos los comeremos o qué?

— Pues, ¿qué ha de hacer? Masiau que me entero yo dónde tienen laminerías y dónde no las tienen pa' que aquella noche vayamos donde haiga y tomemos el camino que más nos cumpla.

Y, en efecto, el día 24, apenas empieza a caer la tarde, se reúne toda la matraquería con mucha gana de comer y con mucho hueco en la faja para guardarle cosas a la parienta o al cortejo. Requieren las vihuelas, las guitarras y los requintos; se embozan en las mantas, cuya inútil capucha forma un pico allá cerca del suelo, y en un santiamén salen a la calle y encienden vivas a las guitarras, como ellos dicen. En todas las casas ricas aguardan la invasión y tienen las colaciones preparadas; la sopa de ajo muy hervida y con mucho huevo; el blanco y ternísimo cardo, que es la verdura de Navidad, como la espinaca es verdura de la Cuaresma; las botellas de licor, en cuyo vientre flota el anís en rama; las frutas secas diseminadas a granel por mesas y bancos, y como centinelas del banquete los rechonchos *botos,* apoyados en la pared, porque el vino, sin duda, no les permite mantenerse derechos. De casa en casa y de colación en colación recorren los mozos todas las calles del pueblo y todas las fases de la alegría. En el hogar de algún ricacho no deja de encontrarse el Nacimiento, fabricado a costa de mucha paciencia y de no poco papel de estraza. Este, colocado sobre una mesa de planchar y en fondo de una alcoba que sirve de escenario. Se ven muchas montañas, riscos y picachos, como cumple a la topografía popular de los Santos Lugares; el Nacimiento es de suyo cosa intrincada, laberíntica y de no pocos altibajos. El Portal de Belén, un portal aislado por donde no se entra a parte alguna, cobija al Niño Dios, a la Virgen y a San José, sin olvidar a la mula y al buey consabidos. Más lejos comen migas unos pastores, vigilados desde lo alto por un ángel que va a caerse en medio de la cazuela; los Reyes Magos bajan con sus camellos por puntiagudos riscos, difíciles de atravesar hasta para las cabras; arriba y abajo corren fuentes que ya no pueden ser más cristalinas, porque no les falta ni el azogue; pastores y soldados, campesinos y otros actores que no hablan se dirigen hacia el portal llevando a cuestas corderillos, gallos, bultos sospechosos, y presidiendo esta general movilización de toda la Judea, la estrella de talco, la imprescindible estrella que, con su opacidad forzosa y su rabo larguísimo, más que estrella gloriosa de Belén parece un cometa de mala sombra.

* * *

Ya han recreado su vista los rondadores, ya se han puesto de turrón "hasta tocárselo con el dedo", como dicen allá, y ya la trabajosa lengua no acierta a repetir las coplas ni los dedos, temblones, pueden herir la destemplada *prima* del guitarro.

Las campanas de la iglesia voltean a los fieles; se aproxima la hora de la misa del Gallo, y el Niño Jesús se yergue sobre el altar mayor, rodeado de brillante aureola, y las flautas del órgano preludian la misa de los pajaritos, mientras el turíbulo, lleno de incienso, inunda las naves de perfumadas nubecillas.

La gente rica tiene su puesto en el presbiterio; los pobres se codean y empujan en todos los ámbitos del templo; los chiquillos hacen sonar sus botijitos llenos de agua, imitando el piar de los gorriones; todo es alegría y júbilo y contento en la casa del Señor, mientras fuera todo es oscuridad, ventisca y frío.

* * *

Nacido el Niño Dios, la iglesia se va quedando sola, las calles desiertas y el pueblo tranquilo; retíranse los mozos a empezar sobre el lecho la difícil digestión de tanto comistrajo; duérmense los niños empuñando aún el silbato o la pandereta, y los primeros albores del día dejan ver sobre la espadaña, sobre el tejado, sobre los arbotantes y contrafuertes de la iglesia del pueblo, sábanas blanquísimas de nieve, encajes helados, caer en hebras estalactílicas, albos perfiles que matan la dureza de los esquinazos por todo el edificio, blancura de ropa nueva y calados niveos de mantillas jamás soñadas; toda la canastilla del recién nacido que los ángeles volcaron sin duda sobre los tejadillos humildes del templo cristiano.

LA JOTA

Creo que es Mantegazza quien, hablando de la música como expresión de los afectos y movimientos del alma, dice que la alegría es centrífuga, mientras que la pena es centrípeta.

Efectivamente, el ser apenado parece recogerse en sí mismo y vivir sólo para su dolor; los tristes se arrinconan, su cuerpo se recoge, sus manos se aprietan queriendo fundirse, todas las líneas del rostro diríase que pugnan por recogerse en un haz, y de ahí la "cara larga" de los melancólicos.

La alegría, por el contrario, es abierta y expansiva; el alma alegre se manifiesta en una mímica general de todo el cuerpo, en la sonora carcajada que dilata el rostro, en las manos que palmotean, en los pies que dan zapatetas; en saltos y brincos, en ruido y algazara, porque todo ser alegre parece multiplicarse y extenderse, como da a entender esta frase popular "la alegría no le cabe en el cuerpo".

Así es que, no por hábito ni por costumbre, sino por ley natural, el baile es la expresión más acabada y perfecta de la alegría. "Echarse a bailar" es el acto instintivo de quien recibe una alegre sorpresa.

Siguiendo, pues, la teoría de Mantegazza, muy ingeniosa y muy exacta al mismo tiempo (casi siempre el ingenio no es más que fina observación), podemos decir que la aparatosa música del baile es la más alegre, porque es la más centrífuga; y esto admitido, añado yo que la jota es la más alegre de las danzas, porque su música es la más centrífuga de todos los bailes. Dejemos aparte las danzas del Norte, demasiado lentas y ceremoniosas, como cumple al carácter de la raza y al medio ambiente del país; pero aún los bailes orientales y del Mediodía no exigen el radio de acción que necesita para bailar bien una buena pareja de bailarines aragoneses.

En esas danzas de que hablo hay más voluptuosidad que alegría, más gracia que expansión, más elegancia que espontaneidad.

Concedo, pues, de buen grado a todos los bailes populares cuantas hermosas cualidades quieran: la distinción, la elegancia, la sal, el encanto, la gracia, con tal de que dejen a nuestra jota la cualidad que para ella reivindico la alegría.

En la danza oriental y sus similares españoles cimbréase el talle, ondulan los brazos, agítase el cuerpo en movimiento graciosísimo, que si hubiera de representarse en una curva tendría signo adecuado en una hélice.

La jota, sin tanta gracia, tiene más expresión los brazos siempre abiertos, las piernas siempre separadas, todo el cuerpo en continuado movimiento de traslación, que podría representarse en la curva más sencilla y más franca, el semicírculo, es decir, la curva de la tierra, del cielo y del sol. Algo tendrá la jota cuando con ella acaban todos los "pot pourris" de aires populares; con la jota terminan las serenatas, lo mismo en Aragón que fuera de él; ella es final obligado de toda zarzuela cuando es el músico y no el escenógrafo quien se encarga de la apoteosis. Más no es ésta la jota cuya descripción me han encomendado, sino la *jotica* del pueblo, modesta y sencilla, bailada por las baturras y los *matracos,* cantada por los quintos del lugar, musicalmente chapurreada por cualquier mozo; y digo "cualquiera", porque hacer *ran ran* en la guitarra para que bailen no es ninguna cosa del otro jueves.

Lugar de la escena, poned cualquiera: si es verano, la plaza del pueblo; si es invierno, el patio de la posada.

Los mozos, con el cacherulo a la cabeza, suelto el ajustador y bien atadas las alpargatas, se acercan a las mozas de aparejo redondo y las invitan a bailar, ofreciéndoles la mano dura y callosa. Ellas alargan la suya pulimentada en el lavadero, y cogida de la mano llega la pareja al centro del corro, donde la moza se desprende, dando una vuelta bajo el brazo del baturro. Quedan ambos frente a frente ella, con los brazos hacia abajo, acariciados hasta el codo y *po alante* con las manos abiertas; y como si no aguardaran otra cosa, los tañedores rasguean los cuatro acordes preliminares de la jota y empiezan a puntear ésta con las púas sobre el cordaje de las vihuelas ya se armó. La jota es contagiosa y aumentan las parejas que es un gusto. Óyese el chasquear de los dedos o el castañeteo de las pulgaretas que agitan las manos de los bailadores; ellas, con los brazos hacia abajo, acariaciados hasta el codo por el fleco del mantoncillo; ellos, con los brazos en alto, las piernas ágiles, la faja medio suelta por el vivo movimiento del baile y siempre separadas las parejas, hasta que se oye la primera *canta.*

> "Las cuerdas de mi vigüela
> yo te diré cuántas son
> prima, segunda, tercera,
> cuarta, quinta y el bordón."

Mientras dura la copla, las parejas se unen y bailan agarradas; cuando acaba, la moza da la vuelta de rigor bajo el arco que forma su brazo con el de su pareja, y ambos reanudan el baile frente a frente.

Y sigue la animación y el bailoteo. Los mozos, en el momento oportuno, es decir, después de la copla, se van sustituyendo unos a otros frente a la baturra, que sigue bailando, sin parar, con todo el que se pone por delante.

Corre el porrón de mano en mano entre los circunstantes, y además del porrón con vino de Cosuenda, las copas de anís de Escatrón y su miaja de confitura.

Empiezan las cantas "de risa", que es como decir que la fiesta ha llegado al colmo de su alegre barullo; los mozos se limpian el sudor con sus *moqueros* azules; las mozas siguen sin *reblar,* el tocador tampoco *rebla* a pesar de haberle

saltado la prima, y un alma caritativa, que ha visto por el *ventano* los primeros
y cárdenos resplandores del alba, canta por fin:

> "Me despido de tu puerta
> como el sol de las paredes,
> que por las tardes se va
> y por las mañanas vuelve."

Y esto es lo que se llama en Aragón "una miaja e jota".

(Blanco y Negro. Madrid, 1 de enero de 1898.)

UNA VELADA ARAGONESA EN EL
CÍRCULO DE LA PRENSA[7]

LA COPLA ARAGONESA

Dicen que las comparaciones son odiosas y realmente la frase es cierta cuando al comparar intentamos que salga triunfante uno de los términos, con desdoro y menoscabo del otro; pero en la comparación de dos cosas bellas que reconocidamente lo son, no sólo conseguimos una nueva belleza, cual es la belleza del conjunto, sino que el mérito de cada uno de los términos, lejos de aminorar y obscurecerse, parece como que se agranda y robustece al resaltar por la fuerza del contraste sobre el otro término que le sirve de fondo.

Y todo esto viene al tanto de que para explicaros en pocas palabras cuál es el carácter y la enjundia de la copla baturra, necesariamente he de partir de una base que ahorre fundamentos a mi pluma y molestias a vuestra atención, y esta base es la de que todos conocéis el variadísimo, poético y exuberante coplero andaluz, ya por la repetida audición de aquellos popularísimos cantos, ya por la lectura de cancioneros, copleros, mejor dicho, tan importantes para los estudios folklóricos como el de Fernán Caballero, el de Lafuente, Alcántara y el más moderno y voluminoso de don Francisco Rodríguez Marín.

Admitido que conocéis a cientos las coplas andaluzas, mi tarea es bien fácil, por fortuna para mí, y corta felizmente para vosotros. Casi basta para mi explicación aquella sencillísima de un sargento instructor de quintos media vuelta a la derecha es lo mismo que media vuelta a la izquierda, sino que es todo lo contrario.

Lo contrario, sí; no en el sentido de rivalidad y enemiga, sino en el del más puro y bellísimo contraste literario, como contraste natural ofrecen el Medioía y el Norte, las soleadas campiñas de Andalucía y los venteados cabezos de Aragón; como contraste musical presentan los tonos melancólicos orientales, voluptuosos de la guitarra andaluza y el rasguear vivo, alegre, fuerte, sonoro de la bandurria aragonesa; como hay contraste entre el vergel andaluz estallando en flores y en aromas y el huerto aragón encorvado al peso de los frutos; contraste en el carácter, en la lengua, en las costumbres, porque para decirlo de una vez, si la belleza nació en Andalucía, la verdad nació en Aragón; la guitarra andaluza canta bellezas como cielos, el guitarro aragonés dice verdades como puños. ¿Qué importa que la hipérbole

---

[7] 1 diciembre 1897.

andaluza no sea cierta si es bellísima? ¿Qué importa que el cantar baturro no sea poético si es verdadero?

La guitarra andaluza es brillante y esplendorosa; su largo mástil termina en ramo de claveles o en lazo de cintas de colores; sobre su caja pulimentada rasguean con suaves caricias los dedos finos y nerviosos del poeta. El guitarro aragonés es basto y oscuro, su mástil no tiene cintas ni flores; el sudor del trabajo ha ennegrecido su caja, y allí donde acaban las cuerdas hay un corazón pegado donde golpea el baturro como en su propio corazón.

El andaluz, para entrar desde luego en el proceso amoroso, norma y base de todo cancionero popular; el andaluz, digo, rompe en requiebros bellísimos que le sugiere su fantasía meridional, sus labios inagotables, su aplomo y su fogoso natural exaltado por los amores.

¿A qué citar ejemplos? Coplas de requiebro tenéis bellísimas y copiosas en los copleros que antes he citado.

Pues bien el baturro no sabe requebrar; lo que siente se lo calla; sólo por un supremo esfuerzo logra dar salida a su querer, y como sale de pronto y después de estar muy contenido, sale generalmente mal; no es el poético caño de una fuente; es el tremendo chorro de una manga de riego.

Así, por ejemplo, quiere echar una flor y dice el siguiente donoso disparate:

> Dos columnas de alibastro
> hechas con arquitetura,
> sostienen el molificio
> de tu polida hermosura.

cuando no se lía la manta a la cabeza y reconociéndose incapaz de decir a la novia una sola palabra, exclama:

> Siquiá me golviá aura mesmo
> un abrió u animal,
> pa' abrevar en esa fuente
> tuviéndome tú el ronzal;

otras veces quiere ser fino y canta así:

> Quisiá sel la enredadera
> que sube por tu ventana,
> pa' hacerte cuando te asomas
> cosquillicas en la cara;

o sintiéndose capaz de imposibles empresas por la dama de sus pensamientos, agarra el guitarro y le dice:

> Si quieres que al cielo suba
> y las estrellicas cuente,
> y coja la más bonita
> y te la ponga en la frente...

La cláusula queda sin terminar aguardando una respuesta de la dama que, por suerte para el baturro, no acepta nunca la invitación.

Si la aceptase, ya estaba nuestro mozo dispuesto a volar no con alas de cera como Icaro, sino con un par de cañizos debajo de los sobacos.

No sería la primera vez.

Hay quien no se contenta con subir al cielo, verbigracia:

> Pricipicio cauteloso
> m'an dicho que el sol t'ofende,
> yo con el sol reñiré
> y al sol le daré la muerte.

Y para pintar, en fin, el ridículo encogimiento (que a mí no me parece ridículo, sino sublime) del baturro junto a su novia, hay otro cantar que dice:

> Siempre que veo a mi abrió
> dando vueltas a la noria,
> la noria me paíces tú
> y el abrió mi persona.

¿Dónde está entonces la poesía de nuestras coplas? — me diréis —. Tan negado es el baturro que jamás acierte a expresar atinadamente sus amores? Si en vuestro cancionero no tenéis más que baturradas, hacéis bien en no recogerlas como han hecho con las suyas los folkloristas andaluces.

No, no es eso. Cuando el baturro quiere meterse en poesía, cuando quiere cantar como el pueblo del Mediodía sacando a colación las flores y las estrellas, las palmeras y los rosales, adornos y primores que son incompatibles con el carácter nuestro y hasta con nuestro lenguaje, el baturro canta mal; verbigracia:

> Son tus ojos estrellicas,
> tus labios miel de panal,
> y tu cuerpo un capullico
> que ha nacido en un rosal.

Copla cándidamente infantil, como risible es esta otra:

Eres hermana del sol
y cuñada de la luna,
sobrina de las estrellas,
del cielo prima segunda.

Pero cuando el baturro se limita a expresar sencillamente, sin comparaciones ni retóricas, lo que siente su corazón de niño, entonces surge la verdadera poesía popular primitiva, pero robusta; de olor campestre, de sinceridad adorable, poética en sí misma y no por los adornos y galas del lenguaje.

Véanse las siguientes coplas:

No puedo pasar el Ebro,
me lo impide la arboleda,
si no me alarga la mano
una chica rabalera.

Es tanto lo que te quiero
que te quisiera llevar,
de día, en el pensamiento;
de noche, en el ensoñar.

¿Qué me importa que te tenga
cara a cara y frente a frente,
si no te puedo decir
lo que mi corazón siente?

Capullito, capullito,
ya te vas volviendo rosa,
ya se va acercando el tiempo
de decirte alguna cosa.

Un día pasé pol horno
y me diste un bollo tierno;
siempre que pol horno paso
del bollo y de tú me acuerdo.

Eres una rosa hermosa
acabada de nacer;
como no es tiempo de flores
todos te vienen a ver.

Cuando paso por tu calle
y en la ventana no estás,
voy alcorzando los pasos
por ver si te asomarás.

Sigamos con la historia amorosa del pueblo y una de dos o el galán es correspondido o no lo es. En el primer caso, se acabó la guitarra, ¿para qué rondar? El andaluz empieza a "pelar la pava" y el coloquio íntimo de dos almas grandes es un arrullo sólo escuchado por ellas mismas. El mozo aragonés frecuenta la casa de la novia, la acompaña a la fuente, habla con ella en el zaguán o por la tapia del huerto y, en todo caso, al comenzar la felicidad de ambos amantes terminan las canciones para el coplero.

Puede darse un caso y se da muchas veces. Que a pesar del amor correspondido y queriéndose él y ella, con el querer de la vida, haya obstáculos para las relaciones por parte de la familia o por otras causas.

Entonces el andaluz se entrega a la tristeza arrancando a su guitarra esas notas de llanto y de dolor que forman la mayor parte del coplero meridional:

Cuando yo esté en la agonía
siéntate a mi cabecera,
fija tu vista en la mía
y así quizás no me muera.

A San Antonio le pido
y no me lo quiere dar,
el niño que tiene encima
que me acompañe a yorar.

¿Qué importa que la calandria
y el ruiseñor y el jilguero
canten para consolarme
si yo no tengo consuelo?

A la calle tiro piedras,
al que le dé que perdone;
traigo la cabeza loca
de tantas cavilaciones.

Estas cavilaciones no caben en la cabeza del baturro. Como la chica le quiera, ¡bastante se le da él de todos los inconvenientes!

¿De qué le sirve a tu madre
cerrar la puerta al corral
si t'as de venir conmigo
por la puerta prencipal?

Anda diciendo tu madre
que yo para ti soy poco;
iremos a la arboleda
y cortaremos un chopo.

Porque quiero y porque puedo
y porque me da la gana,
te llevo en el pecho mío
en tarjeta americana.

Algún día querrá Dios
y la Virgen del Pilar
que tu ropica y la mía
vayan juntas a lavar.

Pero ocurre el otro caso, el más triste para el amante; la moza no hace del rondador caso maldito. La guitarra del Mediodía tiene para entonces su cuerda más poética, la más sonora, la más característica, la que al cantar los desdenes del bien amado, hace encajar perfectamente en la música quejumbrosa y melancólica de sus cantos, cortados siempre por ayes y jipíos, los tristes acentos del amante desdeñado.

Son infinitas y muy conocidas las coplas andaluzas que cantan desdenes con poesía infinita y admirable sabor popular; pero vayan de muestra las siguientes:

Mi corazón a tus pies
lo ves y no lo levantas,
pobrecito corazón
qué de penillas le causas.

Los pajaritos y yo
nos levantamos a un tiempo,
ellos a cantar el alba
yo a llorar mi sentimiento.

Todas las mañanas bajo
a una peñita a llorar,
como si la peña fuese
la causa de mi pesar.

Una tórtola te traigo,
que en el campo la cogí;
su madre llora por ella
como yo lloro por tí.

Y aquí es donde surge el más rudo contraste entre la jota y los aires
andaluces, entre el rondador de Aragón y el rondador del Mediodía.

En el folklore aragonés no hay desdenes, el baturro no llora nunca porque
ya le dijo su madre, siendo niño, que "los hombres no lloran aunque se van
con las tripas en la mano".

Así, pues, cuando la moza contesta con una negativa a las proposiciones
amorosas que con tanto trabajo ha desembuchado el baturro, éste se indigna
y pone a la chica como hoja de perejil, "peor que un pial", como diría, el
propio baturro.

He aquí algunas de esas coplas *de pique:*

Si me distes calabazas
me las comí con pan tierno,
que más quiero calabazas
que una mujer sin gobierno.

Quítate de esa ventana,
estampa de la herejía;
el que madrugó por verte
¡qué poco sueño tendría!

Te quiero como si jueras
cinta de mis alpargatas;
mira si te quiero bien
que te quiero por las patas.

Si te se apaga el cigarro
no lo vuelvas a encender,
si te despide la novia
no la vuelvas a querer.

En un corrico de alfalce
nos sentemos tan cerquica,
que siempre que ves alfalce
te pones coloradica.

Dicen que te has alabado,
que me diste calabaza;
yo también me alabaré
que me las comí en tu casa.

Los desdenes embellecen a la mujer y son un incentivo para el amor,
como canta la copla andaluza:

Morena tiene que ser
la tierra para claveles,
y la mujer para el hombre
morenita y con desdenes.

El baturro, serióte y tieso como un palo, no está conforme con semejante
teoría y canta lo que sigue:

Morena tiene que ser
la tierra pá la cebada,
y la mujer para el hombre
blanca, rubia y colorada.

Ya que apunto la semejanza de estas coplas citaré otras en que el baturro,
unas veces parodia y otras rectifica a las coplas del Mediodía.
Dice, verbigracia, un cantar gitano:

Treinta y dos calabocitos
tiene la cárcel de Utrera,
treinta y uno he recorrido
y el más oscuro me queda.

Cantar bellísimo que tiene esta parodia aragonesa:

> Treinta y siete calabozos
> tiene la cárcel de Ejea,
> treinta y ocho he recorrido
> con el de la carcelera.

El andaluz, pesaroso ante la ausencia, canta:

> Dicen que te vas, te vas,
> vete con Dios dueño mío,
> pero no bebas el agua
> de la fuente del olvido.

y el baturro, picado por la misma causa, exclama:

> Dicen que vas, te vas,
> mi vida mucho lo siente,
> pero si te quieres ir
> la ropa te saco al puente.

Amargado por ingratitudes o infidelidades canta el poeta del Mediodía:

> La mujer que sale mala
> atarla y llevarla al prao,
> que se busque la comía
> como la busca el ganao

mientras que nuestro poeta o nuestro baturro, con menos arranque poético, pero con mayor sentido de la realidad, dice:

> La mujer que sale mala
> ni reñirle ni pegarle,
> que se ponga el juboncico
> y que arree con su madre.

Se haría interminable esta sarta de coplas en la cual, como veis, apenas pongo más que el hilo si quisiera pintaros el modo de vivir, la manera de pensar, la filosofía práctica y el tesón legendario del pueblo aragonés, cosa que lograría ciertamente, no a costa de mis esfuerzos, pero sí a costa de vuestra paciencia.

Mas no dejaré de apuntar una observación como muestra de las muchas que tengo que dejarme en el tintero. Y es que en la mayoría de los cantos populares, lo mismo en el aire ceremonioso y solemne de los zortzicos, que en el lento compás de los cantos gallegos, que en el melancólico y profundamente poético ritmo de las coplas de Andalucía, se adivina al pueblo que descansa y se recrea después del trabajo. Cantar y trabajar no es posible más que con la jota. La jota no es sólo el descanso del pueblo aragonés, es toda la vida de Aragón. La jota se canta en la ronda de los mozos y en el baile de la plaza; pero se canta también en el campo mientras el gañán y la junta abren el surco, en el taller, en la tienda, en la cocina y en el lavadero.

Son muchas, en efecto, las coplas, baturras que recuerdan el trabajo y las labores del campo y del taller.

> Si el re...trechero del sol
> se metiera a jornalero,
> no saldría tan temprano
> y andaría más ligero.

> Aunque vives en rincón
> no vives arrinconada,
> que en los rincones se crían
> las mejores ensaladas.

> Cuando me voy a labrar
> y tiro de los ramales,
> me acuerdo de aquella chica
> que vive en los arrabales.

No resisto a la tentación de recordar algunos cantares de ronda que forman una verdadera y nutridísima especialidad dentro del folklore aragonés; los famosos cantares de rondalla que más de una vez han acabado a tiros:

> Esta noche ha de salir
> la ronda de la alpargata;
> si sale la del zapato
> armaremos zaragata.

> Hemos salido de, ronda
> y no nos han conocido;
> a la mañana dirán
> forasteros habrán sido.

Semos los quintos de este año,
nos queremos divertir;
no metiéndonos con naide
naide nos lo pué' impidir.

Esta noche ha de llover
haga claro u haga nublo,
y he de romper la guitarra
en las costillas de alguno.

Esta noche rondar puedes
porque los gallos no están;
en cuanto vengan los gallos
los pollos se acostarán.

Ya está la fiera en la calle
que no tiene resistencia,
lo mismo es tirarle balas
que papeles a la Audiencia.

Si nos pregunta el alcalde
responder de buenos modos;
si nos vuelve a preguntar
con la guitarra en los morros.

En la plaza se oye gente
y en la plaza se ha de entrar,
pena de la vida tiene
el que se güelva pa atrás.

Y aquí sí que termino de una vez, para que no me digáis lo que el baturro del cuento le dijo al rondador de su chica.

Al mozo, plantado bajo la ventana, se le fue el santo al cielo en el primer verso de la copla, y no hacía más que repetir:

En tu puerta planté un pino...

esperando que la rebelde memoria viniera a juego. Pero nada los tres versos restantes se habían evaporado y el mozo seguía cantando y sudando la gota gorda.

En tu puerta planté un pino...

Y de ahí no salía.

Hasta que el padre, en paños menores, asomando primero el candil y luego la cabeza por la ventana, gritó:

— ¿Eh? ¡El del pino!

— ¿Qué qui' usted?

— Nada, hombre, que lo plantes dos puertas más arriba, porque si no, mañana no vamos a poder salir con el bulquete.

Yo aplico el cuento antes de que vosotros me lo apliquéis y me voy a otra parte con el pino, con la música y con el folklore.

LO QUE NO ES DE NATURA...
¡TARARURA!

(CUENTO BATURRO)

Rendidos y tronzáus de trabajar a lomo caliente tó' el santo día e Dios con una solana, que daba miedo, el tío Babil y su Chico no paraban de cavar la tierra, descargando las jadas entre suspiros roncos que más parecían ronquidos suspirados.

— ¡Dios, qué vida ésta! — exclamó el tío Babil soltando la herramienta y pasándose por la frente la manga de la camisa y el dorso de la mano.

— ¡Mala vida, padre! — contestó el chico, un crianzón más alto que un trinquete.

— Si no me tuvián por loco — siguió el tío Babil —, estuque ahora mesmamente me echaba a ladrón.

— No lo hará usted bueno, padre — dijo el chico desafiando.

— ¿Qué no? Ahura mesmo nos vamos a la carretera.

— Pues arree usted pa' alante.

Y los dos labradores, más decididos que todas las cosas, llegaron al camino real y se sentaron en la cuneta sin decir Jesús.

A poco se oyó el paso de una caballería que se acercaba y la canta del jinete que refunfuñaba una jotica al compás de las herraduras.

— ¡Ya has caído, pájaro! — murmuró el tío Babil; y echándose a la carretera gritó con muy mal genio —: ¡Alto ahí! ¡La bolsa u la vida!

— ¡Otra !— exclamó el viajero sorprendido y refrenando al macho. Pero conociendo en seguida a los del susto exclamó:

— ¡Toma! ¡Pues si es el tío Babil! ¿Qué tal, tío Babil?

— ¡Qué tío Babil ni qué muletas! Nosotros no semos el tío Babil; nosotros semos unos ladrones.

— ¿Ladrones? ¿Dende cuándo?

— Desde ahura mesmo; usted nos estrena.

— Pues lo que tengáis que icirme, icírmelo andando, porque tengo prisa.

— No hay inconveniente, no señor; pero tenga usted entendido que éste y yo semos unos ladrones.

— Bueno, ¿y la parienta?

— Talcualica.

— ¿Talcualica na más?

— Na más; tuvo una zangarriana pa' San Juan, y ha estau, a saber el tiempo, si se muere u no se muere... Pero bueno; ¡que no crea usted que es groma! ¡Que nosotros semos unos ladrones!

— Sí lo creo, hombre, sí lo creo; pero cuéntame cómo ha sido eso.

— Pues ¿cómo ha de ser? Siendo. Estábamos el chico y yo entrecavando ahí riba, y de repente le digo: "¡Qué vida ésta!", y él me dice: "¡Mu mala!" Y yo le digo: "¿Quiés juarte que me echo a ladrón?" "Arree usted, padre", me ha dicho el chico, y no ha pasau más.

— ¡Vaya con el tío Babil! Y ¿qué van a icir en el pueblo cuando lo sepan?

— Mirusté, que digan lo que quieran; yo lo que le digo a usted es que basta de conversación, y que nosotros semos unos ladrones.

— ¿Pero quién te dice que no? Si tú has echao tus cuentas y ves que te conviene, santo y bueno; ¿a mí qué me importa?

— Y tanto que no le importa a usted.

— Entonces, tío Babil...

— Entonces, tío badajo, ya se me llena a mí el morral de guijas, que con tanto tío Babil po arriba y tío Babil po abajo, me está usted desgastando el nombre, ¿sabusté? Y a más, que ya le he dicho que yo no soy el tío Babil, que yo soy un ladrón y éste otro.

— Corriente, hombre; pa' eso no es menester ponese como una fuína.

— Si no me pongo; pero comprenda usted las cosas.

Y así entraron en Zaragoza los tres. El viajero meciéndose al paso tranquilo de su caballería, y los otros sin pedirle nada, pero jurando y perjurando que eran unos grandísimos ladrones.

23 septiembre 1897. *(Blanco y Negro.)*

LAS FIESTAS DEL PILAR

I

Cierro los ojos, y en la oscuridad de los párpados caídos evoca la ansiosa vista todo el animado cinematógrafo que mi tierra bendita, la más adorada por los suyos, la más amable y abierta para los extraños, presenta a los ojos del forastero en estos días de fiesta y de bullanga.

Creo ver la calle de Alfonso al anochecer del día 11, aún no apagado el estruendo de los morteretes que anunciaron a mediodía el comienzo de los festejos. Inmensa concurrencia llena la hermosa vía; un pueblo entero que circula desde el Pilar al Coso y desde el Coso al Pilar, cuyas cúpulas y cupulines se elevan al cielo como burbujas del hervor creyente producido por millares de fieles que aman y rezan. No hay un balcón sin luminarias, ni una casa sin colgaduras; hasta los farolillos de las castañeras, que aquella noche plantan sus puestos en las bocacalles, se pavonean enorgullecidos de tomar parte en la general iluminación. Grupos de estudiantes florean en la esquina del Pasaje a las chicas de Zaragoza, que sin tener la gracia andaluza, ni la viveza y animación de las muchachas de Madrid, muestran en sus ojos, más profundos que llamativos, la seria expresión de las esculturas clásicas, y lucen en el rostro la redondez, el colorido sano y hasta la suave pelusilla del melocotón.

Radiantes de luz, muestran los escaparates de las joyerías variedad infinita de imágenes del Pilar en todos los tamaños y metales; salen del templo con el murmullo de los devotos que desfilan, el eco de las flautas del órgano y de las voces concertadas y atipladas de los *infanticos* que cantan sus motetes en el coro bajo de la capilla, y todavía dura la animación en la avenida del Pilar cuando los ómnibus de las fondas se cruzan henchidos de viajeros que acaban de llegar en el mixto de Madrid o en el correo de Navarra.

Hasta que pasa la novena de la Virgen, ya no cesa un momento el hormigueo de fieles bajo las naves del alegre y luminoso templo del Pilar, que ofrece con la austera catedral de la Seo el mismo poderoso contraste que ofrecen los misterios de gloria y los de dolor, la coronación de la Virgen en los cielos y la crucifixión de Cristo en la cumbre de Jerusalén.

¿Cuánta gente visitará estos días el templo del Pilar? Contarla es imposible, pero es fácil calcularla por el número de monedas que arrojadas tras la verja de plata de la capilla son recogidas cada media hora por los monagos armados de bandejas y esportillas. Contad, si no, las velas que arden continuamente sobre la verja, y que apenas encendidas son renovadas por otras que acaban de llegar. Esperad a que la baja servidumbre del templo barra con grandes escobas, arrancando con serrín húmedo la tierra pegada a las losas, y veréis los grandes montones de polvo que dejaron en el Pilar las suelas de cáñamo de las alpargatas. Es tierra de Aragón, ofrenda inopinada de los fieles, que recogida en tiestos haría brotar sin más semilla la virginal azucena y la rosa mística.

II

Bonitas o feas, buenas o malas, las fiestas de Zaragoza tienen un sello tan característico, tan suyo y peculiar como la misma población, imposible de confundir con otra alguna de las ciudades españolas. Algún alcalde emprendedor, alguna celosa comisión de festejos, han intentado introducir en el programa números allí exóticos, y la innovación ha fracasado completamente. Se dieron carreras de caballos dos o tres años, y hubo que desistir de ellas; las batallas de flores han sido un fracaso; las cabalgatas históricas desfilaron entre la indiferencia general. Los fuegos artificiales han de quemarse en el Coso, frente a la fuente, y han de acabar con la silueta luminosa del Pilar y el despliegue de una estampa de la Virgen entre estallidos y bengalas. Un año pusieron una *traca* al estilo de Valencia, y a la gente no le gustó aquel cohete que corría horizontal mente en vez de subir como disparado con honda *(¡rediez, qué juerza de hombre!* — que dijo el otro). El año pasado hubo toro de fuego como en San Sebastián, y el bicho no dió juego ni pudo dar un paso. Nadie se movía para abrirle calle. Todo el mundo volvía la cara, se sacudía las *pumas* tranquilamente y se quedaba quieto para no perder el sitio.

En cambio, los cabezudos son diversión que no pasa, ni las garitas del Coso, ni las fiestas de la jota, que producen el delirio todos los años. Y en todo aquel barullo, el buen aragonés recuerda a la pobre Torre Nueva con su inclinación maravillosa, saludando continuamente al forastero, y la frase de aquel baturro ante la campana de los cuartos, ociosa y volcada en el salón de la Lonja:

— ¡Quién tuviá los cuartos que tú has dau!

Ya no hay Torre Nueva, y bien tirada está por el grave delito de inclinarse allí donde nadie se inclina.

Hay aragonés que va a Zaragoza desde el último rincón de España para rezarle un poco a la Virgen y ver correr a los cabezudos. Inmensa chiquillería, agitada y resonante como un gran pandero, llena las calles, lanzando gritos y restallando látigos. Al arrancar el *cabezudo* a todo correr, se oye un zumbido sordo como el que produce una bandada de pájaros al escapar del olmo centenario donde cae una piedra.

¡Bendito regionalismo el nuestro, que se limita a la jota y a los cabezudos, a los modismos y a las baturradas, a una vuelta por la parroquia del Gancho y a una lifara de costillas asadas al horno y regadas con vino de Cariñena o de Cosuenda!

III

Baturros, lo que se dice baturros, no hay en Zaragoza. La gente del Rabal y de la huerta visten pantalón largo y blusa o chaqueta cortas, gorra en la cabeza y un garrote en la mano. Los foranos, los *ranas,* vamos, los de calzón corto, apenas si se ven más que para el Pilar; más estos días llenan las calles los calzones anchos de Cinco Villas, los estrechos de la ribera del Jalón y de la provincia de Teruel, los calzones de pana rayada de los montañeses de Huesca, que vienen a traer *o macho* al ferial, y ni por Dios se quitan de la cabeza el sombrerillo de fieltro, duro como una piedra, y con el barbuquejo en el cogote.

Unos paran en la posada de las Almas y otros en la de San Blas; en general, la ribera y el barrio de San Pablo hierven de andante forastería, aunque claro es que los que pueden se quedan en la casa donde sirve la chica, que está "para de cuartos", o se agarran al diputado provincial de su distrito; porque si no fuera para eso, ¿para qué servirían las Diputaciones provinciales?

Como recuerdo de las fiestas, *bien puá ser* que le lleven algo a la parienta, siempre y cuando queden algunos reales después de comprar aparejos nuevos para la caballería, no por nada, sino para poderle decir al menor traspiés:

— ¡Rediez! ¿Con albarda nueva y tropiezas?

En cuanto a los toros, es diversión cara para bolsillos pobres; más eso de estar en Zaragoza y no ver siquiera una corrida, clamaría al cielo. Verdad es que lo de menos es el precio de la entrada; lo que más sube es la merienda —¡a carnicera por barba, y caiga el que caiga! —, y lo que más cuesta son la corajina y el sofoco por si este picador marró o a aquel banderillero se le fue un palo.

Este año tendrán los baturros otra diversión: el *Lohengrin.*

¡Wagner en las fiestas del Pilar!

Si el director me deja, prometo ir este año a Zaragoza no más que para oír la ópera en el paraíso, entre los forasteros que han visto por la mañana las bandurrias en el mismo escenario y que acaban de salir de los toros mucho más locuaces que a la entrada.

Sólo con oír, ver y apuntar, se podrá escribir un poema mejor que el de los Nibelungos.

A bien que no toda la música va a ser desconocida en las alturas. Hay unos compases en la marcha del tercer acto que son los mismos que cantan los chicos delante de los cabezudos:

> *Al Verrugón*
> *le gusta mucho el vino;*
> *al Verrugón*
> *le gusta mucho el ron.*

Fortuna que Wagner no estuvo en Zaragoza, y si estuvo ya sabrán los wagneristas probar la coartada.

Que si no, ya le había caído el sambenito de plagiario.

¡Y lo sabrían hasta en Belchite!

14 octubre 1899. *(Blanco y Negro.)*

ZARAGOZA

LA VIRGEN

No hay devoción tan simpática como ésta que los aragoneses sienten por su Patrona excelsa; los que no nos conocen han querido expresar ese hondo cariño en un término demasiado familiar, llamando a nuestra Virgen *la Pilarica;* no hay aragonés que emplee ese término, ni ¿quién va a usar en diminutivo el nombre de su madre? Madre de todos los aragoneses se considera la Virgen del Pilar, y la familiaridad no pasa de ahí.

Lo que hay es que Aragón no rodea a su Virgen de ese lujoso aparato, de ese ceremonial fastuosísimo con vistas al reclamo industrial que se advierte en otros países. De seguro que la capilla del Pilar, el camarín de la Virgen, el templo entero, blanco y casi desnudo, darán chasco al que piense encontrar riquísimos esplendores, más propios de un culto oriental que de una devoción pura y sencillamente cristiana.

Al artista habla poco el templo del Pilar; al hombre le gana el corazón apenas entra. No hay en torno de la Virgen nada que achique el alma sumiéndole en pavorosos terrores ni en visiones apocalípticas. Ni demonios que acechan, ni trompeta del juicio final, ni fúnebres oscuridades, ni esa adusta expresión de los templos góticos, levantados en tiempo de fe guerrera y odio al infiel, y cuando la humanidad aún gemía bajo el peso de aquella horrible superstición del *Milenario,* pasado el cual aún duró largos siglos el miedo en las almas; el Pilar es abierto, franco, sugestivo, atrayente, hace pensar en la Madre misericordiosa de todos antes que en el Dios de la justicia inflexible.

Si el forastero esperaba encontrar otra cosa y se lleva chasco, arrodíllese y espere; si no le conmueve la iglesia, le conmoverá, de seguro, la tierna devoción que allí verá manifestarse.

El Pilar está abierto en todo tiempo, desde que los infantes cantan la misa de Alba hasta mucho después de cerrada la noche, cuando la cofradía del Rosario da vuelta a la iglesia cantando bellísimos motetes, y en todo ese tiempo jamás la capilla aparece vacía de fieles; ya son los pobres segadores, que se arrodillan por grupos y ponen por sí mismos las velas en la verja de plata de la capilla; ya el sencillo labrador, que entra en la iglesia quitándose el cacherulo de la cabeza, mientras la mujer cubre la suya con el blanco pañuelo, sujetando las puntas con los dientes; ya es el mendigo, que arroja detrás de la verja parte de sus limosnas, después de besar las monedas una a una; la dama zaragozana, que cumple sus ofertas; la niña que confía a la Virgen sus primeros amores; el joven que contrasta sus esperanzas e ilusiones en el duro y firmísimo Pilar...

El nombre de la Virgen es el único nombre sagrado en boca de los carreteros de Zaragoza; en un escapulario, en una medalla, en una estampa, la Virgen del Pilar está en todos los pechos, va unida a todos los recuerdos y ampara todas las ilusiones. El pueblo aragonés la celebra en sus coplas de jota, y si tiempo hubiera, y ésta fuera ocasión de ello, analizaríamos en el *folklore* la devoción popular, y veríamos cómo el apelativo de *Pilarica* no puede en ningún caso ser aragonés.

Mientras el andaluz canta, *verbi gratia,*

> *Mira que bonita era;*
> *se parecía a la Virgen*
> *de Consolación, de Utrera,*

el aragonés se lanza a equiparar también lo humano con lo divino, y se detiene a tiempo cantando:

> *Te quisiera comparar,*
> *pero no, que me condeno,*
> *con la Virgen del Pilar...*
> *Eres un poquito menos.*

PERFILES BATURROS

LA CIUDAD, DE FIESTA

No es el campaneo de Zaragoza ese claro y cavernoso campaneo de las ciudades amuralladas, donde parece que todo toque suena a difuntos; Zaragoza, abierta, extendida, cuya urbanización se esfumó primero por sus barrios del exterior, y luego por la larga extensión que ocupan sus torres, suena alegre, regocijada, blanda al oído, como si el tañido de sus campanas, al caer en las ondas del Ebro, en la corriente del Huerva, en los senos del Gállego y en el agua benéfica del canal, adquiriesen la suave poesía del murmullo de las corrientes; desde la campana *Valera,* que voltea ceremoniosamente allá en la torre de la Seo, hasta el modesto esquilón que repica en la espadaña del último convento de monjas, las campanas parecen saludar la llegada del forastero; del forastero que arriba a la ciudad más accesible y menos egoísta, donde una generosidad hermosamente brusca, sin ofrecimientos inútiles ni amabilidades pegajosas, le acompaña por dondequiera desde que entra en la población hasta que de ella sale.

Arcos de ramaje y altísimos postes coronados por la bandera roja y amarilla (que eran ya los colores de Aragón cuando el morado ondeaba en Castilla) rodean la plaza de la Constitución, en cuyo extremo se alza sobre historiada fuente el dios Neptuno, alargando la mano como si fuera a mandar llover.

La calle de Alfonso rebosa de gente por entrambas aceras devotos que entran en el Pilar, devotos que salen, y así todo el día en interminable rosario, que es un Rosario de verdad, porque cada cual lleva a la Virgen, por lo menos, un Avemaría.

La gente del pueblo compra en las tiendas de la vieja Albardería, y de la calle de San Pablo aperos de labranza, atalajes para el ganado o instrumentos para la tierra; el señorío pasea por el Salón de Santa Engracia, que estalla al final en hermoso ramillete de hoteles; los concejales con sus bandas rojas (que en Francia ostentan sólo los grandes personajes de la Legión de Honor, y en Zaragoza lleva el último de los ediles) marchan en corporación, presididos de maceros y timbales, ya a la procesión, ya al Rosario, ya a la comida que da el Ayuntamiento a los pobres acogidos en la Casa Amparo; animación inusitada reina en el ferial de ganados que se extiende por la orilla del Ebro y en la feria de juguetes que plantó sus barracas en las "piedras del Coso"; brilla en todas las esquinas el hermoso cartel de Unceta, anunciador de las corridas de toros, y rebosa de puestos y tenderetes, de frutos de la tierra y verduras lozanas, traídas por los torreros al viejo Mercado, donde perdió la cabeza el último Lanuza, y hoy pierde la cabeza el más pintado en aquel conjunto típico, aragonés puro, sin tinglados metálicos, ni fuentes marmóreas, ni repesos municipales, ni músicas que van quitando todo carácter a los mercados españoles, y que tampoco pueden tener, por supuesto, los mercados de Castilla con los trajes pardos, la tierra parda y el color pardo también de las frutas secas.

Los escaparates de las platerías rebosan imágenes de la Virgen; el recuerdo imprescindible de un viaje a Zaragoza, el adorno indispensable de toda casa aragonesa, el regalo que se da con todo el corazón y se recibe con mayor gratitud: el novio a la novia, el hijo a su madre, la misma Corporación municipal a sus hijos preclaros o adoptivos regalan, con la imagen de plata, pura savia y hondo afecto del corazón aragonés.

Entre la multitud de fieles que acude al templo de la Virgen veis muchas jóvenes vestidas con flamantes y llamativos trajes de color morado; hábitos del Pilar, que se estrenan aquel día, cumpliendo ofertas a la Santa Patrona.

Nada de batallones escolares, nada de combates de flores, nada de diversiones exóticas, de fiestas importadas; todo es aragonés puro, de la tierra; bueno o malo, pero de allí y sólo de allí; desde el tío de Cinco Villas, que viene liado en su faja del pecho a las corvas para ponerle a la Virgen una vela de dos reales, hasta la familia oriunda de Aragón, que llega desde Madrid, desde Barcelona, desde el último rincón de España, para que el niño recién nacido "adore el Pilar", un sacramento aragonés que todos recibimos de chicos, después del Bautismo, pero mucho antes que la Confirmación.

LA CIUDAD NUEVA

Nuestra ciudad no vive del pasado; es más, no hace alarde alguno de sus glorias, que modestamente se echa a la espalda, siguiendo como cada *quisque* el camino del progreso.

Ni piensa en restaurar sus fueros, ni arde en delirios regionales, ni quiere vestir a estas alturas las pieles del almogávar o la sobrevesta de Don Pedro III.

Zaragoza es una población animada, rica, floreciente, llena de vida hasta en sus barrios más apartados, culta como la que más y acaso la primera, fuera de la corte, entre todas las ciudades del interior. No hay más que observar el incesante movimiento comercial del puente de Piedra para comprender que la ciudad disfruta de vida exuberante; no hay más que contemplar los hoteles, las casas nuevas, los barrios enteros que casi dejan a la puerta de Santa Engracia muy dentro de la ciudad, para adivinar el aumento creciente de su población. Por eso ha sido preciso otro puente sobre el Ebro — el que ha de inaugurar el ministro de Fomento — para aliviar de su carga penosa el viejo puente de Piedra, y hubo que ensanchar hace ya tiempo el puente sobre el Huerva, y urbanizar el paseo de Cuéllar y cortar la gravera que cerraba el camino, para que libremente pudiera extenderse la ciudad en dirección a la playa del Canal.

La urbanización de Zaragoza se ha enriquecido en pocos años con edificios tan sólidos y admirables como la Facultad de Medicina y Ciencias, el colegio de Jesuítas, la Capitanía general, los hoteles de la plaza de Aragón, las nuevas construcciones del Paseo, la hermosa manzana del Pasaje en la plaza del Pilar, etcétera, etc.

Magdalena, el incansable arquitecto municipal, jamás deja de la mano su artístico lápiz, procurando conservar en las construcciones que levanta el sello peculiar de la arquitectura aragonesa: los grandes portalones, los salientes aleros, las caprichosas labores hechas con el ladrillo "a cara vista".

El agua del canal va siendo insuficiente para mover las turbinas de las grandes industrias; voltear de volantes y humear de altísimas chimeneas notáis por todos los alrededores de la ciudad; las grandes fábricas de luz eléctrica se montaron en menos tiempo que se tardó en pensarlo, porque toda idea encuentra abonado terreno y dinero de sobra para ponerse en práctica. La gran fábrica de azúcar de remolacha, levantada hace poco, más allá del Ebro, encierra todos los adelantos mecánicos de Alemania y de Bélgica. El comercio y la industria prosperan de día en día; baste ver lo que allí significa y vale la Cámara de Comercio y de las industrias, donde figuran hombres tan populares y queridos como Paraíso, Averly, Alfaro y cien más que acuden a la memoria.

La vida científica y literaria es en Zaragoza una verdad. Cuando el Ateneo de allí, el Círculo Mercantil y la Facultad de Medicina han anunciado conferencias, el salón se ha llenado siempre, ya para escuchar la palabra elocuentísima de don Faustino Sancho y Gil, el primer prestigio poéticoliterario de Aragón, ya las vulgarizaciones científicas de don Bruno Solano o las investigaciones de una juventud brillantísima en el foro, en las letras, en el periodismo, que sigue día por día el movimiento bibliográfico en la librería de Gasea, como aquí puede seguirse en casa de Fe o de Ruiz.

Si fuera a citar nombres populares de abogados ilustres, de escritores allí encerrados, de aristócratas adorados por el pueblo, de verdaderos sabios con mucha más modestia que ciencia... sería cosa de añadir estas líneas como apéndice al famoso Diccionario de aragoneses de Latassa.

EL PUEBLO

Siempre es el mismo noble, generoso, incapaz de levantarse por móviles egoístas, pero tenaz cuando cree defender altos intereses de justicia.

En uno y otro caso, siempre se presenta de frente y abriendo el pecho.

Al día siguiente del famoso 3 de enero, los voluntarios de Zaragoza se sublevaron contra la tropa, más en vez de acogerse a los barrios bajos, donde pudieran asesinar soldados a mansalva, colocaron cuatro colchones en el arco de Cineja, y así esperaron la tremenda descarga de los cañones plantados enfrente, a menos de cien pasos.

Pudiera creerse que la heroicidad de los hombres de 1808 había acabado con las nuevas generaciones; pero siempre que ha habido ocasión, se ha manifestado con la misma inextinguible pujanza.

Cuando el cólera de 1885, nadie se movió de la ciudad, ni las autoridades, ni los aristócratas, ni los ricos, porque no era caso de abandonar al pobre en sus cuchitriles de miseria. Y no hubo enfermo que dejara de ser asistido ni menesteroso que padeciera por falta de alimentos, de cuidado o de caridad. Los zaragozanos se negaron después a recibir recompensas individuales y entonces fue cuando la ciudad recibió la gran Cruz de Beneficencia, orlando su escudo con el dictado de Muy Benéfica, que añadió a los ya conquistados de Muy Noble, Muy Leal, Muy Heroica y Siempre Heroica.

Aragón tenía un sueño, una manía: el ferrocarril de Canfranc. Y los aragoneses que no sirven para pedir, constituyeron una Compañía anónima; salió el dinero de todos los rincones y el ferrocarril se hizo, y circula hasta Jaca. Si no se ha abierto el túnel, no ha sido por culpa de Aragón, ni tampoco por culpa de los Gobiernos españoles; Francia es quien hace oídos de mercader, sin duda para que siga cumpliéndose la ley histórica, según la cual Francia y Aragón están enfrente muchos siglos antes de la guerra de la Independencia, cuando la casa de Anjou y la casa de Aragón se disputaban el dominio de Italia.

La Virgen del Pilar dice...

será siempre la primera copla de nuestro cancionero popular.

Por eso cuando con motivo de la cuestión de las Carolinas, algunos exaltados pasearon por las calles de Zaragoza la bandera tricolor, un zaragozano neto sacó a los balcones del Casino el retrato del "tío Jorge", héroe famoso de los Sitios...

Y hubo que recoger la bandera de prisa y corriendo.

Porque en efecto, pasear aquello en Zaragoza era pasear la solfa por encima del teclado.

13 octubre 1895. *(El Nacional.)*

LAS FIESTAS DE MI TIERRA

¿Por qué no decirlo? Cuando después de muchos e inolvidables Pilares pasados allá, a orillas del Ebro, es éste el primer octubre que se ve transcurrir lejos de Zaragoza, no parece sino que el corazón le baila a uno la jota entre las costillas y que el oído no escucha en todo el día más que la llamada colosal ensordecedora de aquellos centenares de chicos corriendo y gritando delante de los cabezudos:

— *¡Aquí! ¡Aaaquí!*

Allá, allá, ¡quién pudiera! Más para algo se ha hecho la popular y consoladora copla de nuestros guitarros:

Aunque me voy no me voy,
aunque me voy no me alejo,
aunque me voy en persona
no me voy de pensamiento.

Con éste ve uno a la Virgen, a nuestra Virgen, a la Pilarica, como la llaman todos... menos nosotros, firme en su pilar, lo más sagrado que hay en la tierra, porque es lo único que bajó de lo alto, inmóvil y protectora, escuchando siempre el doble, solemne, imponente y paralelo desfile; por detrás el Ebro respetuoso, que murmura oraciones al pasar; por delante la corriente de devotos, tan pura, tan respetuosa, tan dócil y continua como la corriente del Ebro.

Al cruzar de noche el puente de Piedra para entrar en la S. H., el Pilar, lo primero que se recuerda es también lo primero que se ve las aguas del Ebro copian invertida la imagen del templo y la hacen temblar, como queriendo llevársela con la corriente; sobre la maciza fábrica del templo se agrupan los cupulines en torno de la cúpula mayor como se agrupan los polluelos en derredor de la clueca; las luces de la ribera, temblorosas y formadas en fila, parecen ánimas en pena dispuestas a arrojarse al agua, como para purgarse de pecados en el Jordán de nuestra Virgen; allá, más adentro, *por la parte de la tierra,* las torres de la Seo, de San Miguel, de la Magdalena, de San Pablo, simulan puestos avanzados, guerrillas destacadas del cuartel general, que elevan sus domos y sus medias naranjas sobre el tejado policromo de la iglesia metropolitana.

¡Las fiestas del Pilar! ¿Cómo no recordar la *Salve* del día 11, cuando la población entera acude por la noche al templo de la Virgen, y es la calle de Alfonso continuo y bullicioso reguero de gentes? ¿Cómo no recordar la procesión del 12, el Rosario del 13, los toros del 14 y la brillante despedida del día de la *Octava,* en que ni por casualidad se ve un balcón zaragozano sin sus dos faroles encendidos?

Luego todo acaba. Concluye con las garitas de la feria el sonar de las bombas de pito, el soplar de los organillos y el silbido ensordecedor de las *chunflainas;* despójase la plaza de la Constitución de sus verdores momentáneos, se marchan los *tíos* de los pueblos después de tocar medallas y rosarios sobre el manto de la Virgen, se encierran en la Lonja los gigantes y los cabezudos, y sólo quedan como recuerdo los puestos de castañas, las castañeras que vinieron para el Pilar y aguantan a pie firme todo el invierno con las rodillas metidas en una estera y los farolillos agonizantes con resplandores de luciérnaga y quejidos metálicos que sin cesar les arrancan las clásicas ventoleras de Zaragoza.

EL ROSARIO

Cada pueblo tiene su procesión, más ninguno tiene, como Zaragoza, la procesión nocturna del Santo Rosario, realzado por el brillo de millares de luces y la canturria de infinidad de devotos. Siempre fue éste el número más característico y original de los festejos, y cuando se trató de darle mayor realce y majestad, no hubo bolsillo aragonés que no contribuyera poco o mucho a los gastos de construcción de los actuales faroles, verdaderas obras de arte proyectadas por Magdalena y concluídas en los talleres de Quintana. Vista la procesión desde lo alto, es un verdadero rosario con cuentas de luz y cadenilla de resplandores. Un farol para cada *Avemaria,* otros más grandes e historiados para los *Padrenuestros,* farolones bellísimos de grandes proporciones y gótico estilo para la representación de los *Misterios* y de la *Letanía.* Por entre los vidrios pintados, afortunada imitación de las vidrieras de las antiguas catedrales, sale la luz descompuesta en mil colores; la nota blanca la dan los faroles antiguos y la gran peana-farol, que reproduce con plomos y cristales todo el templo del Pilar; los lujosísimos estandartes cuajados de oro, y obra peritísima de los clásicos bordadores zaragozanos, prestan nuevos reflejos, cambiantes y matices a las hermosa procesión, sin igual en las fiestas religiosas de España.

Para la construcción de los faroles, Quintana montó un taller especial, que hoy tiene muchísimo trabajo, y Magdalena, el incansable arquitecto cuyo nombre va unido a toda reforma cesaraugustana, hizo inconcebible alarde de fantasía y recursos artísticos, haciendo para cada farol el proyecto de un verdadero edificio de cristal.

LA PLAZA DE LA CONSTITUCIÓN

Es el límite de la Zaragoza antigua (la cruz del Coso) y el centro de la Zaragoza moderna.

El *dios de las aguas,* erguido sobre la fuente monumental, contempla frente a sí el paseo de la Independencia, que se abre allá lejos en modernísima plazoleta formada por flamantes hoteles, y se tuerce después, cruzando el Huerva y urbanizando poco a poco el camino de Cuéllar hasta Torrero.

En la plaza de la Constitución empiezan los festejos con el disparo de morteretes, y acaban con los bélicos sones de la retreta militar.

Allí son los fuegos, los globos y las músicas; allí bailan los cabezudos cuando hay alegría, se destroza el tablado cuando hay motín, y cargan los civiles cuando hay huelga.

En estos días, altos mástiles cubiertos de verdura y coronados de flámulas, escudos y gallardetes, forman el adorno indispensable de la antigua plaza de San Francisco.

El monumento proyectado en recuerdo del *Justiciazgo* aragonés se elevará probablemente en esta plaza, para lo cual Neptuno tendrá que dejar su puesto. Los dioses se van, porque otros dioses vienen.

Al dios de las aguas sustituirá el último de los Justicias; a los delfines de la fuente actual, los nombres de Cerdanes y Lanuzas; al pilón donde el aguador llena sus cubos, la columna que simbolice la muerte de las libertades políticas aragonesas.

LA PUERTA DEL CARMEN

"En Zaragoza todos son balazos", me decía hace años un amigo a quien yo servía de *cicerone* por allá.

Y en efecto de la guerra de la Independencia, de la de Siete años, de las algaradas republicanas, ha salido la perla del Ebro con hondas señales en sus piedras, como el bravo soldado sale de las campañas con cicatrices.

Balazos franceses en la puerta del Carmen y en Santa Engracia, balazos carlistas en la parroquia de San Pablo, señales de la frustrada sorpresa del 5 de marzo, balazos republicanos y del ejército en el arco de Cineja y en el puente de Piedra.

Entre todas aquellas mutiladas reliquias, muros desconchados, efigies rotas y edificios ametrallados, nada tan hermoso, y podríamos decir fresco, como la Puerta del Carmen, en cuyos macizos sillares todavía existen los blancos huecos que dejaron caer los trozos arrancados por la granada de los franceses. Sana y perfecta, la Puerta del Carmen nada diría a los zaragozanos; mutilada y rota, evoca toda la epopeya de los Sitios y parece conservar latente la heroicidad de nuestros abuelos en aquellos paramentos desconchados, en las chatas esquinas de los fustes y en las líneas repicoteadas que señalan el dintel de los postiguillos.

Sólo le falta una cosa estar aislada, respetada y cercada como una reliquia, como en Madrid conservan la puerta del Parque de Monteleón, con ser, artísticamente, menos bella.

Aparte de otras razones, no está bien que entre hoy el matute por donde el año 8 no pudo entrar el francés, y que la puerta defendida entonces por el fusil de chispa del tío Jorge, se vea hoy vigilada por el prosaico y administrativo pincho de los vigilantes de consumos.

LOS FORASTEROS

En Zaragoza no hay baturros.

La boina y la gorrilla de paño ha desterrado de las cabezas el pañuelo de seda rojo y negro, liado en cacherulo, como los tapabocas catalanes han matado a las mantas de Tarazona, y las blusas de taller al pintarrajeado *ajustador* de los días de fiesta.

Para ver calzones anchos, fajas moradas y alpargatas muelles atadas con cinco metros de hiladillo, hay que aguardar a que en tiempo de fiesta vengan a Zaragoza los matracos de Cinco Villas, los montañeses de Hecho y los baturros ribereños del Jalón.

El primer paquete del equipaje lo forman las velas de cera para la Virgen; la primera moneda que sale del bolsillo es para arrojarla por la verja de la capilla, en donde hubo tiempo que se recogían diariamente algunos cientos de duros, cuaderna por cuaderna.

Ahora corren peores tiempos para el labrador, y éste aprieta la bolsa cuanto puede.

Como dicen allí, hay que darles en el codo para que abran la mano.

Y lo que ellos dicen por su parte:

— Este Zaragoza está perdió; perra po' allá, perra po' aquí, en un istante te gastas un rial.

Por eso prefieren las diversiones gratuitas: el bailar de los gigantes, la subida de los aerostáticos grotescos, el paso de la procesión, el estallido de los fuegos artificiales.

— ¡Rediez! — exclamaba un baturro viendo elevarse el primer cohete —, ¡Qué juerza de hombre!

Y otro, mirando el reloj de la Diputación, decía:

— ¡Qué tarde empiezan los fuegos! ¿Tú ves qué hora es?

— Sí — respondía otro de mejor vista —, cerca de la media pa' las ocho y dos dedicos más.

En el café piden la taza *con carambullo,* como los almudes de judías, y en el teatro regatean el precio de la entrada.

Ni el arte de Talía ni el de Euterpe se ha hecho para ellos.

Uno veía el *Fausto* desde la galería, y no le chocaba otra cosa más que los brazos del apuntador saliendo de vez en cuando por la concha.

Cuando surgió *Mefistófeles* por escotillón, exclamó mi hombre, dándole con el codo a su vecino:

— ¡Pus day, del cofre va salir otro!

¿Y el baturro en los toros? No me resisto a trasladar aquí un diálogo, adorable por lo natural:

— ¡Rediez! ¡Quién juá' toro siquiá' un cuarto di hora! Si el animal tuviera deso que nos hace escurrir como en la güebra pa' meter el aladro u no meterlo, quedaba la plaza mesmamente que barrida con una escoba.

— ¿Pero no ve, tío Gurrión, con su experencia, que en el abrío no hay escurrimiento?

— ¿Qué no? Pus lo que veo con mi perro, que no hago más que icile: "Tuva, quis, quis, codica", y el animalico, si matiende u no matiende, se me acerca; y si el chico agarra un tormo, no le gana a correr el cierzo mesmo; y a ese animalico le punchan y le punchan y se está quieto como una estatua... ¡Que me punchen a mí, a ver si me estoy quieto!

— ¡Iferencia va del animal, que tiene cinco años, a su mercé', que cumple cuarenta pa' el enero!

LOS CARTELES DE UNCETA

Son la nota más artística de los festejos.

Cuando los muchos encargos y los infinitos compromisos de Unceta (el pintor de más mercado entre los españoles) le impiden hacer su anual boceto, y no hay cartel, parece que los toros van a ser malos, las corridas desanimadas y las fiestas sosas. Como que entre las líneas y colores con que Zaragoza se engalana, faltan las líneas más correctas, los colores mejor combinados, los que salen del lápiz y de la paleta del eximio pintor y son luego extendidos en la piedra por el simpático Portabella, que es una verdadera especialidad en el género.

Hay carteles que valen un dineral, y son muy pocos los afortunados *amateurs* que poseen la colección completa.

El de este año es bellísimo, y de su dibujo pueden formar idea los lectores por la adjunta reproducción fotográfica.

La parte superior es una "ida a los toros" animada y bellísima. Los picadores, encajados en la ancha silla, se dirigen hacia el circo al paso de los desmedrados jamelgos; coches de todas clases conducen los espectadores a la plaza, y los que van a pie completan la alegre algarabía del conjunto. A la derecha, un *monosabio* conduce del diestro la cabalgadura del picador, ya impaciente en la fonda; a la izquierda, las reses camino del encierro conducidas por el antiguo pastor, rendido con la caminata y con el peso de la garrocha, larguísima, y arropadas por los cachazudos cabestros, que anuncian con el sonido de los cencerros el paso de la comitiva.

Dentro de la forzosa monotonía de nuestra *fiesta nacional*, la admirable observación de Unceta encuentra siempre nuevas escenas y más sugestivos grupos para sus carteles.

14 octubre 1893. (*Blanco y Negro.*)

LOS CHICOS DE LA CALLE

No es muy lejana la época de mis recuerdos, porque al fin y al cabo todavía no ha salido en mi cabeza la primera cana para poder echar al aire, ni asoma en mis ojos la "pata de gallo", pero ¡ya ha llovido desde entonces!

La Torre Nueva ostentaba aún su chapitel altísimo de pizarra; trabajaban los albañiles construyendo las casas de la calle Nueva, y la puerta de Santa Engracia estaba defendida por el exterior con un parapeto militar lleno de aspilleras por donde los fusiles de la guarnición vomitarían balas contra los carlistas en el caso improbable de que intentaran acercarse a Zaragoza.

El día 11, la víspera del Pilar, "teníamos colegio" por la mañana; más apenas soltaban el reloj mayor, inmenso moscardón que acompañaba el ruido alegre, vibrante y atronador de todas las campanas saldubenses, el corazón infantil volteaba como pequeña esquila, y ya no podíamos estar quietos hasta que la criada venía y agarrándonos de la mano nos llevaba a casa.

— No quiero, ¡rediez! — decíamos chupando la correa de la cartera o el pergamino de la doctrina —. ¡Yo quiero ir a "encorrer" los cabezudos!

— Anda, *crianzón*, más de *crianzón* — respondía enfadada la doméstica — ¡A tu mamá se lo he de decir en que llegue!

— ¿Qué le vas a decir, melona?

— Que quieres "encorrer" los cabezudos; ¡eso no lo hacen más que los chicos de la calle!

¡Los chicos de la calle! ¡Con qué admiración les veíamos! ¡Con qué envidia! ¡Con qué ansia suprema de libertad, de libertad omnímoda a prueba de multas de municipal y zurriagazos de cabezudo!

Las fiestas no eran para nosotros, ¡qué habían de ser! Veíamos los gigantes desde la casa, y si no vivía cerca ningún concejal, ¡adiós diversión! Nos limitábamos a oír de lejos la *chunflaina*, cuyo sonido gangoso imitábamos después con las narices tapadas y dándonos en la garganta con los dedos. Veíamos la procesión como los presos, metiendo la cara por entre los barrotes de un balcón, y sintiendo detrás la presión de las personas mayores que llegaban hasta mitad de la sala; alguna que otra tarde nos llevaban a ver los *monosabios*, las figuras de cera, la feria, pero de la mano, siempre de la mano, ¡y mucho ojo!, que andan por ahí hombres malos que cogen a los chicos y les sacan las mantecas para hacer *chuflar* al tren.

— ¡Mentira! — decíamos nosotros — ¿A que no cogen a ningún chico de la calle? ¡Yo quiero ser chico de la calle!

Para ellos era el mundo apretada la cintura con el pañuelo, la cabeza desnuda y ondeando el látigo como triunfal bandera, corrían delante de los cabezudos gritando su cantinela a cada cual. Le cantaban al *Robaculeros,* que no sabía correr; al *Verrugón,* que le picaban los mosquitos; al *Morico del Pilar,* que comiera las sopas y se echase a bailar.

Veían la "prueba" y la corrida desde los tejados de la Misericordia, se divertían *la mar* en la feria cortando el hilo de las bombas que llevábamos los *mainates* y poniendo *monas* de esparto a las foranas; veían la procesión y el Rosario en primera fila, como no hicieran toda la carrera *aparando* en sus manos las gotas de cera que lloraban las hachas...

¡Pobres de nosotros! ¡Pobres *pijaítos! ¿Cómo* nos íbamos a comparar con los chicos de la calle?

Siempre que pienso en el anarquismo, en el odio brutal del pobre contra el rico, del obrero contra el burgués, del indigente contra el propietario, me acuerdo de ese otro "anarquismo al revés" que de chicos sentíamos; honda envidia hacia los muchachos del arroyo, cuya espléndida libertad de pobres valía cien mil veces más que nuestra comida segura, y nuestra casa caliente, porque entrambas cosas las poseíamos a cambio de sujeciones duras y preocupaciones sin cuento, incompatibles con nuestro deseo rabioso de andar en todo, de *refitolearlo* todo, recibir la lluvia de chispas en los fuegos artificiales y disparar una piedra sobre las narices chatas del *Morico del Pilar.*

De buena gana hubiéramos dado nuestros bombachos, nuestras botas con puntera y nuestras gorras de paja con visera de pasta amarilla, por los sucios pingajos del fematero montado en su burro sobre el propio arranque de la cola, metidos los pies en el esportón y la cabeza en el capazo como en una hornacina.

Por eso, cuando las fiestas del Pilar se acercan más que en las familias zaragozanas, abrumadas de huéspedes; más que en el comercio, que va a despachar cuatro frioleras; más que en los sencillos *foranos,* aturdidos por el jaleo de la capital, pienso en la turba inocente de chiquillos que corren, bailan y alborotan delante de los cabezudos, inmenso oleaje de juventud que goza con todos sus vivos sentidos, y digo, pensando en ellos, en los hombres del mañana: "¡Cómo se van a divertir los chicos de la calle!"

12 octubre 1895. *(El Pilar,* semanario de Zaragoza.)

CUENTOS Y CRÓNICAS

LOS DEVANEOS DE JULIA

I

Esta vez iba de veras.

No se trataba ya de una pasajera disputa, de aquellas que menudeaban en el transcurso de tan largos amores y que, lejos de amenguar un punto el amor que Alfredo sentía por Julia, lo aumentaban y hacíanlo más alto; como la presa que, sirviendo de obstáculo a la corriente, no consigue más que elevar el nivel del río.

Pero tantas veces había ido el cántaro de aquellos amores a la fuente de tales rencillas, que al fin y a la postre había acabado por hacerse añicos.

Así lo comprendía el pobre Alfredo al meditar, allá en su modesto cuarto de estudiante, sobre el imprevisto accidente, tratando de encontrar en algún rincón de su buen deseo un resorte tan poderoso que volviera a reconciliarle con Julia y que, a modo de cola fortísima y adherente, uniera otra vez las desparramadas trizas del cántaro roto.

— Después de todo — decía Alfredo, encorvando un puñado de hojas del libro de texto o haciéndolas caer después como aspas de molino —, Julia me quiere tanto como yo a ella, y estoy seguro de que rabia a estas horas por hacer las paces; sino que el pícaro del amor propio tiene tan perversa intención que se divierte en tapar nuestra boca, estirar nuestro espinazo y sujetar nuestras rodillas, precisamente cuando más ganas tenemos de caer de hinojos formulando plañideras disculpas... Nunca la he visto tan tiesecilla y orgullosa; pero, ¡bah!, ese aparente rencor prueba lo mucho que me quiere... ¡Bendito sea Dios! ¡Cuánto rigor y cuánta crueldad por haberse pasado una tarde, una tarde sola, sin que yo acudiese a su acera, según costumbre! *Faltar a la lista*, como Julia dice, y ciertamente tiene razón, porque a ella le ha faltado, y chica más *lista* que Julia no la hay en cuanta tierra ilumina el sol... Ella no sabe lo difícil que es esto de los "interdictos"; pero yo le enviaré el libro para que lo vea y me diga si no necesita cualquiera un día de estudio para saber distinguir el interdicto de retener del de recobrar, y el interdicto de obra nueva del de obra ruinosa... Pero, sí, ¡váyale usted a una niña como ésa con la ley de Enjuiciamiento civil! Puede ser que consiguiera Julia lo que no he logrado yo en tres meses de estudio; es decir, ¡meterme la ley dentro de la cabeza!...

En esto, y previos dos golpes en la puerta, asomó el busto una criada, diciendo:

— Señorito, esto han traído para usted.

Y desapareció después de haber entregado a Alfredo un grueso paquete envuelto en amplio periódico, cuyo papel sobrante por ambos lados subía en dos triangulares dobleces que se besaban encima del envoltorio, estrechamente atado en cruz por ligero bramante.

Alfredo adivinó en seguida, en la letra del sobrescrito, que aquel legajo contenía sus cartas, devueltas por Julia; más al deshacer el envío y ver desparramadas sobre la mesa las *tripas* de aquel expediente amoroso, no pudo menos de exclamar:

— Bueno es que el Código de Comercio obligue a los comerciantes a guardar su correspondencia, como medio ulterior de prueba; pero maldito sea quien aplicó esa ley a los novios, obligándoles a guardar mutuamente sus cartas con el solo objeto de arrojárselas a las narices cuando terminan las relaciones.

Y contempló un instante el confuso montón de aquellos sobres que salieron de su mano limpios, tersos e irreprochables, y volvían sucios, ajados y hasta amenazadores con aquella erizada desgarradura en la parte de arriba. Los sellos del interior, cuya tinta verde parecíale en tiempos a Alfredo el auténtico verde de la esperanza, veíalos ahora obscurecidos y atravesados por la grosera tinta del matasellos que los señalaba con estigma infamante.

— ¡Ah! — exclamó después, examinando una por una las cartas —. No hay más que ver cómo están para comprender cuánto me ha querido... Esta, arrugada y maltrecha, quizá la ocultó contra su corazón para evitar sorpresas maternales... Esta otra, quemada por un lado, acaso la leía en su casto lecho, arrimándose mucho a la palmatoria, cuando la traidora llama prendió una de las puntas del papel... Aquílla, cuya tinta se ha extendido, borrándose a medias las palabras, habrá recibido las lágrimas de unos ojos que hoy adoro más que nunca... Esa de ahí viene sin sobre ¡ah, pobre Julia!, sin duda no se ha decidido a abandonar todas las reliquias de este amor y se ha guardado el sobre de mi última carta pensando que yo no me fijaría en eso... Vuelvo a ser feliz; este detalle demuestra que Julia sigue queriéndome; el sobre que ha guardado es el mejor testimonio. No hay duda, tengo de su amor una prueba... ¿cómo las llama la ley de Enjuiciamiento? ¡Ah, sí!... ¡Una prueba documental!... Pero, ¡calla!, lo que falta en el paquete es mi retrato... Sin duda se lo ha guardado también... ¡Oh adorable Julia, te has vendido! Este rompimiento no ha sido más que una comedia. Estoy seguro de tu amor, tengo de él prueba plena, una convicción... ¿cómo se dice?... *Juris et de jure.*

II

Dos horas antes de esta escena había que ver a Julia en su elegante tocador trajinar y moverse de un lado para otro, renegando de este amor infernal que acumula en las habitaciones muebles y más muebles, haciendo de ellas, no un lugar de descanso, sino una barricada en desorden.

No era ésta la primera vez que la encantadora morena trinaba contra aquel *maremágnum* de objetos. Ya en otras ocasiones, mientras limpiaba con un plumero muy fino los *bibelots* que cubrían mesas y veladores, o bruñía, con rápido frotar de la gamuza, los dorados de tantos mueblecitos, decía agitada que no bastaba el trabajo de dos doncellas para tener arreglado y limpio su tocador; aunque es la verdad, ella era muy bastante para tales manejos, y que el pequeño gabinete, gracias al escrupuloso cuidado de su dueña, era, como suele decirse, una tacita de plata.

Pero en esa tarde Julia buscaba algo, y no encontrándolo, irritábase más y más contra los inanimados seres cuya pasividad parecía entonces signo de veneración y respeto hacia aquella hermosura enfadada que parecía una Juno, una Cleopatra o una Jezabel.

Sus cejas, extendidas por el fruncimiento, casi besaban los párpados, marcando en la conjunción de ambas el nacimiento de dos arrugas que intentaban subir frente arriba. Sus labios apretados y algo salientes por el enfado, simulaban, incitantes, rojos y frescos, dos capullos de rosa mellizos e inseparables.

— No merece Alfredo, ¡ese mono! — decía Julia — el mal rato que me está haciendo pasar buscando sus didhosas cartas; pero con gusto sufro esta molestia, que al fin y al cabo ha de librarme de unas relaciones tan pesadas... La constancia y la puntualidad de ese hombre habían llegado a ponerme nerviosa como la puntualidad de un cuco de reloj; su cariño pregonado a diario en todas sus cartas me empalagaba como una eterna comida de miel, y el no encontrar una ocasión para enviarle a paseo fundamentalmente me traía desasosegada e inquieta.

Y abría armarios, destapaba cofrecillos y tiraba de los cajones con tan nerviosa presteza, que no parecían sus manos tocar los objetos, sino que ellos mismos, adivinando los deseos de Julia, mostraban francamente sus escondites, huecos y rincones.

— ¡Bendito sea Dios, qué desbarajuste! cada carta anda por su lado... Una, debajo del sofá, hecha una bola... Sin duda el gato se ha divertido un poco con ella... Otra debajo del pulverizador, toda mojada y borrosa... Es preciso arreglarlas y devolvérselas bien ordenadas... aunque, bien mirado, ya nada me importa que adivine el poco caso que he hecho de ellas... Aquí hay otra entre un par de guantes viejos, ¡qué descuido!... tres en la caja de mi sombrero..., otra en el devocionario, ¡qué impiedad!... Dentro de esta bombonera hay otra, tan pegajosa por fuera como por dentro... ¡Ah, señor enamorado! me alegro de que anteayer no viniera usted, para mandarle un par de calabazas bien disimuladas y envueltas entre todos sus papelotes... Aquí hay otra carta muy dobladita sirviendo de apoyo a uno de los pies de esta mesilla que baila un poco... Las pondré todas muy prensaditas y ordenadas como si acabaran de salir de un protocolo notarial... Esta de aquí se ha chamuscado porque sirvió para sujetar en la palmatoria un cabo de vela... ¡Vaya! me parece que ya no falta ninguna; he mirado hasta en la caja de *veloutine* y nada he visto... ¡Ah! pero falta el retrato... ¿dónde le habré puesto? ¡Bah! ya le buscaré mañana, lo mismo que un sobre que echará de menos... Yo estoy rendida; acabemos de arreglar este paquete, con el cual ha de salir de esta casa mi mal humor...

III

Al día siguiente, Julia, que andaba buscando unas horquillas, encontrólas, después de revolver todo su tocador, metidas en un sobre con letra de Alfredo, aquel cuya falta había notado el día anterior. Y más tarde, al tomar unas tijeras del cesto de costura, lanzó una exclamación, y después una sonora carcaiada.

— ¡Jesús! — dijo — ¡mire usted dónde ha ido a aparecer el dichoso retrato!

Y efectivamente, en aquel cestillo revuelto, entre cintas, dedales, ovillos y madejas, la mísera cartulina, partida en dos pedazos, había servido de núcleo para devanar sedas de colores.

— ¡Qué cosas suceden! — dijo la niña contemplando los dos ovillos— ¡quién había de decir que hiciera con el retrato lo que he hecho con el original! ¡Servirme de él para mis *devaneos!*

Y la encantadora Julia se echó a reír con toda su alma."

CUENTOS PROPIOS

LOS GANSOS DEL CAPITOLIO

I

Sólo la luna, vestal de sí propia, conservaba su opaca lumbre en medio de la obscuridad que envolvía a Roma, cuyas siete colinas se erizaban de miedo ante el cerco brutal de los galos, aquel pueblo guerrero y sobrio que amenazaba talar la ciudad de Rómulo, como había talado casi todas las ciudades del Lacio.

Sobre la cumbre del monte Capitolino, en cuyo promedio avanzaba como lúgubre plataforma la roca Tarpeya, se erguía el templo de Júpiter, asilo inexpugnable de las divinidades romanas y reducto postrero de unos cuantos soldados que resistían aquel bloqueo de siete meses.

La guarnición dormía descuidada.

Allí por los suelos yacían los escudos abandonados, como las hueras valvas de la ostra; la temible lanza y el afilado *gladium* descansaban apoyados en la pared; barrían el pavimento las emplumadas cimeras de los cascos, cuyas carrilleras tiesas se elevaban hacia el techo.

De pronto, agrios y roncos graznidos turbaron el sueño de los defensores.

— ¿Qué es eso, Marcio? — preguntó un soldado desperezándose.

— Ya lo oyes, Fulvio — contestó el otro rascándose el tobillo, apretado por las correas del brodequín — esos malditos gansos que han consagrado a Juno y que no nos dejan dormir en paz.

— Malhayan los animalitos; como si la diosa no tuviera bastante con su pavo real...

— Empuña el asta y les haremos callar a palos.

Dicho y hecho; tomaron sus armas, subieron hacia la sagrada pajarera; pero al mirar hacia el campo, soltaron las lanzas llenos de pavor y echaron a correr escaleras abajo.

— ¡Júpiter nos valga! — exclamaron llamando a sus compañeros — ¡Si son los galos, que pretenden escalar el monte!

Se oyeron juramentos y maldiciones en el cuerpo de guardia, apercibióse la guarnición a su defensa, embrazáronse los escudos; enseñas y manípulos se agitaron llamando al combate, salieron a relucir las armas ofensivas, cientos de pedruscos rodaron monte abajo para contener al sitiador...

Ya no era preciso. Los galos, al verse descubiertos por las aves sagradas, retiráronse desbandados y aún se les veía allá lejos, con sus cascos cornupiales y sus grandes escudos elípticos que, agitados en la carrera, semejaban el batir de alas de una manada de aves de rapiña.

— De buena hemos salido — dijo Marcio.

— Si no es por los gansos — añadió Fulvio — te digo que nos lucimos, como hay dioses.

II

Los gritos de ¡victoria! ¡victoria! resonaron a la vez en la fortaleza y en el templo, y se podían oír desde el Aventino.

Acudieron los senadores, los magistrados, el pretor, la flor y nata de la juventud patricia; concediéronse en el acto los honores del triunfo a los heroicos guardianes de Júpiter; a este soldado le hicieron *aquilífero,* con derecho a llevar la más gloriosa de las enseñas y a cubrir sus hombros con la piel de tigre; a aquel otro, liberto humilde, le concedieron la ciudadanía; al infante de más allá lo hicieron plaza montada, máximo honor en el ejército romano...

— ¡Vivan los héroes! ¡Loor a los salvadores de Roma! — gritaban los sitiados, agitando, locos por la victoria, las águilas, las lobas, todas las enseñas, pendones y signos bélicos que había a mano.

De las aves sagradas nadie se acordó. ¡Pobres gansos! Cuando vieron el entusiasmo tardío de aquellos soldados perezosos, arquearon sus cuellos como se arquean los interrogantes; cuando presenciaron el reparto de recompensas, elevaron al cielo sus picos y parecían entonces sus cuellos, tiesos y blancos, signos de admiración.

III

— La verdad es, Fulvio — decía Marcio acariciando el broche de su cíngulo — que no estamos mal pagados.

— Cierto que no — respondía Fulvio arreglándose sobre el hombro el bálteo, de donde pendía la virgen espada —. A tí te han hecho porta-insignias de la orden ecuestre, a mí me han dado cien ases en buena moneda, y sin embargo...

— Comprendo tu disgusto. Tales honores no satisfacen a una guarnición hambrienta y casi desfallecida por este maldito bloqueo.

— Justamente; es preciso que los soldados celebremos fraternalmente nuestro triunfo con una comilona.

— Eso es fácil decirlo; pero ¿de dónde vamos a sacar los manjares?

— Por Minerva que eres muy torpe — exclamó Fulvio — ¿tenemos más que subir al templo y retorcer el cuello a un par de gansos?

— ¡Oh, idea feliz! — respondió Marcio desenvainando la espada y echando a correr escaleras arriba.

La pajarera de Juno fue diezmada, y aquella noche los dormilones soldados de la víspera celebraron su heroico, su innegable, su completo triunfo con espléndidas raciones de *foie-gras.*

IV

Los gansos capitalinos que ahuyentaron a los galos de Breno se guardaron muy bien de graznar cuando el caballo de Atila venía sobre el pueblo-rey agostando la tierra con sus herraduras, y cuando los vándalos de Genserico, en lo más grueso de la invasión septentrional, se presentaban amenazadores en las puertas de Roma.

LA CURIOSIDAD

I

Juanita contaría apenas seis años.

Su pelo negro, demasiado negro para tan poca edad, caía en fleco sobre su frente y en rizos sobre sus hombros, como cabellera de pajecillo; dos cejas claras, formadas de menudo vello, casi invisibles como todas las cajas de los niños, se encorvaban sobre los ojazos grandes, muy abiertos, con ese ansia de impresiones que refleja la fisonomía infantil; y la boca, fresca y encarnada como un capullo, era tan chica, que al entreabrirse resultaba más alta que ancha.

Con la mitad de los juguetes de Juanita hubieran sido felices todos los niños pobres del barrio. Inmensos *bailones* de cuero metidos en purpúreas redecillas; cajas de madera con servicio completo de comedor, de alcoba y de gabinete; pitos de cristal coloreados por dentro; muñecas de todas clases, formas y tamaños, desde la pequeñita que venden con su ajuar completo de novia, hasta la grandullona de cabezota inmensa, vestida tan sólo con una estirada camisa de linón.

Pero ya se sabe lo que son los niños. Jugaba una tarde Juanita con la mejor de sus muñecas, con aquella que era de seguro más grande que el hermanito pequeño a quien el médico había traído el mes antes de París, cuando vio a la chica de la portera jugando a su vez con una miserable muñeca de cartón, que era una pura lástima. El pícaro deseo de la novedad se apoderó de la niña, y llamando a gritos a la de abajo, no vaciló en cambiar su gran bebé, que era todo un prodigio de mecánica, por aquella otra muñeca roñosa y sucia, sin forma ni movimiento algunos, y por cuyas desteñidas narices asomaba el color ceniciento del cartón barato.

— Mira — decía Juanita a la doncella cuando ésta la reprendía por el cambalache — ésta es más gorda.

Y efectivamente, el abotagado cuerpo y los brazos como morcillas, estaban atacados de serrín.

No hubo medio de convencer a la chica. El juguete era malo; pero era el último, y esto bastaba para que fuese el preferido. La muñeca fea se sentaba; a comer al lado de la niña, iba con ésta a paseo y hasta dormía en la misma cuna hasta que por un movimiento de Juanita caía al suelo y daba en las baldosas con su moño hueco de cartón.

Una tarde, Juanita se acercó a su mamá llorando a lágrima viva; llevaba colgada de la mano a la muñeca fea; pero ya no era una muñeca robusta, sino una piltrafa larga y escurrida que dejaba en el suelo amarillo reguero de serrín.

— Mira, mamá, ¿ves? Se me ha muerto.

— ¿Qué se te ha muerto?

— Sí; mírala, ya no tiene cuerpo, ya no la puedo coger, porque se me escurre; ya no tiene brazos ni nada.

— Pero, boba, ¿qué has hecho con ella?

— Quería ver lo que tenía adentro.

— Bien se te está, por curiosa. Te gustaba la muñeca, ¿no es eso? Pues ya era bastante. ¿Quién te mandaba meterte en interioridades?

II

No sucedió con Juanita lo que sucede con la mayor parte de las niñas guapas. Lejos de afearse al hacerse mujer, crecieron sus encantos y sus gracias; tuvo muchos adoradores, algunos novios y un hombre que se casó con ella.

La felicidad no huyó del hogar doméstico al extinguirse la luna de miel; lejos de eso, parecía que el ángel del amor había batido con tal denuedo sus alas sobre ambos esposos, que el continuo ejercicio las había hecho más grandes y más robustas.

Entre su madre y su marido vivía Juanita como la más feliz de las mujeres. Su madre la trataba como cuando era niña; su marido, con el cariñoso respeto de cuando era novio. Y no es flojo resorte de la felicidad conyugal esto de conservar limpio y flamante el traje del primer día de la boda.

Envidiaban sus amigas a Juanita; vivía ésta entre regalos y mimos como a los quince años, y su misma madre, al ver de tal modo perfecta y completa la felicidad de Juanita, quería al yerno con afecto entrañable, porque veía en él, no al ladrón del cariño de su hija, sino al eficaz compañero para guardar entre ambos la vida y el bienestar del ángel de la casa.

No debía ser tampoco menuda la satisfacción del amante esposo, porque habiendo además un niño de por medio, sabía que al volver a casa y colgar su sombrero en la percha, era besado y bendecido por tres generaciones.

Un día se oyeron sollozos de dolor en aquella casa, donde jamás habían brotado más que lágrimas de alegría.

Juanita se echó en la falda de su madre como cuando era niña, y allí lloró largo tiempo, porque el regazo de las madres es el camino natural de todos los llantos.

A las preguntas que, llena de zozobra, le dirigió su madre, Juanita respondió alargándole un retrato de mujer, de una mujer que no era ella, y un autógrafo femenino que no era el suyo.

— ¡Qué desgracia! ¡Dios mío! — murmuró al mismo tiempo la herida esposa, viendo derrumbarse aquel cielo tan elevado, tan puro, tan hermosamente iluminado por el más brillantes de los soles.

— Pero ¿dónde has hallado esto? — dijo la pobre madre, tratando en vano de consolar a su hija.

— ¿Dónde ha de ser? ¡Infame! ¡Perjuro! En el bolsillo de su levita.

— ¡Ah! ¡La curiosidad! ¡la maldita curiosidad!

— Exclamó la madre, acordándose de la muñeca fea —. Querías a tu esposo, le amabas, eras feliz con él... ¿no te bastaba con eso ¿o crees a la felicidad cosa tan sólida que permita peligrosos registros?

III

Con decir que Juanita tenía hijos, queda dicho que no dejó un momento de ser feliz. El cariño sigue, como los cuerpos, la ley de gravedad, cuando va hacia abajo, es mucho más veloz, más fuerte y más decidido que cuando marcha hacia arriba o hacia los lados. El tiempo, por otra parte, había atenuado la penosa impresión que aquel disgusto conyugal produjo en el corazón de la esposa y la profunda pena que poco después le causó la muerte de su madre.

Puso entonces entero todo su cariño en aquellos retoños de su alma, una niña preciosa de ocho años y un varón de veinte, que a esa edad había dado a su madre muchas satisfacciones con sus triunfos en la Universidad, en la Prensa y en el Ateneo.

Al pasar de niña mimada a madre cariñosa, Juanita fue ganando en felicidad, porque en materia de amores es más grato ofrecer a raudales la savia del propio corazón que recibir los efluvios del corazón ajeno.

Poniendo en su maternal cariño el alma y la vida, con ese olvido absoluto de la propia persona que sólo tiene el amor de madre, porque es el único amor sin egoísmo, veía crecer en gracias y en belleza a su hija, y en robustez y en talento a aquel hijo, verdadero Aquiles para la homérica lucha por la vida.

Una tarde, Juanita, la madre enamorada de sus hijos, salió sollozando del cuarto de su primogénito.

— ¡Ah, madre mía! — exclamó al pensar que ya no contaba con aquel caritativo regazo que había recogido todas sus lágrimas.

Y sola, abandonada, sin acordarse, para buscar consuelo, del esposo ingrato ni del hijo más ingrato todavía, dióse a leer, con los ojos nublados, el borrador de una carta que el joven escribió a una vecinita, poniendo en la pluma dulzuras y entusiasmo que jamás había oído la pobre madre, y hasta colocando sobre el cariño de ésta aquel otro cariño naciente, quijotesco, platónico, bobo como primer amor.

Cegada por su pasión, jamás había pensado la madre que aquel hijo quisiera a otra mujer, más, mucho más que a ella.

Dióse a llorar silenciosamente, y como eco de su dolor oyó otros gemidos que respondían a los suyos y vio otras lágrimas que venían a acrecentar las de ella.

Era su hija que, abriendo la puerta, surgió desconsolada, llevando colgada de la mano una muñeca rota, lacia, estirada como un guiñapo y arrastrando por el suelo, que iba regando con polvos de serrín.

— ¡Ah! — exclamó Juanita en un suspiro — ¡La curiosidad! ¡La maldita curiosidad!. Y, abrazando a la pequeñuela, dejó caer la carta del hijo, que recibió, completamente abierta, aquel chorro de serrín que huía de la muñeca destripada.

EL BESUGO

I

Conpréndese una Navidad sin besugo, pero no una Navidad española, y mucho menos una Navidad madrileña.

No es la costumbre ni la tradición las que colocan al mísero pescado en medio de los voraces festejos de diciembre, como sucede con otros manjares de esta época. Podría el pavo comerse en febrero y el turrón hacerse en verano, pero la fuerza de las circunstancias trae al besugo con los fríos, de manera que no haya escape. Su oportunidad, tristísima para él, le pone ante la boca del hombre en la última vigilia del año y le hace alternar después en las promiscuidades de la Pascua con el capón dorado al horno, con las pálidas pencas del cardo, con los embutidos del cerdo, con las anguilas de mazapán, que recuerdan las otras anguilas vivitas y coleando, manjar preferido de la Navidad allá por Nápoles.

Ni le queda el consuelo de asistir, como el pavo, a su propia cotización; de ver los preparativos que hace el hombre antes de engullírselo; de ser paseado vivo por las calles, excitando la admiración del transeúnte con pocos fondos, ni de ser cebado quince días antes con todo mimo y a cuerpo de rey.

El besugo, infeliz, modesto y obscuro, es sorprendido en alta mar y a grandes profundidades; ya en el mercado, no puede tener, como las aves, "el derecho del cacareo", sino que, rodeado de témpanos y nieve, encorva su irisado lomo en la tabla del maragato, y pasa rápido del mar a la tienda, de la tienda a la besuguera, y de la besuguera al estómago, no precisamente sin comerlo ni beberlo, pero sí en un periquete o santiamén.

Mientras los otros manjares de Navidad corren de casa en casa en esa vuelta colosal que suelen dar los aguinaldos, el pobre besugo carece de odisea mortuoria, como carece también de odisea viviente. ¿Quién va a regalar un besugo? Cada cual compra los que necesita, y ¡Santas Pascuas!

El aceite forma su mejor salsa; las rodajas de limón, su mejor aderezo. ¡Ah! ¡Si un día los limoneros se helasen, quizá el hielo, que viene a señalar el fin del besugo, señalara entonces su salvación!

Pero ¿quién va a creer en la helada de los limones?

Apenas se echase a volar la especie, diría todo el mundo:

— Son voces que los besugos hacen correr.

Como dijo Rossini en caso parecido:

— ¿Sabe usted, maestro, que este año las trufas son venenosas?

— ¡Bah! Esas son voces que hacen correr los pavos.

Como el besugo es español, y es modesto y es barato, nadie le hace caso dentro ni fuera de España.

Se le toma la escama, ya que no puede tomársele el pelo.

Es gran resorte en los cuentos de pega, como aquel del enamorado que pierde el anillo en el mar, y un día comiendo besugo se encuentra dentro... con la espina.

Y figura también en la literatura dramática moderna, si bien como personaje que no habla ni asoma por el proscenio.

Recuérdese el besugo en cuyo vientre se encuentran las palabras misteriosas cantadas con música de Caballero en el primer acto de *Los sobrinos del capitán Grant*.

II

Los mares del Norte de España, el rudo Cantábrico con sus alborotos sublimes y sus furias colosales, son teatro de la pesca del besugo en las noches más crudas del invierno.

Cierto que esta pesca no ofrece nada de particular desde el punto de vista pictórico y aparatoso; mas ¿dónde nada más sencillamente dramático que el abandono de la débil barca a muchas millas de la costa y en época en que las inclemencias del cielo y los furores del mar parecen unirse para proteger contra las traiciones del anzuelo al mísero besugo, oculto casi siempre a 100 y 120 brazas de la superficie?

En algunos puntos de la costa hay vapores especiales dedicados a esta clase de pesca; por lo común se hace en lanchas "de altura" con 18 ó 20 hombres de tripulación, que dan a medianoche el primer golpe de remo y salen disparador a alta mar. Envueltos en grandes camisetas, fabricadas burdamente con gruesos cobertores de lana, apenas si este abrigo y el ejercicio del remar constante pueden contrarrestar los efectos de una noche de diciembre. Cuando el cielo amenaza chubasco, la tripulación se viste con la "ropa de aguas" calzones y blusa anchos y mal cortados, protectores contra la lluvia gracias a la gruesa capa de barniz amarillento, que da a los pescadores aspecto de ajusticiados.

Los "trabajadores del mar" reman y reman sin descanso; hay que alejarse 27 millas de la costa, y no se recorre esa distancia con tres caricias del remo. Allá van las barcas deslizándose en la soledad obscura de una noche en los mares, dejando como denunciadora de su ruta la débil espumilla de la estela, y acumulados en el fondo y a popa los larguísimos palangres erizados de anzuelos. *Aliquando* el astro de la noche ilumina las barcas, calladas y misteriosas como *Il vascello fantasma*, de Wagner, la palidez de la luz lunar redobla la palidez de las figuras, que parecen cosa del otro mundo con sus anchos ropones amarillos, sus desairados sombreretes, sus manos aferradas al remo, que apalanca en las ondas sin marrar una vez el punto de apoyo.

Llegados al lugar designado, se recogen los remos, se fondea la lancha, y una vez inmóvil, comienzan los preparativos de la pesca del besugo, que es una "pesca a mano". Cada tripulante examina sus cordeles y anzuelos besugueros.

Estos van distribuidos en el palangre a la distancia de uno por pie; cada anzuelo lleva su carnada correspondiente; una vez repasados los anzuelos, las carnadas y los cordeles, el pescador arroja su palangre vertical en el agua; el último anzuelo toca en el fondo del mar, donde se ocultan y arremolinan los besugos.

De lo demás se encarga el tiempo y la paciencia del pescador. Por el tiento comprende éste que hay varios besugos aferrados; entonces hala el aparejo, descarga la pesca y vuelve a arrojar en el mar el mismo u otro palangre convenientemente preparado.

Los vapores vienen a usar el mismo procedimiento, aunque no reclaman el auxilio de tantas manos. El aparejo se larga horizontalmente a mucha profundidad y sujeto arriba por calas o cordeles que penden de otras tantas boyas.

Mas no nos separemos de la barca. Aquí los pescadores silenciosos, apoyados en las bandas de la pequeña embarcación y atentos al tirón que da la mano cuando el pez se agarra, recogen y arrojan sucesivamente el aparejo, cobrando pesca desde antes del amanecer hasta las dos o las tres de la tarde.

Terminada la faena, se acumulan en el fondo de la lancha besugos y palangres, salen otra vez los remos, y vuelta a casa.

Si el mar está bueno, nada ocurre; con el crepúsculo van llegando a puerto los barcas una tras otra, y las familias de los pescadores ven con alegría agrandarse poco a poco los puntos negros que surgen entre el cielo y el mar, que van tomando forma, que parecen después grandes crustáceos moviendo sus patas (no otra cosa parecen los remos), que tocan tierra por fin y lentamente desocupan de la lancha a los vencidos, los pobres besugos de aletas rojas, de lomo irisado, de "ojos claros, serenos" como la hermosa del madrigal.

Pero muy a menudo protesta el mar, y el mar Cantábrico sobre todo, de estos latrocinios cometidos en lo más oculto de sus senos. El imprevisto temporal se presenta bravo y amenazador; en vano corren y corren las barcas para salvar a tiempo la peligrosa barra, erizada de escollos; el riesgo, que fue remoto en alta mar, se hace inminente y perentorio en la costa; los pescadores, al correr hacia su salvación, corren también hacia la más grave de las contingencias; la madre tierra les oculta sus playas suaves y les muestra, en cambio, los peñascos y rocas donde van a estrellarse. ¡Cuántas veces intentan las débiles barcas el paso de la barra! ¡Cuántas otras tienen que volverse a todo escape, acechando el instante de menos peligro!

¡Y qué pocas veces los *gourmands* españoles, al engullir entre sorbos de vino la carne blanca y fresca de una colosal besugada, pensarán que quizá a la misma hora los bravos pescadores que sacan del fondo del mar aquella carne están jugándose la vida a orillas de la costa, contristado su ánimo por los lamentos de la mujer, que reza y clama con gritos más horribles que el choque violento de la ola y llanto más amargo que las propias salpicaduras del mar embravecido!

III

El transporte del besugo era, antes de generalizarse los ferrocarriles, tarea más propia de

hipógrifo violento
que corriera parejas con el viento,

que de la cachuzada recua del arriero, con su lento paso y sus continuas paradas en los mesones.

Hay un refrán que dice: "besugo mata mulo", y este refrán indica el paso acelerado que a fuerza de vara tenía que tomar la recua para que el pescado llegase fresco y sano a Madrid.

Como los reales correos llegaban a la corte reventando caballos, el besugo llegaba a Madrid reventando mulos.

El ferrocarril ha resuelto, por fortuna, aquel grave problema, apenas solucionado por la fuerza conservadora del hielo; hoy los besugos llegan en cestos especiales, envueltos en nieve, no tan sueltos como las langostas ni tan apretados como las sardinas.

La plaza de los Mostenses es el centro principal de contratación para el besugo, como para toda clase de pescado que llega a Madrid. Reciente está, y seguramente no ha desaparecido de la memoria del lector, una cuestión surgida este otoño entre los asentistas del artículo y los vendedores al por menor; cuestión, por cierto, en que el consumidor salió beneficiado, como siempre que surge la competencia mercantil.

El mercado de los Mostenses es un mar en seco. Diríase que una generación de sedientos titanes ha sorbido toda el agua de un océano, dejando entre algas y corales al pescado, que en vano colea y agoniza abriendo los respiraderos de sus branquias.

El mercado del Carmen es el "segundo de a bordo" en esta categoría marítima. Allí yace el besugo en todas las tablas y sobre todos los capachos, coleándose (ya que no codeándose) con el lenguado ceniciento y amoratado, con los langostinos muertos con su armadura como los gladiadores, con la sardina de plateados reflejos, con el complicado percebe, que más parece planta que animal.

Ya se va perdiendo el tip del maragato, el clásico expendedor del pescado en Madrid. Parecía venir de extraños países, con su ancho sombrero de pendientes cintas, su chaqueta de terciopelo, sus calzones anchos a la oriental y sus polainas de paño cubriendo la pantorrilla y casi todo el pie.

Sea uno u otro el vendedor, allá yace el besugo esperando a que el transeúnte diga: "Buenos oos tienes."

Porque es lo bueno que tiene el besugo ser el menos hipócrita de los manjares. No hay que olerlo, ni palparlo, ni calarlo, ni someterle a otra clase de pruebas para enterarse de su buen estado de conservación. Sus ojos elocuentes dicen al comprador todo lo que éste desea saber.

De ahí la frase: "Te veo, besugo, que tienes el ojo claro."

Si no conviene, allí queda el besugo esperando comprador de manga más ancha; si conviene, pasa de la tabla a la cesta, luego que el maragato lo ha limpiado, rascándole los lomos con la cuchilla.

Siempre que veo comprar besugos, recuerdo la exclamación de un pescador aragonés. Vendía besugos en el mercado de Zaragoza, y una señora empezó a examinar la mercancía con aire displicente.

— ¿Qué es eso, señora? ¿qué tié' usted que icir de los besugos?

— Nada, que tienen el ojo triste.

— ¡Rediez! ¿Y ha visto usted algún defunto que lo tenga alegre?

De la cesta de la maritornes pasa el besugo a las baldosas de la cocina, donde la besuguera de barro o de metal le aguarda puesta al fuego y chillando con el aceite hirviente.

Es el primer manjar de la Navidad, por orden cronológico, cuando menos. Con el besugo se cumple el precepto de la vigilia el día 24. La Pascua siguiente es la que saca a relucir los pavos, los turrones, el champagne, las conservas de América.

Nadando en el aceite frito, rodeado de verdes perejiles y adornado el lomo con las rajitas de limón, el besugo, tras obscura vida y después de su rápido viaje de muerte, se prepara a volver a la nada, legando sus espinas al mundo ingrato.

Y aquí se acaba el besugo,
perdonad sus muchas raspas.

20 de diciembre de 1894. *(Blanco y Negro.)*

LOS ORÍGENES DEL CARNAVAL

BACCHANALIA

Allá en el bosque sagrado de Stimula, cercano a la embocadura del Tíber, próximo a Roma y aún más cerca de los muelles y atracaderos de Ostia, el puerto principal del comercio latino, óyense de noche gritos agudísimos y estridentes, golpear de músicos instrumentos, todo el jaleo y la algazara de las grandes fiestas. Las trirremes mercantes dudan en acercarse a la costa, donde tal vez les llama con pérfidos halagos otra Circe; huyen en todos sentidos las aves pobladoras del bosque, consternadas ante el estruendo inusitado que apaga el leve rumor de las hojas y el tranquilo correr de las fuentes; la luna, vista a través de ramas y troncos, parece un astro hecho trizas cuyos pedazos pugnan por juntarse.

En el interior del bosque celébranse con loco regocijo, con furiosa alegría rayana en la desesperación y mucho más allá de los límites de la borrachera, las fiestas de Baco, el hermoso doncel coronado de pampanos y hiedra, vencedor de los tyrrenos, hijo adoptivo de las ninfas, rival en belleza del mismo Apolo.

Fantástica procesión que parece arrastrada por los huracanes, corre por sendas y vericuetos en dirección a la estatua de *Dyonisius,* y sólo se interrumpen las carreras frenéticas para dar lugar a bailes epilépticos y a danzas increíbles. Armadas con el tirso, de cuya piña dorada penden cintas y pámpanos, marchan las bacantes, apenas vestidas con una piel de tigre; otras hacen sonar los címbalos, los sistros, las flautas y los crótalos. Hombres disfrazados de sátiros y silenos, coronados de hojas de vid y embadurnado el rostro con las heces del vino, alumbran con antorchas la desordenada cabalgata o blanden las agujadas jabalinas, enfundadas de flores; turbas de niños, próximos a entrar en las iniciaciones dionisíacas, corren a vanguardia y se extienden por los flancos, sin más traje sobre su cuerpo que un cinturón con hojas de parra. Faunos y faunesas, ménades y sacerdotisas, hombres a pie o cabalgando en burros, cierran el cortejo, y suelen a menudo quedarse atrás para exprimir en las cráteras el zumo de las uvas.

El busto del ídolo aguarda impasible sobre su pedestal a las víctimas y a los sacrificadores. Cuando de la turba de éstos llega y se esparce en torno aumentan la algarabía y el bullicio; la fiebre de la música y de la danza contagia a los más reacios y enardece a los que ya estaban vencidos por la fatiga; el propio *Dyonisius* parece dirigir hacia el suelo sus ojos sin pupilas, buscando en la hermes que le sustenta piernas que dancen y brazos que se agiten.

Cuando el alba rompe y asoma el sol a flor de tierra, marcando en el horizonte manchas cárdenas y sanguinolentas como si rasgara el cielo haciéndole daño, sólo el dios de piedra se mantiene en pie en medio de los restos y postrimerías de la bacanal.

LUPERCALIA

Corren las calendas de marzo. Todavía los vientos heladores del invierno azotan los pórticos y columnatas del Foro; los árboles de la campiña romana extienden sus brazos desnudos como implorando del cielo las primeras hojas; aún hay nieve en las altas colinas que circundan la ciudad de Rómulo, y, sin embargo, los lupercos, desnudos como estatúas griegas, untados de aceite y sin más adorno que una piel de cabra mal sujeta sobre los ríñones, desafían la inclemencia del tiempo con su litúrgica desnudez y preparan sacrificios al dios Pan metidos en el antro famoso que se abre allá en la escarpadura occidental dd monte Palatino, sobre los vestigios y ruinas de los muros pelásgicos.

Pan, el dios de los campos y de los pastores, el dios cuya vida es un idilio y cuyo cuerpo es una metamorfosis a medio hacer, eleva sobre el pedestal su cabezota de pelo crespo, arrima a sus labios el dulce caramillo, y con sus patas de cabra parece llevar el compás de la música. Es la providencia campestre de Grecia y de Roma; su melódica flauta congrega a los ganados y alegró a los arcaicos pastores; su estentórea voz, que la ninfa Eco repite ahuyenta a los lobos, consterna a los malhechores, pone en fuga a los enemigos de la República, como sucedió en Maratón, donde los persas corrieron a la desbandada dominados por un terror que se llamó pánico por venir de Pan.

¡Lupercalia! Todos los sacrificios son pocos para honrar al matador de los lobos feroces y honrar a la única loba buena, aquella que amamantó a los gemelos, fundadora de Roma, y cuya estatua se eleva frente al antro lupercal, dando de mamar continuamente a Rómulo y a Remo.

Los *lupercos* o sacerdotes de Pan agrúpanse en torno del dios y sacrifican una cabra y un perro; el rey de los sacrificadores empuña el cuchillo sagrado y moja con sangre las frentes de todos; quítanse luego la mancha con un poco de lana empapada en leche, y el pontífice máximo reparte entre los circunstantes la piel de las víctimas propiciatorias.

Abrense las puertas del templo, y desbordando hacia afuera la multitud, comienzan las verdaderas *lupercales;* estupenda y fantástica procesión, que no es tal, sino frenética y loca carrera a través de las calles de Roma, atropellando vendedoras y transeúntes, azotando con fustas y látigos a las curiosas turbas y haciendo huir a los perros, cuyos ladridos son menos ingratos que el canto gutural de los *lupercos* en honor del dios Pan.

Tres días vive Roma en tumulto y bullicio inacabables. Divididos los lupercos en dos bandadas, corren frenéticos dando al aire las patas y rabos de las pieles de cabra con que apenas disimulan su desnudez; comenzados los himnos no dan paz a las lenguas, y enarbolando las fustas no dan paz a la mano. Jóvenes patricios de las mejores tribus de Roma se unen al cortejo lupercal, y apenas si pueden seguir la desenfrenada carrera a todo galope de sus caballos. Huyen de los cruentos latigazos el medroso niño, el pobre valetudinario, el perro vagabundo, pero las mujeres de Roma buscan el golpe de los látigos, creyendo que el fustazo de las lupercales hace fecundas a las estériles y felices a las mal casadas.

El pueblo-rey se divierte; el pueblo-rey es dueño de la ciudad hasta caer rendido y aporreado.

A no ser en esta época de libertad frenética y licencia salvaje, ¿cómo se hubiera atrevido el pueblo de Roma a silbar a César, el héroe de las Galias, cuando Antonio, en medio de unas lupercales, quiso adornar las sienes del vencedor con la corona de Numa y de Anco Marcio?

SATURNALIA

La plebe, amontonada con ese hervor de las multitudes impacientes, aguarda en el Foro la puesta del sol y con ello el comienzo de las saturnales, las fiestas más extraordinarias y estupendas que celebra Roma; tan estupendas y extraordinarias, que el orden social parece resquebrajado y roto durante siete días, las costumbres vueltas de arriba abajo, las condiciones civiles invertidas, y derogados temporalmente los duros preceptos de la seca legislación decenviral.

Cuando el sol empieza a caer y a ponerse rojo, cuando las soberbias columnatas del Foro, los arcos de triunfo, las columnas rostrales, los templos y palacios que allá se asientan, van acentuando su perfil entre las sombras y parecen una legión de fantásticos y negros titanes, un pontífice de alba vestidura sale del templo de Saturno, del templo más respetado que ningún otro, porque desde que Tulo Hostilio le construyó es el arca santa del Tesoro público.

Baja el pontífice la grandiosa escalera, y al reunirse con el pueblo abre sus brazos sobre él y grita con voz estentórea: ¡Saturnales! ¡Saturnales!

Un alegre rugido del pueblo acoge aquella redentora voz de libertad; disemínase por las calles de la urbe al grito de ¡Io Saturnale!, y bandadas de esclavos corren a alborotar y a embriagarse llevando en la cabeza el gorro de los manumitidos.

Manumisión temporal tan sólo, pero muy intensa por lo mismo que es corta; siéntase a la mesa de sus amos, y éstos le sirven el vino y la comida; cuelgan sobre sus hombros aporreados la toga pretexta, y sus dueños les ayudan y visten; agarra el patricio los bajos enseres del esclavo, y el esclavo se sienta en las sillas curules y grita con afectación cómica: ¡Cives romanus sum!...

Loca y frenética algarada de esclavos ebrios y de amos que gozan oyéndoles disparatar; parodia ridícula de la ciudadanía hecha por los *capitis diminutio;* comilonas interminables de minuta estrambótica, durante las cuales el rey del festín, elegido entre los esclavos más humildes, manda como un déspota a sus compañeros y a sus amos; coronan éstos de rosas a sus siervos y les llenan las copas de los vinos más caros; el esclavo de un orador imita a su amo en la tribuna, el de un magistrado administra justicia cómicamente, el de un filósofo se pasea con gravedad sosteniendo con sus compinches larga y peripatética conversación.

En los campamentos, en los talleres, en las escuelas, en los tribunales, en las villas del campo romano como en sus provincias y colonias, celébranse de igual manera las saturnales desde el punto y hora en que el pontífice saturnino anunció a la puesta del sol aquel "Roma al revés".

Prohíbense las ejecuciones, condónanse las deudas, suspéndense las guerras y cesa el duro trabajo de los míseros mientras duran aquellas fiestas que ponen la férula en manos del discípulo, el águila de los caballeros en el puño del más humilde legionario, la púrpura en el traje de los siervos, las haces del pretor al servicio y para salvaguardia del último de los esclavos.

Tales son las fiestas de Saturno, en las cuales los grandes señores de Roma no sólo ríen y celebran los atrevimientos y donaires de sus siervos emborrachados, sino que honran al dios, al viejo Cronos, marido de Cibeles y padre de Júpiter, cambiándose presentes y regalos, copas de plata, cráteras labradas, *corbeilles* de aceitunas, higos de Lybia confitados y obras de los grandes poetas, todo ello acompañado de misivas burlescas o exámetros festivos y disparatados.

23 de febrero de 1895. *(Blanco y Negro.)*

PANEM ET CIRCENSES

(CUENTO ROMANO)

I

La noticia de aquel motín sorprendió a los cónsules en el más inocente de los ocios. Acababan de bañarse en las termas, se envolvían en sus amplias togas como podrían hacerlo en las sábanas que un momento antes habían secado sus húmedos cuerpos, y repantigados en las sillas curules entreteníanse en mirarse las yemas de los dedos, arrugadas por la larga prolongación del baño.

El prefecto de la ciudad entró en la estancia sin previo aviso, y entró tan locamente, que pisándose la fimbria de la toga dió en tierra con toda su respetable humanidad.

— ¿Tropezando vienes? — dijo uno de los cónsules — Si fuéramos supersticiosos, creeríamos que un grave mal amenazaba a la República.

— ¡Quién sabe! — respondió el prefecto adelantándose y sacudiendo sus vestiduras; quizá no te engañes, Bruto.

— No, Bruto es éste — se apresuró a decir el aludido señalando a su compañero de magistratura — Pero, sepamos, ¿qué es lo que ocurre?

— Lo de siempre, cónsules, lo de siempre. Tiberio Graco que alborota las turbas, Tiberio Graco que promete imposibles para que otro los cumpla, Tiberio Graco que tiene sorbido el seso a los plebeyos, a los clientes, a los peregrinos de Oriente y de Grecia, a los libertos malditos, que tan poco agradecen la manumisión. El nombre de ese facioso es sinónimo de revuelta y algarada; cuando hay jaleo en las calles de Roma, el patriciado se esconde y no dice "Se ha armado un motín", sino "Se ha armado un Tiberio".

— Es verdad; pero no hagas discursos como si estuviéramos en el Senado.

— Pues bien, cónsules, el hecho es que la plebe empezó a alborotar en el Foro apenas amaneció el día. Los prudentes soldados de mi cohorte urbana despejaron, no sin trabajo, los pórticos y columnatas, arrojando a los sediciosos más allá de la puerta Capena; pero en la Vía Apia se ha reproducido el motín y mi cohorte urbana ha tenido que replegarse, abollados los cascos por las piedras y sintiendo en los escudos el repiqueteo vergonzoso de mil guijarros.

— Pero esa gente, ¿qué pide? ¿Qué quiere? ¿Con qué amenaza?

— ¿Con qué? Con retirarse al Aventino.

— ¡A ver cómo no se retira a los mismísimos Alpes!

— Y es forzoso tomar una determinación. El motín crece, la plebe se envalentonará si la dejamos; los cipos, tumbas y sarcófagos de la Vía Apia son otras tantas barricadas para los revoltosos; el monumento a los Horacios y Curiados es un reducto inexpugnable...

Temblaron los cónsules, reflexionaron un momento, y uno de ellos exclamó tras breve pausa:

— Pues, sin embargo, es preciso ceder. ¿Cómo ir contra el pueblo en víspera de comicios curidos? Yo aspiro a la reelección, tú también, el prefecto lo mismo; ¿no es verdad, prefecto? Así, pues, hay que halagar al pueblo y no alejarse de las urnas.

— ¡Oh vergüenza de las vergüenzas! ¡Cómo se reirá Tiberio Graco!

— ¿Qué nos importa? Gobernar es transigir, ya lo sabes. Y ahora, ¿qué es lo que quiere el pueblo?

— ¡Pan y circo! Esa es su manía, su grito de siempre.

— Pues es forzoso que esta misma tarde tenga pan recién amasado y función extraordinaria de fieras.

— Ya lo sabes — añadió el otro cónsul levantándose y señalando a la puerta con el dedo — ésta es la voluntad de los cónsules, y hay que cumplirla. De no ser así, mañana mismo irá a parar tu cuerpo a la ergástula más honda de la ciudad, como no prefieras que tu cadáver flote en el Tíber para apaciguar las iras, del pueblo-rey.

II

Mohino, confuso y atolondrado salió el prefecto del palacio de los cónsules; conforme se iba acercando a la prefectura, se hacían mayores el pesimismo de su alma y las negruras de su cerebro, tan necesitado entonces de claridad.

El espectáculo que ofrecía el atrio de la prefectura acabó de consternarle. Soldados contusos, temerosos y acobardados, yacían por todos los rincones; a cada momento llegaban otros con el bálteo hecho jirones, desprendida del hombro la fíbula y arrastrando el *pilum* o lanza como un palo de escoba.

Cada cual se lamentaba por su lado.

— Se burlan de nosotros — decía uno acariciando el puño de su *gladium* — porque son más y están parapetados.

— ¿Sabéis cómo nos llaman? — dijo otro.

— ¿Cómo? — preguntó el prefecto.

— Pues "guindillas".

— ¡Guindillas! ¿Ya qué viene eso?

— Aluden sin duda a la cimera roja que adorna nuestros cascos.

El prefecto ordenó a sus soldados que volvieran al puesto de honor para evitar siquiera que la plebe amotinada entrase en Roma; llamó en seguida a los apparitores, lictores, viatores y demás auxiliares de su autoridad, y les dió orden de ir a buscar y traer en el acto al edil encargado de los graneros públicos y a un español de la Bética, que era quien se encargaba tiempo hacía de la organización de las funciones de circo.

Hecho esto se encerró en la cámara más honda de la prefectura y encomendóse allí a todos los dioses del Olimpo, pidiendo inspiración y ayuda a los geniecillos lares, manes y penates, que con burlona sonrisa le contemplaban desde las repisas y hornacinas de la pared.

A poco entró el edil sin previo aviso.

— ¿Qué es esto? ¿Qué significan estas prisas?

— Que el pueblo pide pan, y hay que dárselo; conque... ¡ya lo sabes!

— ¡Por Ceres! En buena ocasión me pides trigo. ¡Bien andamos de trigos y trigueros! Las naves que aguardábamos estos días con granos de Sicilia, de Africa y de España, han naufragado a la entrada del puerto de Ostia o se han perdido en este maldito mar, que tiene más escollos que gotas de agua.

— ¡Oh imprevisión maldita! ¿No pueden preverse las tempestades? ¿Para qué sirve el augur? ¿Para qué el verdadero cesaraugustano?

— A todo tirar — dijo el edil condolido por la aflicción del prefecto— rebañando mucho en los graneros, podremos hacer pan para la mitad de esa gente.

Un rayo de inspiración cruzó la mente del prefecto apurado.

— ¿Para la mitad, dices? ¡Me has salvado, edil! ¡Gracias! ¡Gracias! Corre a amasarlo y a traérmelo a todo escape.

Y enajenado de alegría recorrió la estancia gritando: *¡Eureka! ¡Eureka!*, mientras el edil salía de allí poniéndose el dedo en la sien y murmurando:

— El prefecto está loco; ¡ya habla en griego!

Cuando el empresario del circo entró a su vez, el magistrado le estrechó contra su pecho.

— Mira —le dijo — necesito como el comer una función de fieras para esta tarde.

— Pero ¡por el tigre de Baco! ¿Crees que eso se arregla así como así? Hoy no hay en Roma más que gladiadores de invierno; las fieras que tengo son desecho de tienta; el circo está abandonado, sucio, sin preparar.

— ¡Mejor! ¡Mucho mejor! — gritó el prefecto abrazando otra vez al empresario —. Haya función, sea como quiera, que yo no he de exigirte responsabilidades.

— En tal caso, cuenta con la función, y sea lo que Júpiter quiera.

Prefecto y empresario salieron juntos; éste a improvisar de cualquier modo la función, aquél a ponerse delante de las turbas, cuyas mofas y escarnios a todo lo existente habían llegado al sacrilegio. Nada menos que en la puerta del Capitolio habían colocado este cartel: "Se prohibe hacer dioses mayores y menores en este sitio".

Llegó el magistrado al lugar de los sucesos, suplicó que le dejaran hablar, y dijo en breve arenga:

— ¡Romanos! ¿Es éste el ejemplo que habéis recibido de vuestros mayores? Si la ley os da todos los derechos, ¿a qué apeláis a la revuelta y al motín? Ahora me percato de vuestros deseos, y ahora me apresuro a cumplirlos; ¿queréis más?

— No, no; ¡viva el prefecto!

Y los guardias decían por lo bajo:

— Aplaudid, Brutos... o como os llaméis.

— Solamente — añadió el prefecto — para el mayor orden y perfecta comodidad vuestra, me voy a permitir haceros una indicación.

— ¿*Cuála* ?— gritó uno de los más ilustrados alborotadores.

— La siguiente. Todos los que vayáis al circo recibiréis en la misma puerta el pan que por clasificación os corresponda; los que por falta de afición o de fuerzas agotadas en estas horas de escándalo, digo, de entusiasmo popular... no vayan a las fieras, ésos que acudan a la prefectura media hora después, y allí recibirán sus hogazas correspondientes.

— ¡Viva el prefecto! ¡Vítor! ¡Vítor! — gritó la plebe.

Y fraternizando en seguida con los soldados de la cohorte urbana, se abrazaban y confundían ebrios de gozo, repitiendo para hacer las paces:

— ¡Todos somos hunnos! ¡Todos somos hunnos!

III

Cumplióse el programa puntual y formalísimamente.

Una hora después de ocurridas las escenas del anterior relato, la plebe romana se agolpaba en las múltiples puertas del Circo Flavio. En la entrada tomaban el pan, y colocándolo bajo el brazo entraban en torrente por los vomitorios y ocupaban la gradería sin respeto a lugares de etiqueta ni a filas preferentes. La función era eminentemente popular toda, sola y entera, para el pueblo; éste, por consiguiente ocupaba el lugar reservado para los patricios, para los caballeros, para las vestales... A cambio de ello, toleraba que no se hubiera corrido el *velarium* para preservarle de los rayos del sol, y no protestaba tampoco de que la arena apareciese limpia, sin la mezcla acostumbrada de polvo de minio, cuyo color disimulaba la sangre de los gladiadores.

— ¿Qué tal es el pan del prefecto? — preguntaban de un lado del circo.

Y respondían de enfrente:

— Ya veremos a la hora de la merienda, en el descanso, entre el tercero y cuarto tigre.

El prefecto en persona ocupó la tribuna de honor entre aplausos y vítores; la banda del Hospicio romano preludió una marcha, y salieron en pintoresco grupo los gladiadores con sus armas ofensivas y defensivas, los *mirmillones* de cascos fantásticos los tracios con sus dagas agudísimas, los sammitas armados de pies a cabeza, los retiarios con el tridente y la red de paseo terciada en los riñones.

El primer tigre fue un fracaso. Sus costillas se podían contar más fácilmente que las rayas de su piel; flaqueaba de los cuartos traseros y se asustaba al mirar a los gladiadores. ¡Para todo había!

— ¡Los paterfamilias! ¡Los paterfamilias! — comenzó a gritar la plebe encrespada y furiosa.

A una señal del prefecto salieron dos tigres ancianos con sendas liras colgadas al cuello; se llevaron al tigre joven, calmóse un tanto la soberana masa, y otro tigre pisó la arena, emplazándose en mitad del circo.

— ¡Al tigre! ¡Al tigre! — decían dando alaridos los plebeyos, mientras los gladiadores, que en su vida se los habían visto más gordos, se arrimaban a los muros, recogían la red sin echar una mala larga y tomaban la sabina, porque esto es más romano que tomar el olivo.

Como llovía sobre mojado, un rugido inmenso y ensordecedor acogió tan inexplicable cobardía. Los gritos de: "¡No lo entiendes!", dirigidos al prefecto atronaban el aire; los gladiadores se encogían de hombros; el tigre abrió la boca y se sentó en medio del circo... ¡Horror de horrores! El pueblo no pudo más, y empezó a arrojar panes y más panes a la arena; rebotaban en los cascos de los combatientes, se partían en los postes de piedra, rodaban largo rato por el suelo...

Y una cohorte de "esclavos sabios", provistos de grandes banastas, recogía hogazas a toda prisa y las sacaba del circo sin perder segundo, introduciéndolas furtivamente en la prefectura por la pequeña puerta de servicio.

Ya era tiempo. Ante el peristilo de la fachada principal aguardaba en larguísima cola el pueblo, hambriento y cansado, que no pudiendo o no queriendo entrar en el circo, iba en busca de las ofrecidas hogazas; y en efecto, las recibían poco a poco algo golpeadas y sucias, como si largo rato hubieran rodado por la arena.

IV

El prefecto, alegre el rostro y orgulloso el ánimo, aunque algo desarreglado de vestiduras, se presentó al anochecer en el palacio de los cónsules, donde éstos, que acababan de bañarse otra vez, se miraban las yemas de los dedos, arrugados por la prolongada inmersión.

— Vuestros deseos están cumplidos.

— ¿De verdad? — dijo uno de los cónsules — ¡Los dioses te protejan! ¡Eres todo un hombre!

— ¿De modo que todo se ha salvado? — añadió el otro cónsul.

— Sí — dijo el prefecto palpándose un chichón que tenía en la frente— todo se ha salvado... menos el principio de autoridad.

11 abril 1896. *(Blanco y Negro.)*

CRÍTICA LITERARIA

BALTASAR DEL ALCÁZAR

DISCURSO

*Leído en el Ateneo de Zaragoza, la noche del 4 de
mayo de 1892, por don Luis Royo Villanova, sobre
Baltasar del Alcázar*

SEÑORES:

Tratándose de Baltasar del Alcázar, originalísimo poeta sevillano, sin igual en epigramas donosos y en desenfadadas ocurrencias, espero que no toméis a atrevimiento, sino más bien a deseo de identificarme cuanto antes y sobre la marcha con ingenio tan preclaro, que empiece mi conferencia con un cuento.

Es el caso que acudió a las fiestas de cierto pueblo un predicador de tan extendida como justa fama, con objeto de pronunciar el sermón de rubrica en la fiesta anual con que era costumbre honrar al santo patrono.

Tan a gusto de los fieles cumplió su misión el buen padre que a la salida de la iglesia se desbordó el entusiasmo, mal contenido en las naves del templo; los viejos lloraban de gozo, los jóvenes querian llevar en hombros al predicador, las mujeres bajábanse a besar la fimbra de sus ropas talares y en medio de estas explosiones de admiración y de júbilo oyóse la voz del campanero que repetía entu siasmado, corriendo de grupo en grupo:

— ¿Os ha gustado el sermón? Pues yo, ¿entendéis?, yo lo he repicado.

En esta serie de conferencias literarias, en este turno de ateneístas predicadores, yo soy el humildí simo campanero.

Como él os digo: ¿Son de vuestro agrado esta clase de conferencias? Pues yo las repiqué desde un principio; es decir, a mí se me ocurrió la idea de su celebración, no por oficiosidad inoportuna, sino por corresponder de algún modo, en honra y gloria de la sección de Literatura, al mucho honor que me hicisteis elevándome a la vicepresidencia de esta sección.

Yo bien sé que esta jactancia mía tiene tan poco fundamento como la jactancia del campanero de mi historia; pero así como él, en su entusiasmo, púsose nada menos que a la altura del predicador, yo, en el cariño que me une, en la admiración que me acerca a los conferenciantes pasados y a los conferenciantes que vendrán, no sé resistirme a ciertas espontaneidades que jamás saldrían de mi boca ni se engendrarían en mi pecho, tratándose de méritos propios.

Ni se me oculta lo que podrá decirme alguno de vosotros, y es a saber que mal hace el campanero en subir al pulpito y mal se compagina mi pobre oficio con el formal anuncio de la velada que me propongo dar como cada quisque.

Es verdad.

Así como declaré con orgullo que repicaba, ahora confieso humildemente que repico... y ando en la procesión.

Siendo, pues, cosa tan difícil, según el dicho vulgar, hacer bien una y otra cosa al propio tiempo, yo, que en el repique anduve afortunado, temo al meterme entre filas que un batacazo dé conmigo en el arroyo, que mi torpeza me haga dar un corte en la comitiva o que si reinan malos vientos, vengan a apagar la única iluminación que puedo yo traer, mis escasísimas luces intelectuales.

* * *

Pocas figuras tan originales como la del burlesco poeta sevillano Baltasar del Alcázar en aquel ciclo glorioso que, ensamblando dos siglos de nuestra Historia, empieza con el príncipe de los *petrarquistas* y acaba con el creador inmortal de Segismundo y con el señor de la Torre de Juan Abad.

Mil encantos ofrecía a mi vista la fisonomía literaria del viejo gotoso, cuyo rostro epicúreo — tan en consonancia con la mayor parte de sus versos festivos — inmortalizó el lápiz de Pacheco en aquel códice precioso, encanto de la pintura y de las letras, que se llama *Libro de descripción de verdaderos retratos de ilustres y memorables varones.*

Chocábame, en primer lugar, el contraste que forman lo popularísimo de sus octosílabos al lado de la extraña parsimonia y ligereza con que críticos y autores se ocupan de Alcázar, no sólo concediendo a sus estudios muy escaso lugar, sino arrojándole como quien siembra en cualquiera de las escuelas literarias del siglo XVI y de sus estilos poéticos; contándole, verbigracia, como afiliado a la escuela sevillana sólo por haber nacido en Sevilla el autor y haciéndole formar entre los escritores satíricos por la razón sencilla de no ser sus versos graves y íor males.

Tan cierta es esta pobreza de datos críticos y biográficos de Alcázar, que el señor Quintana, en su curso de Literatura, afirma no ser conocidas ninguna de las circunstancias de su vida, y por mi parte aseguro que aunque hubiese recibido por telégrafo los datos que he conseguido reunir sobre las obras y vida de Alcázar, tan escasos han sido, que no hubiera significado su adquisición grave quebranto para mi bolsillo.

Admirábame después la absoluta originalidad de la vida y obras del poeta que nada recuerdan y a las cuales nadie sigue; tan apartado el autor del vivo Parnaso de la corte en donde entonces se desenvolvían todos los géneros poéticos al amparo de los reyes-mecenas de la casa de Austria, como aislados sus versos de aquellas luchas literarias entre petrarquistas, clasicistas, orientalistas y salmantinos, revueltos luego y arrojados todos por el mismo ciclón devastador a los más estupendos extravíos del mal gusto, como se despeñaba Don Quijote, según el ama, desde las alturas cumbres de su locura hasta los profundos abismos de su simplicidad.

Movíame, sobre todo, a elegir a Alcázar como tema de la presente disertación, no sólo la condición festiva y maleante de su ingenio, más propio indudablemente para esta clase de veladas que la alteza de pensamientos o la profundidad de concepción, con las cuales no me atrevería inmediatamente después de cenar, sino la sencillez de su estilo, la pureza de su lenguaje, la notable facilidad de su versificación que parece por dichas cualidades obra de los poetas festivos de nuestra época; porque creo que todo esto ha de ser por vosotros mejor recibido que la poesía altisonante, enrevesada o conceptuosa, que no puede ser bien comprendida por la simple audición, sin preparativos o estudios de otra clase.

Y sin más preámbulos voy a entrar en el estudio de mi poeta no sin advertir antes que, aunque había de serme fácil trazar un cuadro histórico o literario del siglo XVI, prescindo de semejante alarde en gracia a la concisión y a la brevedad y porque, en rigor, no tengo derecho a salirme del tema anunciado que, como sabéis, es Baltasar del Alcázar y no Baltasar del Alcázar y su tiempo. No voy, pues, a componer un cuadro, sino a delinear una figura; no voy a hacer dibujos de paisaje, sino dibujo natural; comprended mi tarea; no voy a acumular materiales que os deslumbren como si fuera a construir un palacio, voy a desechar cuanto pueda, a quitar estorbos y a aligerar el bloque, como quien saca de puntos una estatua.

Y así como al pintor que os haga un retrato no le exigiréis más que la belleza del conjunto y el parecido final, sin vigilar su faena para pedirle que lleve metódicamente el pincel de arriba abajo y de izquierda a derecha, no me pidáis a mí tampoco programas, métodos ni planes, propios tan sólo de un trabajo concienzudo o de una explicación universitaria; yo llevaré el pincel donde me parezca; yo cargaré el color donde se me antoje; yo saltaré inmediatamente del fondo al ropaje y del ropaje al rostro; y si al final habéis visto una figura más o menos abocetada; pero con los méritos pictóricos del parecido, con las ventajas dialécticas del género próximo y de la última diferencia, y ejecutada sobre todo con la brevedad y rapidez que vosotros tácitamente me exigís y que yo buscaré a todo trance; si todo esto consigo, que vuestra benevolencia me lo premie; si no, que los manes de Alcázar me lo demanden.

¿Dónde nació Baltasar de Alcázar? Al contestar a esta pregunta vienen a mis labios los versos de un poeta contemporáneo.

> *¿De dónde ha de salir? Pregunta extraña;*
> *De lo más español que hay en España.*

Efectivamente, vio la luz nuestro poeta el año 1530 en Sevilla, que es de lo más español y sobre todo de lo más literario de España; pues no parece sino que así como a las ondas del Guadalquivir que lamen la ciudad de San Fernando suben en tiempo tranquilo todas las mareas del Océano, así el viento pareció llevarle siempre a través de naranjos y jarales, rizando los sarmientos de las vides y abofeteando unos contra otros los vástagos amazacotados de las chumberas, todas las mareas, brisas y tempestades que agitaron el Tíber en tiempo de Augusto, y luego de Dante y de Petrarca, que movieron el Támesis en tiempo de Shakespeare, y el Manzanares en vida de Lope, y el Ebro en tiempo de Argensola, y el Sena cuando aparece con Luis XIV, aquel estirado neo-clasicismo francés.

La familia de Alcázar era de noble y esclarecida estirpe; su padre fue veinticuatro de Sevilla, cargo en que le sustituyó D. Melchor del Alcázar, hermano del poeta; el sobrino de éste, D. Luis, fue honra de la Iglesia hispalense, y hoy, la calle de los Alcázares recuerda a los buenos sevillanos las obras, glorias y empresas de tan noble familia.

Fue soldado Baltasar del Alcázar, como lo fue Garcilaso y Hurtado de Mendoza, Cervantes y tantos otros; que ya es olvidada de puro sabida la unión habida entonces entre armas y letras, aunque Cervantes quisiera separarlas por aquel exceso de análisis que Dios concediera a su espíritu, como separó después todo lo noble y elevado del alma humana de todo lo bajo y rastrero, para hacerlos cabalgar, disfrazados y envueltos en la caricatura, a lo uno sobre las ancas de Rocinante, a lo otro sobre las alforjas del rucio.

La ropilla del soldado y el sayal del fraile son, en efecto, nuestro doble traje nacional en aquella época; frailes o soldados son nuestras primeras figuras literarias; en aquella lucha contra el hereje que vino a ser una nueva lucha contra el moro, la espada española se alzaba siempre orgullosa y vencedora, unas veces enhiesto el filo y cogida por la cruz, otras veces exaltada la cruz y agarrada por el filo.

Si Cervantes surcó los mares arcabuz al hombro, arcabuz al hombro surcó los mares también Baltasar del Alcázar; aquél estuvo en Lepanto con don Juan de Austria, y éste con don Alvaro de Bazán en las islas Terceras; cautivo fue Cervantes de los berberiscos, y cautivo Alcázar de los franceses, y aunque el cautiverio de éste fue más breve y menos penoso que el de aquél, pienso que, al fin y al cabo, hubo de ser mayor el dolor de Alcázar que el de Cervantes, porque éste se vio vengado con el total aniquilamiento de la media luna y aquél debía exacerbarse con el rápido crecer de sus apre-sadores, pues no hemos de olvidar que el sol de Gareliano, de Ceriñola y de Pavía tocaba a su ocaso y en las sombras de aquel crepúsculo empezaban a destacarse la figura temible del gran Conde y el plano siniestro de Rocroy.

Vuelto Alcázar a Andalucía, le vemos casarse en Jaén, ser en la villa de los Morales alcaide de los segundos duques de Alcalá y acudir en Sevilla a aquellas sabrosísimas tertulias de pintores, poetas y predicadores que se reunían en casa de Francisco Pacheco, tertulia parecida a la de los nocturnos de Valencia y que en manera alguna debemos confundir con aquella otra más académica y docta que en casa de Juan de M alara dio origen a la formación de la escuela poética seviana, cuyo pendón tomó casi nuevo el Divino Fernando de Herrera.

De la índole especial y exclusivamente burlesca de las más típicas poesías de Alcázar, de la variedad de metros y combinaciones rítmicas que empleó, de lo que dice de él su amigo el pintor Pacheco en el libro citado, de lo exageradamente libre de algunos de sus versos, de lo corto de sus composiciones y del número relativamente pequeño que de ellas ha quedada, dedúcese que Alcázar escribió la más grande y acaso la mejor parte de sus poesías por vía de pasatiempo, sin asomo de pensamiento trascendental, ni mucho menos, con el fin decidido de prestar su concurso a alguna de las es cuelas literarias entonces dominantes.

En efecto, el citado Pacheco dice: "Las cosas que hizo este ilustre varón viven por mi solicitud y diligencia, Por que siempre que le visitaba escribía algo de lo que tenía guardado en el tesoro de su feliz memoria."

Consta también que puso música a alguno de sus lindos madrigales que acaso escribiera con este objeto o más bien por imitar o complacer a su íntimo amigo Gutierre de Cetina, el delicado cantor de los

ojos claros, serenos

La composición más popularizada de Baltasar del Alcázar en su *Cena jocosa,* por la cual le alaban muchos poetas de entonces y cuyos versos corren hoy en boca de todo el mundo y debieron en su tiempo correr mucho más; porque no eran grano de anís unos versos naturales, sencillos y, sobre todo, claros en aquella época de inusitados italianismos, de trasposiciones extrañas y de pomposas adjetivaciones.

Igual popularidad que *La cena* alcanzaron unos delicados octosílabos que titula *El Esclavo* y cuya primera rendondilla,

Esclavo soy, pero cuyo
eso no lo diré yo, etc.,

glosó Lope de Vega en su comedia *Los melindres de Belisa.* El P. Noydan refiere también en la Historia moral del Dios Momo que un exorcizador había preguntado al diablo si sabía cantar a la guitarra, y que habiendo contestado afirmativamente, cantó desde el cuerpo del endemoniado y acompañado por el fraile:

Esclavo soy, pero el cuyo
no puedo negarlo yo,
pues cuyo soy me mandó
que dijera que era suyo,
pues al infierno me envió.

Aunque *La cena jocosa* es de todos conocida y tan popular en literatura como lo es en el arte pictórico aquella cena de Leonardo de Vinci, voy a leerla, por ser la composición típica de Alcázar y el origen de otras muchas obras suyas que tienen el mismo asunto o, por mejor decir, la misma falta de él:

En Jaén, donde resido,
vive don Lope de Sosa,
y diréte Inés la cosa
más brava, del que has oído.
    Tenía este caballero
un criado portugués
pero cenemos, Inés,
si te parece, primero.
    La mesa tenemos puesta,
lo que se ha de cenar junto,
las tazas del vino a punto;
falta comenzar la fiesta.
    Comienza el vinillo nuevo
y échale la bendición;
yo tengo, por devoción,
de santiguar lo que bebo.
    Franco, fue, Inés, este toque,
pero arrójame la bota;
vale un florin cada gota
de aqueste vinillo aloque.
    ¿De qué taberna se trajo?
Más ya de la del Castillo.
Dieciséis vale el cuartillo,
no tiene vino más bajo.
    Por nuestro señor que es mina
la taberna de Alcocer;
grande consuelo es tener
la taberna por vecina.
    Si es o no invención moderna,
vive Dios que no lo sé,
pero delicada fue
la invención de la taberna.
    Porque allí llego sediento,
pido vino de lo nuevo,
mídenlo, dánmelo, bebo,
págolo y voime contento.
    Esto, Inés, ello se alaba,

no es menester alabadlo;
sólo una falta le hallo,
que con la prisa se acaba.

La ensalada y salpicón
hizo fin; ¿qué viene ahora?
La morcilla, ¡oh gran señora,
digna de veneración!

¡Qué oronda viene y qué bella!
¡qué través y enjundia tiene!
Paréceme, Inés, que viene
para que demos en ella.

Pues ¡sus! encójase y entre,
que es algo estrecho el camino...
No eches agua, Inés, al vino
no se escandalice el vientre.

Echa de lo trasañejo
porque con más gusto comas...
Dios te guarde, que así tomas
como sabia mi consejo.

¿Más dí ¿no adoras y precias
la morcilla ilustre y rica?
¡Cómo la traidora pica!
Tal debe tener especias.

¡Qué llena está de piñones!
Morcilla de cortesanos
y asada por esas manos
hechas a cebar lechones.

El corazón me revienta
de placer, no sé de ti
cómo te va; yo por mí
sospecho que estás contenta.

Alegre estoy, ¡vive Dios!
mas oye un punto sutil:
¿no pusiste allí un candil?
¿cómo me parecen dos?

Pero son preguntas viles;
ya sé lo que puede ser
con este negro beber
se aumentan los candiles.

Probemos lo del pichel,
alto licor celestial;
no es el aloquillo tal
ni tiene que ver con él.

¡Qué suavidad! ¡qué limpieza!
¡qué rancio gusto y olor!
¡qué paladar! ¡qué color!
¡todo con tanta fineza!
    Más el queso sale a plaza,
la moradillla va entrando
y ambos vienen preguntando
por el pichel y la taza.
    Prueba el queso que es extraño,
el de Pinto no le iguala;
pues la aceituna no es mala,
bien puede bogar su remo.
    Haz, pues, Inés, lo que sueles,
daca de la bota llena
seis tragos; hecha es la cena,
levántense los manteles.
    Ya que, Inés, hemos cenado
tan bien y con tanto gusto,
parece que será justo
volver al cuento empezado.
    Pues sabrás, Inés hermana,
que el portugués cayó enfermo...
Las once dan, yo me duermo,
quédese para mañana.

Sedaño publicó esta poesía, empezando así:

En Ronda, donde resido,
mora don Diego de Sosa

con otras variantes en el texto que le hacen inferior al que acabo de leer, publicado primeramente en la colección Fernández y luego por Quintana, Rivadeneyra y la sociedad de bibliófilos andaluces.

Del mismo género que *La cena*, como verán ustedes, son las siguientes composiciones:

Riome... así Dios te guarde,
que te quiero, Inés, contar
un lance bien singular
que me sucedió esta tarde.
    Has de saber que un francés
pasó vendiendo calderas...
Estame atenta; no quieras

que lo cuente en balde, Inés.
    Llamélo y des que me vida...
Escúchame con reposo,
que es el cuento más donoso
de cuantos habrás oído.
    Díjele: amigo, a contento
¿cuánto por esa caldera?
¿No me escuchas? Pues yo muera
sin óleo si te lo cuento.
    Amor es una tinaja...
Diréisme que es desvarío
y que es error este mío
de un hablador de ventaja.
    Pues yo sé bien, si es error,
que no nos oigan por eso;
yo me retracto y confieso
que tinaja no es amor.
    Revelóme ayer Luisa
un caso bien de reír;
quiérotelo, Inés, decir
porque te caigas de risa.
    Has de saber que su tía....
No puedo de risa, Inés,
quiero reírme y después
lo diré, cuando me ría.
    Hay en el cielo segundo
la estrella de Hermes famosa
y refiérese una cosa
la más donosa del mundo.
    No saben quién la refiere,
más yo sabré del lo cierto,
si sé quién es y no es muerto
y lo hallo y él quisiere.

Ciertamente que estas gracias nos parecen hoy sobrado inocentes y el resorte cómico algo infantil y primitivo, semejante al cuento de la buena pipa o a nuestro cuento de Billé; pero estudiando al poeta, se advierte que, si bien se mantuvo apartado, por convicción o por tranquilidad, de las luchas literarias de su siglo, sin echar su cuarto a espadas en aquella dilatada contienda entre salmantinos, aragoneses, sevillanos, cultos, etc., etc., — que todas ellas tuvieron lugar en la vida de Alcázar — no dejaba de tener su alma en su almario, y semejante linaje de versos me parece la más cabal justificación de su conducta.

— No — me parece que oigo exclamar a Baltasar del Alcázar — yo no quiero contaros el cuento de las calderas, ni lo que me dijo Luisa, ni lo que le sucedió a don Lope de Sosa con su criado portugués, porque para contaros todo eso o tendré que subirme a un pedestal como Herrera, o tendré que apelar al *verso Sciolto* y a la *terza rima* rellenando de adjetivos el inacabable endecasílabo como quien rellena de papeles un sombrero que viene grande, o tendré que evocar los nombres de Mena y de Jorge Manrique, como Cristóbal del Castillejo, o tendré que hacer volatines con el lenguaje como Luis de Góngora, el audaz innovador que por trastrocar las palabras, cambióse los apellidos, poniéndose primero el de su madre; alarde inconsciente de trasposición culterana.

Y como no era cosa de alzar un nuevo pendón, exponiéndose a ser asaeteado por todos los combatientes y como era imposible que la voz se oyese en aquella exagerada lucha de parcialidades, y como no eran llegados los tiempos de Rioja, afortunado pescador en aquel río revuelto, lo mejor era retirarse pacíficamente y hacer versos, inofensivos si vacíos de asunto y desnudos de finalidad, pero conservando en ellos la sencillez y la claridad del lenguaje que era, si no lo único, lo principal y lo mejor de cuanto entonces corría peligro.

Obsérvase, asimismo, en el ingenio de Alcázar cierto tinte epicúreo, cierta delectación especial pollos placeres de la mesa, que se advierte aún en sus versos amatorios y que hace pensar si la risueña musa del poeta soplaba alternativamente el numen originalísimo del vate sevillano y los tizones abrasados de su fogón.

Y como me he propuesto que en esta velada hable más Baltasar del Alcázar que yo, porque habéis de sacar más partido de sus versos que de mis palabras, voy a poner ejemplos al canto, recordando primeramente la glotona voluptuosidad con que el poeta describe y como que mastica aspirando el vaho caliente de *La cena jocosa,* que, en esto como en otros aspectos, es el eje de la esfera poética de Alcázar y su composición típica, como antes dije. Pero véase, además, lo que dice el poeta describiendo la vida que hace en la vejez:

> Deseáis, señor Sarmiento,
> saber en estos mis años
> sujetos a tantos daños
> cómo me porto y sustento.
>   Yo os lo diré en brevedad
> porque la historia es bien breve
> y el daros gusto se debe
> con toda puntualidad.
>   Salido el sol por Oriente,
> de rayos acompañado,
> me dan un huevo, pasado

por agua, blando y caliente,
con dos tragos del que suelo
llamar yo néctar divino
y a quien otros llaman vino
porque nos vino del cielo.

Cuando el luminoso vaso
toca en la meriodional
distando por un igual
del oriente y del ocaso,
me dan asada o cocida
de una gruesa y gentil ave
con tres veces del suave
licor que alegra la vida.

Después que, cayendo, viene
a dar en el mar Esperio
desamparando el imperio
que en este horizonte tiene,
me suelen dar a comer
tostadas en vino mulso
que el enflaquecido pulso
restituyen a su ser.

Luego me cierran la puerta,
yo me entrego al dulce sueño,
dormido soy de otro dueño,
no sé de mí nueva cierta
hasta que habiendo sol nuevo,
me cuentan cómo he dormido
y yo de nuevo les pido
que me den néctar y huevo.

Ser vieja la casa es esto,
veo que se va cayendo
voile puntales poniendo
porque no caiga tan presto,
más todo es vano artificio;
Dresto me dicen mis males
que han de faltar los puntales
y allanarse el edificio.

Y, al describir la vida de aldea en el siglo XVI, que es, a mi modo de ver,
descripción de su propia vida, porque no hay que olvidar que el poeta pasó
varios años en la pequeña villa de los Molares, donde compuso la mayor
parte de sus versos, dice que no hace falta para ser feliz más que

Mula para albarda y silla,
grande cuenta con cebón,
porque, al fin, y en conclusión,
gran persona es la morcilla
comida en vuestro rincón.

Buena leña en chimenea,
cama cerca en que dormir,
mujer que sea de sufrir
y que no sea muy fea
ni elegante en su vestir.

Del linaje que ella fuere
no curemos de saber,
sino traiga que comer
y sea de do quisiere,
que esto sólo es menester.

Suegro rico mi señor,
que tenga falta de dientes
y muy poquitos parientes
que le anden alrededor,
por quitar inconvenientes.

Sentadlo a la cabecera,
echadle sal en el plato,
dadle la pierna del pato
y comeros la cadera,

bebedle de rato en rato,
decir que en Francia es costumbre
beber el que yo quisiera
y si el viejo se arrigiere
llegarlo cerca la lumbre,
daros ha cuanto tuviere.

Palomar es bien tener
con mucho de palomino
que aunque no quiera,
el vecino le tiene de mantener
de lo que siembra el mezquino.

Galga prieta corredora,
perro que mate conejo,
tinaja de viño añejo,
dormir las siestas un hora
y no se tornará viejo.

Por si esto no basta, continuaré mi prueba documental con la bellísima letrilla que dirige a Inés:

Tres cosas me tienen preso
de amores el corazón;
la bella Inés, el jamón
y berenjenas con queso.

Esta Inés, amantes, es
quien tuvo en mí tal poder
que me obligó a aborrecer
todo lo que no era Inés.
Trájome un año sin seso
hasta que, en cierta ocasión,
me dió a merendar jamón
y berenjenas con queso.

Fue de Inés la primer palma,
pero ya júzguese mal
entre todas ellas, cuál
tiene más parte en mi alma.
En gusto, medida y peso
no les hallo distinción,
ya quiero Inés, ya jamón,
ya berenjenas con queso.

Alega Inés su beldad,
el jamón que es de Aracena,
el queso y la berenjena
su andaluza antigüedad.
Y está tan en fiel el peso,
que juzgando sin pasión,
todo es uno Inés, jamón
y berenjenas con queso.

Servirá este nuevo trato
destos mis nuevos amores
para que Inés sus favores
me los venda más barato;
pues tendrá por contrapeso,
si no hiciere la razón,
una lonja de jamón
y berenjenas con queso.

Y las quintillas que dirige a una doña Beatriz:

Hame dado voluntad,
hermosísima Beatriz,
de averiguar con verdad
lo que sabe una perdiz
comida por Navidad.

Porque la fama parlera
del primer polo al segundo
lo celebra de manera
que, entre los gustos del mundo,
le da la palma primera.

Es abril cuando esto quiero,
¡ved que confusión tan nueva!
porque si a diciembre espero
que es el tiempo de la prueba,
podré morirme primero

y si la pruebo este mes
no habrá perdiz, entre mil
que sea tal y si lo es
no dará el gusto en abril
como lo dará después.

En esta empresa que sigo
que quizá fue por mi mal,
me dijo un falso testigo
que ningún remedio hay tal
como teneros conmigo,

porque de vuestra beldad
se averigua un caso extraño,
y es que en esa bella edad
y en cualquiera mes del año
sois perdiz por Navidad.

Como se ve, si en alguna ocasión Alcázar se prenda de una mujer, no la compara con los astros del firmamento, ni con las piedras del joyero, ni con las bellezas vegetales, ni con el repertorio ornitológico, desde la paloma al ruiseñor, que usaron siempre los poetas, sino con el jamón, que por entonces no tenía trichina, y con las berenjenas con queso; y para alabar a doña Beatriz no encontró punto mejor de comparación que una perdiz comida a fin de año.

Las famosas berenjenas con queso que cita el poeta, llamáronme desde luego la atención y conociendo la parte que el queso tiene en la cocina italiana, llegué a pensar si Baltasar del Alcázar, acérrimo, aunque no agresivo enemigo de la escuela de Boscan y consortes, se había pasado al moro con armas y bagajes, seducido ya que no por el verso *sciolto,* por un plato de la cocina toscana, y nuevo Esaú, había vendido su primogenitura por un plato de berenjenas con queso, como pudiera hacerlo por un timbal de macarrones.

Profundas investigaciones sobre la materia me han tranquilizado por completo, pues el plato de que se trata no es de Italia, sino de América, y bien pudo importarlo a Sevilla uno de aquellos patrones o sobrecargos que hacían el viaje redondo por cuenta de la Casa de Contratación.

La receta del plato es la siguiente:

Berenjenas rellenas indianas

"Tómense las berenjenas; salcóchense en agua y sal; cuando estén escurridas, se parten por en medio a lo largo, se les hace un hueco en el centro, se hace un picadillo de berenjenas cocidas, carne asada, cebollas fritas, un poco de hierbabuena, huevos duros y un macito de perejil; se pone todo en una cazuela con manteca al fuego hasta que quede seco, dándole vueltas. Cuando se ve que no tiene caldo se separa del fuego; échese pan rallado y *queso de Flandes;* se mueve un poco, para que tome el gusto; sazónese de sal y especias finas; se rellenan las berenjenas; hácese un batido de harina y huevo espeso, se bañan las berenjenas; se las espolvorea en azúcar y canela y se frien."

Como vais viendo, Alcázar no poseía, a la verdad, un gusto muy exquisito y escrupuloso en materias culinarias, pues ni la morcilla y el salpicón de *La cena* famosa, ni las lonjas de jamón, ni las prosaicas berenjenas, son cosa del otro jueves. Era, pues, un *gourmand* y no un *gourmet,* cosa natural, después de todo, porque si su vida en la aldea le permitía tener bien repleta despensa, cerdos en la pocilga y aves en el corral para sus comilonas, no podía igualmente gastar lujos de Apicio, ni sibaritismos de Vitelio, dado lo modesto de su faltriquera, según se desprende de esta frase del pintor Pacheco:

"Vivió (Alcázar) — aunque con moderada hacienda — con mucho honor y estima."

Este epicureismo de que alardea Alcázar ¿era, en efecto, sincera manifestación de una debilidad suya — si puede decirse que tiene debilidad quien come mucho — o fue un resorte cómico usado por el poeta en sus composiciones jocosas?

Fácil es lo último, dada la independencia y absoluta originalidad de tan peregrino ingenio; pero todos sabemos que el hombre comilón y el acto de hartarse jamás han sido literariamente cómicos, sino más bien el tipo famélico y los recursos a que apela el hambre. Los parásitos que pintó Plauto, el Dómine Cabra de Quevedo, Lazarillo, el de Hurtado de Mendoza, el tipo del estudiante en el siglo pasado y las modernas caricaturas del cesante y del maestro de escuela dejan de despertar la risa en cuanto sienten los horrores de la digestión.

Así, pues, me parece indudable que este género de poesías es expresión sincera y espontánea de los apetitos y aficiones de Alcázar, que quiso una vez decir en verso lo que diría en prosa llana a todas las horas del día.

Me aferro a esta opinión contemplando su rostro que, como veis, no es el de un joven listo, vivaracho, según pudiera creerse por la lectura de sus versos alegres y frescos, ni tampoco el de un poeta, modelo plástico en el género, de lánguidos ojos, de cabellera suelta, de breve cuerpo que amenaza huir por los rizados de la gorguera, sino que es el semblante abotagado del viejo Sileno, la faz apoplética del anciano Anacreonte, a quien sólo faltan la corona de pámpanos sobre la frente y la copa de Chipre en la diestra mano.

Con estos precedentes, no debe extrañarnos la enfermedad de gota que postró al poeta durante la última mitad de su vida, dando con él en el sepulcro a los setenta y seis años de edad, en el año 1606, cuando contaba un lustro escaso Francisco de Rioja, cuyos versos purísimos y de redentora sencillez anunció Alcázar con los suyos, también castizos y naturales, aunque no de tan decidida influencia para los vates posteriores.

En el largo período de su enfermedad debió escribir sus versos Baltasar del Alcázar entre los ataques de la podagra y los dolores de su artritis úrica, contra los cuales no debió emplear el régimen profiláctico que recomiendan los doctores de todos los tiempos, porque los versos que he leído son, como veis, otras tantas transgresiones dietéticas.

Bastábale a nuestro poeta, ya que no quiso seguir en modo alguno a los petrarquistas, obedecer, cuando menos la higiénica sentencia del pontífice de todos ellos, del admirable cantor de Laura:

"Si quieres vivir sin miedo a la gota tienes que ser pobre o vivir pobremente."

"Paciencia y franela", la resignada máxima de Cullén, debió de ser la divisa de Alcázar, enfermo a quien ni el insufrible tormento de sus pulgares ni la dolorosa formación de esos precipitados de urato de sosa que deforman las articulaciones de los gotosos, hiriéronle prorrumpir en sacrilegos gritos de dolor como a Heine y a Leopardi les arrancaron sus dolencias, ni siquiera agriaron un punto la vena alegre, fresca y simpática de su envidiable ingenio.

Narciso Serra, un poeta, como español sufrido también y valiente en los dolores, exclamaba hace veinte años en medio de su vejez paralítica y miserable:

> Llevo quince años baldado
> con la paciencia de Job;
> y digo que con la suya
> porque con la mía no.

Pero Alcázar no permitió ni siquiera esta pequeña expansión a sus penas corporales; lejos de ello, las toma como materia para una chistosísima comparación entre la gota y el amor, que más parece escrita por el médico, ajeno a la enfermedad, que por el doliente a ella sujeto y torturado por ella.

He aquí la composición de que os hablo:

Comparación entre la gota y el amor

Tengo la cabeza rota
en esta cama tendido
del cruel dolor rendido,
que el médico llama gota.

Las horas que el sufrimiento
con el alivio cobraba
nueva fuerza y se aprestaba
para el futuro tormento.

Considerando mi mal
y el que padece un amante
halléle tan semejante
y el martirio tan igual,

que vengo a dar por sentencia,
compadre mío y señor,
que entre la gota y amor
no hay ninguna diferencia.

La gota, generalmente,
de un humor caliente empieza
que corre de la cabeza
como de su propia fuente.

Si la gota quita el sueño
la paciencia y el comer
no es amor ni suele ser
más hidalgo con su dueño

y si el cuitado paciente
ayes entona diversos
el amador hace versos
que descubren lo que siente.

En las coyunturas duele
la gota con más vigor
y, en coyunturas, amor
hacer maravillas suele.

Y si suele dar en cama
la gota con el más fuerte
amor, de la misma suerte,
con el amante y su dama

cuando el mal al pie desciende
y el dolor hiere sin tasa
la sombra y aire que pasa
todo lo agravia y oferide.

Así, quien de veras ama
tales celos forma y cría
que aún el aire no querría
que le tocase a su dama.

Cuando la gota convida
a que echen la sangre fuera,
al amante, una tercera
le chupa la sangre y vida.

Al gotoso en su dolor suelen,
por todas las vías,
aplicarle cosas frías
que resistan el dolor.

Y aplicada de este modo
la nieve de larga ausencia
en la amorosa dolencia
suele curarla del todo.

Al gotoso comúnmente
cuando más salud alcanza
si es que el tiempo hace mudanza
luego la salud lo siente.

Y al galán que, sin razón,
su dama se le retira
luego veréis que suspira
y enferma del corazón.

Cuando la gota se ensaña
lo que más es menester
es la templanza en comer
porque todo exceso daña.

Y el galán no vale Un cuarto
si le da de comedor
porque en el juego de amor
se suele morir de harto.

La gota curada en vano
viene el negocio a parar
por un tiempo en cojear
con un bordón en la mano.

Así amor por galardón
regala con mal francés
y no se tiene en los pies

el galán sin su bordón.
    Esto es, en resolución,
lo que me movió a tener
un tan nuevo parecer:
juzgad si tengo razón.

Esta composición, que acaso sea de las últimas que escribió Alcázar, no es, sin embargo, la última; ésta es la titulada *El Trueco,* dirigida a Francisco Pacheco y llamada *El Tribeo* por el prologuista de Rivadeneyra, sin duda alguna por error de imprenta.

La poesía a que aludo es de una belleza artística y moral, superior a todo encomio. Profundamente cristiana, sin requilorios irreverentes ni logogrifos conceptistas, en esta composición quiere dejar el poeta todos los bienes del mundo, sus pompas y vanidades por el pasaporte para la gloria.

EL TRUECO

    Yo acuerdo, amigo Pacheco,
vista la fragilidad
humana y mi tarda edad
hacer con el mundo un trueco.
    Dejar la solicitud
con que siempre vivo en él,
hacer del ladrón fiel
y del trabajo quietud.
    Dar sus cosas por perdidas,
sus grandezas, no estimadlas;
sus esperanzas, dejadlas
como vanas y fingidas.
    Menospreciar bien pequeño
como tesoro de duende,
que, cuando menos se entiende,
se desaparece al dueño.

    Mi amor vano y sin sosiego
atarle con el de Dios
porque se haga entre los dos
un perpetuo nudo ciego,
    trabado tari de maestro
que ni la espada que pudo
desatar el frigio nudo
pueda desartar el nuestro.
    Amar a Dios por quien es,

no por interés humano,
por ser término villano
que sale al rostro después.

Buscar lágrimas de vida,
que tengan fuerza y valor
para templar el rigor
de la justicia ofendida.
Lágrimas proporcionadas
a las culpas cometidas,
en el alma producidas,
por los ojos derramadas.

Despreciar promesas dadas
que se suelen quebrantar,
y poner en su lugar
promesas no quebrantadas.
Ejercitar la paciencia,
que es padecer y sufrir,
y aprender a ver morir,
que es la verdadera ciencia.

Desamparar los amigos
que; franquean la conciencia,
frecuentar la penitencia
si es posible sin testigos.
aunque el hacedla en la plaza
por camino extraordinario,
si el ejemplo es necesario,
suele ser prudente traza.
Sacudir la burlería
de la estimación humana,
pues por ella no se allana
la humildad, como debería.

Humillar el corazón
tan áspero de humillar,
por el peligro de dar
coces contra el aguijón;
y esperar cuando esto haga,
paga del cielo en contado,
que al corazón humillado
se sigue cielo por paga.

Tratar a todos verdad
y aborrecer la mentira,
matar con valor la ira
tenga o no dificultad.

Asaz poder se me dió
para salir con victoria,
no ha de usurparme esta gloria
quien puede menos que yo.

Pedidles a Dios no más vida
ni salud que ahora poseo;
porque descubre un deseo
de suspender la partida;

sino sólo pasaporte,
que es el socorro eficaz
para caminar en paz
hasta llegar a la Corte.

Estas cosas, en sustancia,
son las que trocar pretendo
y otras que, por lo que entiendo,
darán cierta la ganancia.

Dadme parecer en esto
porque voy con presupuesto
que, si os pareciese a vos
que el mundo se quede adiós,
ponedlo por obra presto.

¿Podemos rigurosamente incluir a Alcázar entre los poetas de la escuela sevillana? Pora mí no sólo esto es imposible, sino que, de no mediar su partida de bautismo, hasta pondría en duda la filiación andaluza de mi poeta.

Los vates andaluces de todas las épocas, por el solo hecho de haber nacido en aquel suelo y con independencia de las escuelas literarias en que formaron, distínguense por la fogosidad de su imaginación, por la riqueza y pompa de su lenguaje, por el espíritu descriptivo y digamos panteísta de sus versos, que parecen encendidos por aquel sol, perfumados por aquel aire y coloreados por todos los pétales de todas las flores de sus jardines. Esto ha sido la literatura andaluza desde la época

de Elío Adriano
de Teodosio divino
de Silio peregrino,

hasta los noveladores de la modernísima escuela que han dado en llamar colorista.

Y si se atiende a que en la escuela sevillana del siglo XVI entraban aparte de este elemento autóctono la influencia hebraica y el elemento oriental — que no en balde tuvo también este nombre la escuela sevillana— y si se añade a todo esto el empeño decidido en Herrera de formar un dialecto poético, un especial lenguaje lleno de sonoridad y cuajado de onomatopeyas, se tendrá que Baltasar del Alcázar, pese a su amistad con Jáuregui, con Céspedes, con Pacheco y demás sectarios del divino Herrera, no puede ser contado entre ellos porque su lenguaje claro y natural, su estilo sencillo y puro, se encuentra en pugna abierta con la manera poética del platónico amante de la de Gelves (manera precursora del gongorismo), y con el culteranismo vergonzante del traductor de *Aminta*.

Otras escuelas sevillanas hay en la historia de nuestra literatura; pero ni vamos a colocar a Alcázar, por lo remoto de la fecha, entre aquellos imitadores de Dante, que, acaudillados por Micer Francisco Imperial, comenzaron a emplear el estilo alegórico; ni es posible colocarle — que esto sería lo más seguro — entre Rioja, Arguijo y Pedro de Quirós, que volvieron por los fueros del buen lenguaje cuando ya hacía años que pudrían tierra las abultadas apófisis y las falanges retorcidas de los huesos de Baltasar del Alcázar.

Se me dirá que el lenguaje poético andaluz, con todos sus esplendores y campanilleos, mal puede lucir en composiciones jocosas y festivas; pero yo añado que cuando Baltasar del Alcázar deja de sumergir su pluma en el agua salada para mojarla en la sangre del corazón, jamás es descriptivo, ni pomposo, ni colorista como nacido en el Mediodía, sino reflexivo y profundo como un hijo del Septentrión.

Véanse, si no, sus quintillas a los celos, publicadas por la sociedad de Bibliófilos Andaluces.

DEFINICIÓN DE LOS CELOS

Son los celos una guerra
que aflige, asombra y quebranta,
de quien la tierra se espanta
y de quien tiembla la tierra.
Nunca dejan sosegar
al corazón que maltratan;
en solo un momento matan
tardando un siglo en matar.
Son paroxismo cruel
que atemoriza y suspende;
son rayo que el pecho hiende
y se queda dentro de él.

Son una antigua querella,
son fuerza y son voluntad;
enemigos de verdad
por ser tan amigos de ella.

Son un verdugo feroz a
infames obras sujeto
y un pregonero secreto
que habla sin lengua ni voz.
Son mar de tormenta y calma
donde nadie nos defiende;
hierro que en el alma prende
y se arranca con el alma.
Ponen la paz en destierro
y son una piedra imán
que continuamente están
trayendo por fuerza el hierro.
Caminan hacia el olvido
y no paran donde llegan;
en lo por venir se ciegan
y ven lo que no ha venido.

OTRA DEFINICIÓN

Y, en fin, pues es vuestro intento,
diré lo que celos son,
que donde no hay corazón
no hay miedo ni atrevimiento.
Son celos, sin tener sed,
un amor que con porfía
y con sed de hipocresía,
del miedo empezó a beber.

Entre dudar y creer
vacilando perseveran;
no son nada, si algo fueran
pudieran dejar de ser.
Ilusión acreditada,
Lucifer en presumir,
con Dios quieren competir
en hacer algo de nada.
Mina de eterno despecho

allá en el alma metida,
infiernos son de por vida
portátiles en el pecho.
    Laberintos fabricados
de contrarios pensamientos
y guerra en entendimientos
muertos por ser condenados.
    Fijo en la imaginación
tienen todo el movimiento,
ya natural, ya violento,
ya es todo trepidación.

    Son accidente traidor
a su propia causa ingrato,
influencias de recato
y exhalaciones de amor.

    Son sueños que quitan sueño
y de pesadumbre junta;
tiro que a otra parte apunta
y revienta contra el dueño.

    Curiosidad insaciable,
malicia de sed ardiente,
hacer cierto lo aparente
y lo imposible palpable.

    Vencer en puro temor
más que el esfuerzo vencido,
si apaciguan el ruido
lo hacen mucho mayor.
    Todo les aprieta y duele,
de sombras hacen cimiento,
son un molino de viento
que con cualquier aire muele.

    Siéntense, pero no hay vellos,
cánsanse con la razón,
no ven calva la ocasión
y tráenla por los cabellos.

    De agüeros sacan afrenta,
desconfianza obstinada,

ceros que, no siendo nada,
hacen infinita cuenta.
    Son una eterna querella,
mal que no consiente calma
y fraguándose en el alma
se quedan por fragua de ella.

    Son seminario de duelos,
ansia en el alma arraigada;
sin son celos, no son nada;
si son algo, no son celos.

A mi modo de ver, no se encuentra en las mejores comedias de Ruiz de Alarcón un análisis psicológico tan verdadero, tan magistral y tan completo como el que encierran estas redondillas.

Se ha colocado también a Alcázar entre los poetas satíricos y, a mi juicio, con bien escaso fundamento, dado lo inofensivo de la musa del poeta, en su aspecto jocoso.

La sátira de todos los tiempos, y la de aquéllos en particular, o bien tenía por blanco los vicios de la corte, como vemos en las sátiras y epístolas de los Argensolas, o bien era sátira política (y ésta anduvo amordazada en la época de Alcázar, pues la solución de continuidad abierta en ella puede decirse que dura desde las coplas de Mingo Revulgo hasta los ataques contra el Conde Duque), o bien era sátira literaria, la más enconada y cruel entonces porque saltando a cada paso las innovaciones y las sectas poéticas, faltando la crítica fundamentada, científica y, sobre todo, independiente, los poetas eran jueces y partes en aquellos continuados litigios donde se pronunciaron tan duros alegatos como la sátira de Cristóbal de Castilleja contra los petrarquistas, las de Jáuregui, Lope y Quevedo contra Góngora, la de éste contra todos ellos, la desenfadada *Perinola*, con más las posteriores contiendas personales y agresivas, entre Lope y Cervantes, éste y el misterioso Avellaneda, Quevedo y Montalbán, *et sic de coeteris*.

Alejado, como sabemos, Alcázar de la corte, donde nació el mal gusto y donde tales rozamientos tenían lugar, claro es que así como en sus versos jamás se advirtieron extravíos semejantes, tampoco su nombre le vemos mezclado en lucha alguna de sectario y en su vida rural, ni envidioso ni envidiado, permanece ajeno a las disputas, probando el movimiento andando, quiero decir, haciendo versos limpios, sencillos y claros, al revés que Lope, Quevedo y Jáuregui, quienes cayeron en la sima que intentaron cegar.

Buena prueba de esta simpática independencia del poeta son los elogios que todos los escritores de aquella época le dirigen: el maestro Juan de Malara en su *Hércules*, Lope de Vega en su *Laurel de Apolo*, Juan de Jáuregui que compuso una décima al retrato de Alcázar, pintado por Pacheco, Cristóbal de Mosquera, el maestro Francisco de Medina, Juan de la Cueva, que le llama en su soneto inédito:

> "el docto Alcázar en quien se halló al vivo
> al suelto Ovidio y al Marcial festivo"

y, en fin, Miguel de Cervantes, que en el canto de Caliope (libro VI de *La Galatea)*, le dirige los siguientes endecasílabos:

> Puedes, famoso Betis, dignamente
> al Mincio, al Arno, al Tibre aventajarte
> y alzar contento la sagrada frente
> y en nuevos, anchos senos dilatarte;
> pues quiso el cielo, que en tu bien consiente
> tal gloria, tal honor, tal fama darte,
> que te la adquiere a tus riberas bellas
> *Baltasar del Alcázar,* que está en ellas.

Buscando el pelo al huevo podríamos tomar como sátira literaria el soneto siguiente:

CONTRA UN MAL SONETO

> Al soneto, vecinos, al malvado,
> al sacrilego, al loco, al sedicioso,
> revolvedor de caldos, mentiroso,
> afrentoso al Señor que lo ha criado,
> atadle bien los pies, como el taimado
> no juegue de ellos, pues será forzoso
> que el sosiego del mundo y el reposo
> vuelva en un triste y miserable estado.
> Quemadlo vivo; muera esta cizaña
> y sus cenizas Euro las derrame
> donde perezcan al rigor del cielo.
> Esto dijo el honor de nuestra España
> viendo un soneto de discurso infame,
> pero valióle poco su buen celo.

o las siguientes redondillas en que parece burlarse de los ripios y descuidos de forma en que caen casi todos los vates de su tiempo.

SOBRE LOS CONSONANTES

Quisiera la pena mía
contártela, Juana, en verso,
pero temo el fin diverso
de como yo le querría.

Porque si en verso refiero
mis cosas más importantes
me fuerzan los consonantes
a decir lo que no quiero.

Ejemplo: Inés me provoca
a decir mil bienes de ella
si en verso la llamo *bella*
dice el consonante *loca*.

Y así vengo a descubrir
con término descompuesto
que es una loca, y no es esto
lo que yo quiero decir.

Y si la alabo de aguda
y más ardiente que el fuego,
a lo aguda dice luego
el consonante *picuda*.

Y así la llamo en sustancia
picuda, quizá sin sello
o, a lo menos, sin querello
por sólo la consonancia.

Como se ve, esto no es la sátira agresiva y parcial, sino más bien la burla donosa, no contra el soneto, sino contra el soneto malo y el ridículo aplicado a los que, alardeando de fecundidad, no se paraban en barras y atropellaban la propiedad de los adjetivos para encontrar la consonancia a toda costa.

Esto en cuanto a la sátira literaria, y respecto a sátira política, ya sabernos que no la hubo en tiempo de Alcázar; la pluma incansable de Felipe II, aquel hijo de Carlos V a quien Dios hizo monarca y la vocación hizo escribano, ponía más miedo en los escritores que el lápiz rojo del moderno fiscal en tiempos moderados.

Por lo que se refiere a la sátira social como la de los Argensola, como la de Quevedo en alguna de sus obras en prosa o en sus romances de germanía, tampoco vemos el mayor asomo de ella en las obras de Alcázar, que jamás quiso meterse a redentor, aunque alientos le sobraban para ello.

En suma, Baltasar del Alcázar es un poeta jocoso, festivo, cómico, burlesco; llamadle como queráis menos satírico, pues su péñola simpática y regocijada no es el duro azote del cómitre, cuya fusta termina en el duro plomo ensangrentado; es el látigo bullicioso de Momo, de punta inofensiva y embolada con un cascabel.

Se complacía en buscar dificultades rítmicas para salvarlas con su portentosa facilidad de versificación y manejo acertado del lenguaje; la quintilla, la redondilla, le décima, las coplas de pie quebrado y otras combinaciones propias de Alcázar que vemos en la colección de sus versos son buena prueba de lo que afirmo.

He aquí su diálogo entre un galán y el Eco, que es, según su único biógrafo, de lo más artificioso y difícil de nuestra lengua:

DIÁLOGO ENTRE UN GALÁN Y EL ECO

GALÁN.   En este lugar me vide
cuando de mi amor partí;
quisiera saber de mí
si la suerte no lo impide.

Eco.   Pide.

GALÁN.   Temo novedad o trueco
que es fruto de una partida;
más ¿quién me dice que pida
con un término tan seco?

Eco.   Eco.

GALÁN.   ¿La que siguió con tal priesa
las pisadas de Narciso?
¿La que por Júpiter quiso
ser contra Juno traviesa?

Eco.   Esa.

GALÁN.   ¿Qué andas por aquí buscando,
bella ninfa? ¿Es a tu amor
o, vencida del dolor,
andas tus males llorando?

Eco.   Ando.

GALÁN.   Así Narciso te vea
con más piedad que solía,
que informes al alma mía
de las cosas que desea.

Eco.   Sea.

GALÁN.   Respóndeme, pues, del cerro
cavernoso haberme ido
¿fue yerro no habiendo sido
necesario mi destierro?

Eco.   Yerro.

GALÁN.	Hora debió ser menguada
	donde reinó el interés;
	la lealtad y fe de Inés
	¿qué han medrado en mi jornada?
Eco.	Nada.
GALÁN.	El caso va descubierto,
	algún desconcierto ha hecho;
	¿es cierto lo que sospecho
	de haber sido desconcierto?
Eco.	Cierto.
GALÁN.	La viste romper el hilo
	que anudó nuestra amistad?
	No quieras con liviandad
	hacerme cera y pabilo.
Eco.	Vilo.
GALÁN.	A vilo no hay que dudarse,
	yo te doy entera fe;
	más lo que viste ¿qué fue?
	¿Fue olvidarme o fue mudarse?
Eco.	Darse.
GALÁN.	¡Que en tales trances y puntos
	Inés con otro se halla!
	Di cómo los viste y calla
	las circunstancias y adjuntos.
Eco.	Juntos.
GALÁN.	Ella fue nave sin lastre
	que dió conmigo a través;
	y ¿de qué calidad es
	el autor de mi desastre?
Eco.	Sastre.

Aunque hayáis admirado hasta aquí el ingenio, la facilidad rítmica, la naturalidad de expresión de Alcázar, quizá no hayáis visto en él la cualidad principal que necesita un poeta para serlo, esa delicadeza de expresión, ese elevado sentimiento que levanta el alma de los lectores con la impresión sublime de la poesía verdadera.

Pues bien, para que veáis que también es Alcázar poeta sentidísimo, como Garcilaso; elegante, como Herrera; dulcísimo, como Gutierrez de Cetina, vais a oír algunas poesías de esta índole.

MADRIGALES

I

A CUPIDO

En tanto que el hijuelo soberano
de Venus coge la silvestre rosa,
una espina enojosa
lastimó del rapaz la blanca mano;
corrió llorando por el verde llano
a su madre la Diosa
y mostróle la mano lastimada.
Venus, muerta de risa y regocijo,
limpiándole las lágrimas al hijo,
díjole: —Hijo, no llores, que no es nada
mayor castigo hubiera merecido
mano que tan cruel al mundo ha sido.

II

Dejó la venda, el arco y el aljaba
el lascivo rapaz, ¡donosa cosa!,
por coger una bella mariposa
que por el aire andaba.
Magdalena la ninfa, que miraba
su descuido, hurtóle
las armas y dejóle
en el hermoso prado
como a muchacho bobo y descuidado.

Ya de hoy más no da Amor gloria ni pena;
que el verdadero amor es Magdalena.

EL ESCLAVO

Esclavo soy, pero cuyo
eso no lo diré yo,
que cuyo soy me mandó
que no diga que soy suyo.
Cuyo soy, jurado tiene
de ahorcarme si lo digo.

Líbreme Dios de un castigo
que a tales términos viene.
    ¿Yo, horro, siendo de un cuyo
tal cuál quien me cautivó?
¡Bien librado estaba yo
si dijera que soy suyo!
    Ando a ganar para mí
más no quiero libertad,
que ésta, de mi voluntad,
por ser esclavo la di.
    Harto he dicho; pero cuyo
pueda yo ser ¡eso no!
dígalo quien me mandó
que no diga que soy suyo.
    Púsome en el alma un clavo
su dulce nombre y la ese,
porque ninguno pudiese
saber de quién soy esclavo.
    Quien quisiere saber cuyo
lea donde se escribió,
y verá quien me mandó
que no diga que soy suyo.
    Quiero, al fin, decir quién es,
si no me lo estorba el miedo.
¡Soy de Inés! Perdido quedo,
señores ¡no soy de Inés!
    Burlando estaba en el cuyo
¡mal haya quien me engañó!
¡qué en mi seso estaba yo
de no decir que soy suyo!

    Bellos ojos tienes, Ana,
mas porque a mi parecer
se inclina alguno a tener
por tan bellos los de Juana,
haz que te preste los suyos
y álzate después con ellos,
que no es bien que ojos tan bellos
se diga que no son tuyos.

    Con frecuencia ha sido designado Alcázar con el nombre de Marcial
sevillano y, en efecto, nadie le superó en ingenio y perfección al cultivar este
género dificilísimo de la literatura. Tiene la ventaja, a mi modo de ver, sobre

los demás epigramatistas de su época, primeramente de ser el primero en orden cronológico y luego el ser sus composiciones originales, no traducidas de Marcial, como los 200 epigramas de Miguel Moreno y los de Rebolledo; ni vertidos del inglés, como los del bachiller Francisco de la Torre, que tradujo un sinnúmero de epigramas del protestante Owen, llamado el Marcial de Inglaterra.

Véanse modelos de epigramas de Alcázar:

Iba en una procesión
un donoso loco un día,
y un galán, que atrás venía,
le sacudió un pescozón.
El loco, la mano alzando,
dió otro tal al delantero
diciéndole: Compañero,
dad, ¿no véis que vienen dando?

Entraron en una danza
doña Constanza y don Juan;
cayó danzando el galán,
pero no doña Constanza.

De la gente cortesana
que lo vio, quedó juzgado
que don Juan era pesado;
doña Constanza, liviana.

Llora su pena y enojo
tiernamente Catalina,
y lloralo la mezquina
solamente con un ojo.
Si quiere saber alguno
que la causa de ello ignora
por qué con un ojo llora...
Es que no tiene más que uno.

Cierra la puerta, Rufina,
porque de no estar cerrada
no te halles malograda
como tu hermana Marina;

pero si no tienes gana
de cerrar ni de encerrarte...
debes querer malograrte
como Marina tu hermana.

Tu nariz, hermana Clara,
ya vemos visiblemente
que parte desde la frente,
no hay quien sepa dónde para.
Más puesto que no haya quien,
por derivación se saca
que una cosa tan bellaca
no puede parar en bien.

No es delito contra el Papa
reiros, señor Centeno,
pero no tengo por bueno
que se ría vuestra capa.
Y si ropero que os fíe
nueva capa no tenéis,
mejor será que lloréis
cuando la capa se ríe.

¿A que no me das un beso?,
me dijo Inesilla, loca,
teniendo en su linda boca
de punta un alfiler grueso.
Yo, que siempre mi provecho
saco de sus burlas, sabio,
fingí dárselo en el labio
y se lo planté, en el pecho.

Y como ejemplo de otras composiciones epigramáticas del autor:

SECRETO PARA CONCILIAR Y SACUDIR EL SUEÑO

No es el sueño cierto lance;
variedades tiene el sueño;
ya lo alcanza presto el dueño;
ya no puede darle alcance.

Este tan vario accidente
suele a veces dar disgusto;
yo lo corrijo y asusto
con el aviso siguiente.

Cuando el sueño se detiene
rezo para lo llamar
y en comenzando a rezar
en el mismo punto viene.

Si carga más que debía,
pienso en las deudas que debo
y el sueño escapa de nuevo
como la sombra del día.

Ved el áspero y cruel
cuán manso vuelve al oficio
y con cuán poco artificio
hago lo que quiero de él.

Con tanta puntualidad
que, como galán y dama,
tenemos a mesa y cama
perpetua conformidad.

Revelóme este secreto
una vieja de Antequera,
que desde la vez primera
hizo verdadero efecto.

Y así, por larga experiencia,
he venido a conocer
que con rezar y deber
se repara esta dolencia.

Si te casas con Juan Pérez
        ¿qué más quieres?
Si te trae del mercadillo
saya y manto de soplillo
y un don para el colodrillo
prendido con alfileres,
        ¿qué más quieres?

Si es de tan buena conciencia
que llevará con paciencia
tras de cuernos penitencia
la vez que se los pusieres,
        ¿qué más quieres?

Si te permite que veas
y goces lo que deseas
y, al fin, pasa por que seas
la peor de las mujeres,
    ¿qué más quieres?

Si para tu condición
lo deseas dormilón
y él duerme más que un lirón
cuando menester lo hubieres,
    ¿qué más quieres?

Si el Juan Pérez es de hechura
que todo el año procura
que todos por tu figura
te hagan mil y mil placeres,
    ¿qué más quieres?

Tal es el cuadro que me apresuro a entregaros sin concluir, temiendo traer el cansancio a vuestro espíritu y el sueño a vuestros párpados. Dejo de estudiar a Baltasar del Alcázar como pintor, que fue también, como músico y muy versado en las ciencias naturales. Me dejo también en el tintero su traducción de Horacio, que le acerca a la escuela poética clásica y os hago gracia también de los versos intencionados, algunos de ellos exageradamente libres, del poeta, cuyo particular análisis nos llevaría a examinar la antítesis observada en todas las obras de entonces entre la perfecta ortodoxia católica y el libérrimo desenfado, procacidad y atrevimiento en materias de moral, lo mismo en el teatro que en el libro. Verdad es que la urbanidad y cultura de nuestro actual lenguaje literario eran desconocidos en aquellos tiempos, y que los monarcas, desde Carlos V, el Emperador, a Carlos III, el Regionalista, cumplían como buenos su misión de católicos, no dejando contaminarse a la nación en aquella calentura protestante que abrasó la Europa y ahuyentando al heresiarca por medio de hogueras, como el pastor ahuyenta a los raposos.

De ahí que la Inquisición, cumpliendo más o menos arbitraria y cruelmente, pero cumpliendo, al fin, el objeto para que fue creada, llegara hasta el examen atomístico, hasta el análisis histológico de las obras literarias en materia de dogma y de fe, inhibiéndose por completo de todo lo demás; explicándose por tal causa que fueran precisamente los escritores místicos los más vigilados, perseguidos y vejados por el Santo Oficio. La historia de la censura literaria en aquel período es la historia de la heterodoxia española.

Quedamos, pues, en que resulta Alcázar un poeta originalísimo, genial e indepediente; astro con luz propia; no tiene, es cierto, satélites a su alrededor, pero tampoco es él satélite de nadie. Dejémosle, pues, en la órbita de su propiedad sin colocarle junto a ningún planeta ni mucho menos arrojarle en una nebulosa infringiendo todas las leyes astronómicas y la ley universal de la gravitación.

Aunque no le consideremos incluido en la escuela poética sevillana, sevillano es él y debemos contarle entre las glorias de aquella Sevilla cuya historia literaria, con breves interrupciones, empieza en San Isidoro y en Juan Hispalense y acaba en Lista, en Reinoso y en el abate Marchena, sin contar a los modernísimos mantenedores de la escuela sevillana de Buenas Letras.

La época en que floreció nuestro poeta era la más gloriosa de la perla del Guadalquivir.

Pasada en cuajo la navegación del Mediterráneo al Océano por el descubrimiento de América, al puerto de Sevilla llegaban a todas horas cargados de oro nuestros galeones y nuestras carracas; que aún no era llegado el tiempo fatal en que el filibusterismo, silenciosamente alentado por franceses, ingleses y holandeses, había de copar nuestros barcos mercantes en mitad del mar, haciendo buena presa de lo que siempre fue un robo inaudito y un despojo hecho a mansalva, en buenos principios de Derecho marítimo internacional.

Los comerciantes de Sevilla hacían la ley a los de Veracruz, Porto Bello, a los de Roma, Florencia, Lisboa, Londres, Brujas, Nantes y la Rochela, última trinchera de la Francia hugonote; en aquel florecimiento material que colmaría las ansias de un Midas, el oro y la plata de Méjico y del Perú corrían amonedados con el cuño del monarca o formaban aquellas custodias del renacimiento, aquellas lámparas de altar, honra de Juan de Arfe y glorias de la orfebrería sevillana; Pacheco y Herrera el viejo sembraban los laureles que habían de recoger más tarde Murillo, Velázquez y Zurbarán; el arquitecto Juan de Oviedo emulaba la suerte del constructor de El Escorial; el divino Herrera daba al verso tanta robustez como longitud le habían dado los petrarquistas; nobles como Medina Sidonia, Gelves, Arcos, Osuna y Alcalá, trazaban el patrón de lo que luego había de hacer el conde de Lemos al proteger las artes cortesanas; el rey y su cronista Cabrera de Córdoba admirábanse de que tanto esplendor hubiese fuera de la capital de la monarquía y entre unos y otros, pintores y poetas, diestros artífices y nobles espléndidos, Baltasar del Alcázar labraba sus versos regocijados que respiran contento y alegría.

Más tarde, cuando las fundaciones religiosas de Felipe III dan a la ciudad del Betis aspecto monástico y conventual, cuando por la mala fortuna del mal aconsejado Felipe IV menguaba en pestes y guerras la población hasta perder Sevilla las tres cuartas partes de la suya y se separaban de la corona Flandes, Cataluña y Portugal, como se separan los pétalos de la flor mustia; cuando, de mal en peor, entraba el demonio en el cuerpo raquítico del Hechizado, y el infierno entero se volcaba sobre la nación, que oía a los lejos los tambores del Archiduque y por el otro lado el paso marcial de los batallones del Borbón... todo eran sombras y miseria y pobreza y oscuridad en la ciudad del Betis, que sólo de recuerdos vivía.

El espíritu de aquellos líricos excelsos de la estirpe regia de los abbassidas parecía vagar como alma en pena entre la movible giraldilla y la sólida Torre del Oro; murmuraba el Guadalquivir al marcharse hacia el mar las estrofas de Arguijo y de Rodrigo Caro; vagaban por la calle de los Mulatos la sombra de Juan de Mena y la de Lope de Rueda sobre el vacío corral de doña Elvira; repetían los aires las cantigas melancólicas del rey sabio; huían del cielo y de la vega los colores que impresionaron a Murillo y a Zurbarán; y el viento, al colarse por la calle del Candilejo, lo hacía con el ruido siniestro que producían las choquezuelas indiscretas de don Pedro el Cruel...

Sobre la triste Sevilla gravitaban como losa de plomo aquellos versos que dirigiera Rodrigo Caro a las cercanas ruinas de Itálica:

> Estos, Fabio, ¡ay dolor!, que ves ahora
> campos de soledad, mustio collado,
> fueron un tiempo Itálica famosa.
> Aquí del Escipión la vencedora
> colonia fue; por tierra derribado
> yace el temido honor de la espantosa
> muralla y lastimosa
> reliquia es solamente
> de su invencible gente.
> Sólo quedan memorias funerales
> donde erraron ya sombras de alto ejemplo
> este llano fue plaza, allí fue templo
> de todo apenas quedan las señales
> del gimnasio y las termas regaladas
> leves ruedas cenizas desdichadas
> las torres que desprecio al aire fueron
> a su gran pesadumbre se rindieron.

HE DICHO.

VIAJES DE "BLANCO Y NEGRO"

I

MONASTERIO DE PIEDRA

A las tres de la tarde, con un sol que amenazaba fundir la techumbre metálica de la estación del Mediodía, salimos en el expreso de Zaragoza, *Mecachis,* Huertas y yo. Dentro del vagón, la tela cenicienta de los asientos tenía el color y la temperatura del rescoldo; los convexos rombos del almohadillado parecían gruesos carrillotes dando resoplidos; la llama que apareció de pronto en el farol, cuando faltaba algún tiempo para anochecer, creímos que era el comienzo de la combustión espontánea del coche.

No vimos húsares en Alcalá, ni ingenieros militares en Guadalajara, ni seminaristas en Sigüenza; huían todos, como es lógico, de los "rigores de la estación", y éstas se alzaban mudas y solitarias, con su letrero en la frente, su reloj de fuelle en las narices, y su campana, que en aquel sitio y a aquella hora no parece tocar más que a fuego. Y entretanto el expreso corría y corría, echando brasas por debajo, humo por arriba, salivazos de vapor a cada rugido del silbato, como un infeliz a quien se le ha prendido el traje y corre y corre, queriendo inútilmente huir del fuego.

— ¿Ustedes van a comer? — nos preguntó allá por Guadalajara un mozo del restaurante ambulante.

— ¿Qué es esto? ¿Tan faustas novedades en los expresos españoles?

— Sí, señor; el vagón-restaurante va a la cabeza.

— ¡Cielos! — dijimos nosotros, buscando una explicación a nuestro calor horrible — ¿nos habremos metido en el coche-fogón?

A las ocho llegábamos a Alhama; cenamos a la aragonesa, gracias a la amabilidad de nuestro anfitrión el amigo Martínez, encargado del servicio de coches entre Alhama y el Monasterio, y a las diez nos dió la voz de alto Ramoncito Muntadas, que subiendo al pescante de un magnífico coche de camino, mientras nosotros ocupábamos la imperial, se dispuso a subir en una hora los diecisiete kilómetros que median entre Alhama y el famoso Monasterio, que hogaño debe tener a los Muntadas como antaño debió a los frailes cistercienses.

Doble tronco de briosos caballos arrastraba el coche como una pluma; aspirábamos aquel aire nocturno embalsamado con sanos aromas del monte, y no podíamos menos de compararlo con ese aire viciado que se respira en Madrid a la misma hora, atmósfera insoportable y sucia que de cerca se masca y de lejos se distingue como oscura neblina tapando edificios, árboles y faroles.

La carretera de Piedra sube como un reptil; a uno y otro lado las montañas asoman sus cabezotas para contemplar el gigantesco ofidio, por cuyo lomo grisáceo ruedan los coches; de trecho en trecho, junto a los pricipicios y resguardando la tangente de las curvas, gruesos malecones se extienden en fila para evitar vuelcos mortales.

Allá, en una altura, se divisan unas luces; es el pueblecillo de Nuévalos, colocado entre peñas, verdadero capitolio rural o inexpugnable nido de hombres.

Llegamos por fin a terreno llano; allá, en la cumbre, bordeamos largos y monásticos tapiales; llegamos a la *Torre del Homenaje,* sencillísima, cuadrada, bizantina; contemplamos un momento sus severos matacanes y sus viejas almenas como dientes cariados; bajamos la cabeza para transponer la torre por una sencilla puerta de medio punto, y sin más tardar, preparándonos a las impresiones del siguiente día, nos entregamos al sueño en la casa residencia de los Muntadas, cuya amabilidad, por lo íntimamente cariñosa, es más para agradecida que para contada.

Cuando nos levantamos ya conocíamos de oídas el vergel prodigioso y el libérrimo y anárquico río Piedra. Los mil rumores de la fronda, el chirrido nocturno de las cigarras, el canto de los pájaros al amanecer y el ruido continuo de la corriente al despeñarse en cien cascadas, habían arrullado nuestro sueño en múltiple y original cascabeleo.

Emprendimos la caminata llevando por guía el mejor, el único guía posible en aquellos celestes andurriales: D. Federico Muntadas, dueño y escla vo a la vez de aquella naturaleza salvaje, a la cua, hay que cuidar diariamente como se cuida un caballo hermoso para que su natural fogosidad no le haga desgraciarse en cualquier accidente.

— Antes que nada, voy a entonar a ustedes — nos dijo mi distinguido amigo echando a andar.

Y le seguimos, pensando que habría que dar larga caminata para contemplar los prodigios de que no veíamos anuncio siquiera. Bajamos rampas, cruzamos puentecillos rústicos, volvimos a bajar, y no habíamos andado en junto sesenta pasos, cuando, llegados a una plazoleta, hizo Muntadas que nos volviéramos.

Ahí era nada lo que contemplaban nuestros ojos. La cascada más soberbia, la mejor, la más sublime de aquel sitio, estaba ante nuestra vista la *Cola del caballo;* es decir, todo el río despeñándose entre las rocas, chocando con ellas al final para formar un pedestal de espumas digno de aquella estatua gallardísima encerrada en hornacina de rocas atrevidas y salvajes.

Don Manuel Fernández y González dijo de la fuente de la Puerta del Sol que era un río puesto de pie.

La *Cola del caballo* es un río de cabeza, loco, desesperado, suicidándose en salto majestuoso, como debió suicidarse Safo en la roca de Léucade, suelto el jirón, al aire el manto blanquísimo, sonando polla propia fuerza del viento las áureas cuerdas de aquella lira que había conmovido el corazón de la Grecia pagana.

Tras la impresión del asombro surgió en mí el más grande desconsuelo.

— ¿Cómo? ¡Habíamos ido a ver el río Piedra, y contemplábamos su trágica muerte! Era como ir a visitar a un caballero y ver que se arroja por un balcón a tiempo que nosotros entramos por la puerta.

Más, aunque parezca paradoja, suicidios tan hermosos salvan a cualquiera. *Un bell morir tutta una vita onora,* como dijo el poeta.

Contemplamos mucho rato la inmensa cortina de agua; tras ella adivinamos misteriosas hoquedades que habíamos de visitar después; bandadas de palomas torcaces entraban y salían, sorteando la colosal corriente. Sí; tras la *Cola del caballo* presentíamos la gruta prodigiosa del *Iris*.

La *Cola* era soberbia; la baticola era muchísimo mejor.

Tenía razón Muntadas el espectáculo nos había entonado como él quería; con semejante aperitivo, dispuestos estábamos a devorar las restantes maravillas naturales; aquel diapasón había puesto a tono nuestras almas; arriba, pues, con los corazones... y con las piernas por escalones de piedra, rampas de troncos, puentecillos y túneles.

¿A qué contar paso a paso todos los de nuestra expedición? ¿Cómo describir una por una todas las cascadas, la del *Iris*, el *Baño de Diana*, el *Torrente de los Mirlos, Los Fresnos altos y bajos, La Sombría,* etc., etc., y mil veces etcéteras? Allí, donde todo es artístico desorden, sería pecado grave hacer una reseña rigurosamente cronológica.

Si la pintura, con ser el arte gráfico por excelencia, no ha podido nunca trasladar al lienzo aquellas maravillas hidráulicas, porque, como decía muy bien nuestro ingenioso cicerone, una cascada en pintura es como un par de calzoncillos puestos a secar, ¿cómo la pluma ha de superar al pincel, ni qué ha de conseguirse con intentarlo?

En un espacio relativamente reducido, en una extensión de tierra que, a no ser por los árboles, abarcaria en todo su conjunto la vista de un miope, Dios ha querido que el agua de un río modestísimo, pero claro e inmaculado, hiciera cuantos prodigios puede imaginar la fantasía más ambiciosa; el río Piedra cae en múltiples cascadas de todas las maneras con que el agua puede caer, y cae siempre bien, como los gladiadores romanos, ya arrastrándose en pequeños saltos como *bailón* de goma que va perdiendo su velocidad, ya en mil chorros divergentes como el varillaje de un abanico, ya en destrenzadas crenchas como la cabellera de una ninfa, ya en duchas verticales potentísimas y asombrosas.

¿Dónde está la cuenca de ese río? ¿Cómo aquellas cascadas no se unen e inundan todo el valle? ¿Dónde está la ley física que afirma que el líquido toma la forma del vaso que lo contiene? Porque aquí el río, destrenzado, partido en mil hebras, huyendo a la desbandada por mil sitios, como obedeciendo a un "sálvese quien pueda" de las ondas, no parece obedecer más que a su capricho, bellísimo siempre, genial y sublime como una calaverada artística.

Mecachis me decía sonriendo, para probar el temple de mis sentimientos zaragozanos:

— Mire usted que si estas cosas las hiciera el Ebro...

Pero no; el Ebro, como río machucho, grueso y formalote, no está para primores tales; no es posible unir la corpulencia del elefante con la agilidad de la ardilla; sobre que los encantos del río Piedra serían mucho menores a ser el agua aquélla menos límpida, clara y transparente. Además de esto, las aguas del Piedra llevan en suspensión tal rumbo de elementos calizos, que recubren con capa pétrea los vegetales y conchas del fondo, las hierbas de la orilla, todo lo que directa y continuamente está sometido a su contacto.

La gota horada la peña, decimos muchas veces; pero aquí la gota horada peñas y hace peñas después, como se ve en la fantástica *Gruta*.

Fácilmente se comprende, luego de ver aquellas maravillas aparentemente descuidadas y como dejadas en libertad, que una mano solícita y un criterio artístico cuidan constantemente de que las avenidas no deformen el variado y gracioso curso del río, de que las corrientes no se vicien y deformen, de que la maleza, creciendo a discreción, no oculte, ensucie o tuerza las bellezas naturales.

Y tal es la dificilísima labor que lleva a cabo don Federico Muntadas; labor que consiste en asear, pulir y cuidar de la naturaleza como puede asearse, pulirse y lavarse a una fiera, sin molestarla para que no dé zarpazos, sin darse a ver para no irritar su salvaje instinto.

Cuidar a Piedra y esconder la mano, tal es su trabajo meritorio.

Trabajo colosal y difícil, como conservar áurea y limpia la rizada cabellera de un niño; si la dejáis inculta, el pelo se tornará lana al poco tiempo; si la cuidáis mal, el rubio oscurecerá con el agua el ensortijado y se convertirá en recta greña el menudo y gracioso rizo.

El arte arquitectónico no es lo de menos en el interesante *Monasterio de Piedra*. El ilustre arqueólogo mallorquín D. José María Quadrado le dedicó largas páginas en los *Recuerdos y bellezas de España;* mas no es cosa de entrar aquí en largas disquisiciones acerca del arte ojival y del bizantino, ni de contestar a la pregunta famosa del arquitrabe.

Empezado a construir el Monasterio a fines del siglo XII, terminado a mediado del XIII gracias a la munificencia de los Reyes de Aragón, claro es que su fábrica severa, monástica y un si es no es feudal, pertenece a los albores del arte mejor o peor llamado gótico. Aquellas ruinas nos dan la historia del Monasterio mejor que pudiera hacerlo el más minucioso de los cronicones. La *Torre del Homenaje,* cuadrada, alta y guerrera, nos indica el antiguo poderío de los frailes hijos de San Bernardo. Los monarcas aragoneses Alfonso II el Casto, Pedro II y Jaime el Conquistador concedieron derechos, privilegios y franquicias innumerables al Monasterio, ya sobre el coto redondo sometido directamente al abad, ya sobre los próximos pueblecillos, y hasta sobre la misma Calatayud. Los Pontífices tampoco se quedaron cortos en dádivas y exenciones; tanto, que un día el enviado del obispo de Tarazona vio cerrarse ante él la gran puerta de esa *Torre del Homenaje,* porque los frailes eran un Estado dentro de otro Estado; sólo obedecían a la Santa Sede, aún estando enclavado el abadengo dentro de la diócesis de Tarazona.

Las hermosísimas ventanas de la sala capitular recuerdan a las de Poblet en todos sus calados y parteluces. Es que los frailes fundadores del Monasterio de Piedra quisieron repetir punto por punto, sin duda, casi todas las trazas y adornos del monasterio catalán, de donde venían.

El refectorio inmenso, que sirve hoy de comedor en la *Hospedería;* los claustros altos, de tan descomunales longitud y anchura que bien podrían servir para un *record* velocipédico de los que ahora se estilan; la monumental escalera, tan amplia, atrevida y gigante, que parece una doble cascada traída de afuera, solidificada, labrada y pulida por la milagrosa labor de algún fraile iluminado; los claustros bajos, extensísimos también, con sus bóvedas en ojiva y sus nervios que se encuentran, cruzan y besan, haciendo siempre la señal de la cruz... todo da idea, no ya de la importancia histórica del edificio, sino del fabuloso número de cistercienses que debieron poblarlo, haciendo del Monasterio aragonés el Claraval español, donde sólo San Bernardo faltaba.

Ni faltan tampoco en el Monasterio emplastos y chafarrinones con que el mal gusto del siglo pasado envolvió las clásicas maravillas arquitectónicas. En las espantosas ruinas de la iglesia es donde mejor puede verse esta lucha entre el arte viejo y el arte joven, descarado y atrevido; lucha en que los dos contendientes han rodado por el suelo, hiriéndose, manchándose y golpeándose sin piedad ni cuartel. El ábside viejo es lo único que se levanta en el fondo, escupiendo cornisas recargadas y florones de yeso pintarrajeado. De allí a la puerta todo son arcos heridos de muerte por la clave, dovelas que se caen como higos maduros, fustes descabezados y capiteles que ruedan por la hierba (pétreas víctimas del ejército bizantino y ojival que yacen abrazadas a las víctimas del ejército invasor), recargados adornos de manera dorada, santos de yeso que dejan asomar, por cuellos cercenados y mutiladas extremidades, oxidadas y retorcidas barras de hierro trozos de retablo barroco, alas de angelote y dorados racimos apegados a la columna salomónica como a un sarmiento.

Y en todo, por todo y sobre todo, la hierba que crece, tapando heridas y ocultando cuerpos; los árboles abriendo sus brazos en señal de paz; flores y plantas trepadoras llenándolo todo, como alegando en la posesión de aquellos lugares una tercería de mejor derecho; la soberbia naturaleza invadiendo también el poblado y afirmando con voz estentórea de despeñado torrente que Piedra, lugar artístico sin duda, es, sobre todo, lugar de encantos y prodigios naturales, ante los que el arte poco o nada puede sobresalir.

Consideremos, en efecto, cuán diferente ha sido la labor del tiempo, en las grutas y cascadas por un lado, en los monumentos y obras de arte por otro. Estas no son más que ruinas venerables; sobre ellas diríase que acaba de pasar el ejército clerófobo del 33 acuchillando a los frailes indefensos. Recordando tales escenas se sale al valle, y viendo las cascadas cree uno asistir a la loca y frenética desbandada de los cistercienses arrojándose por rocas y precipicios con sus albos sayales y sus blancas cogullas, huyendo de la impiedad y de la barbarie.

El tiempo, en cambio, mejora de día en día las maravillas naturales de Piedra. Filtrándose continuamente el agua, las grutas están cada vez más llenas de estalactitas y estalagmitas, el río parece que estudia nuevos y más ingeniosos medios de precipitarse, el vergel y la floresta crecen en hermosura con los años.

La moda de las épocas y el espíritu destructor de los siglos han hecho aparecer y desaparecer sucesivamente del Monasterio la sencilla archivolta bizantina, el calado ojival, las clásicas vislumbres del Renacimiento, las abotagadas baratijas de Churriguera; y el tiempo, en cambio, no ha alterado en formas ni proporciones la original arqueología que ostenta la naturaleza en el valle. No sabréis a qué orden ni a qué estilo pertenece, mas a todos ellos podéis acomodarla, según vuestras aficiones y gustos. La bóveda de verdura de los vergeles, como la bóveda estalagtítica de las grutas, lo mismo os puede traer a la memoria el cielo de una catedral cruzado de nervios que arrancan de las ménsulas hasta los rosetones, como la minuciosa techumbre de alfarje morisco llena de alicatados prodigiosos y de labores mareantes; lo mismo podéis ver racimos colgantes, ángeles carrilludos, monstruos y hojarasca acumulada por cualquier discípulo de Churriguera, como guirnaldas y cariátides del más puro estilo Renacimiento.

Es hora de dedicar un párrafo a las *Pesqueras,* en donde el ministerio de Fomento tiene enclavado el *Establecimiento central de Piscicultura.*

En la parte más baja del valle, allá donde el río recobra, para morir en el Jalón, la formalidad nativa que tuvo en Cimballa, se ven infinidad de estanques donde crece y se multiplica el ejército de salmónides destinado a la repoblación de los ríos de España.

Desde la trucha invisible que aprende a comer en una pila, hasta la gran trucha asalmonada que salta como un tiburón cogiendo en el aire la comida que la arrojan, las hay de todos tamaños, castas, edades y hasta hechuras. A través del agua clarísima se las ve moverse con agilidad graciosísima; las hay aragonesas, norteamericanas, escocesas, y es fácil distinguirlas, si no por el acento, cuando menos por el traje, por el color de las aletas, por la raya del lomo, por el matiz de las escamas, por el recortado de la cola.

Viendo tantas y tantas al alcance de la mano, preciso es confesar que el valle de Piedra es el único lugar donde pueden pescarse truchas a bragas enjutas.

Ningún establecimiento similar del extranjero ha podido lograr, sino a fuerza de gastos y de mil cuidados artificiales, la adaptación de las especies forasteras y la reproducción maravillosa que es de admirar en las *Pesqueras* de Piedra.

Consiste esto no sólo en las propiedades naturales del río, sino en que la trucha encuentra aquí su mejor alimento, el camarón de río, tan abundante en Piedra, que, a no ser por las truchas, es de creer que la plaga del camarón acabaría con el Monasterio, con los prados, con los árboles, llenaría las grutas y lograría parar el movimiento de las cascadas.

Tal es la cuna, netamente aragonesa, de casi todas las truchas que pueblan los ríos de España.

Por donde creo yo, afuera de buen aragonés, que si en otro tiempo no se movía un *barbo* en el Mediterráneo que no llevase grabadas en su lomo las barras de Aragón, bien podrían marcarse en el criadero las truchas jóvenes, para que llevasen por esos murmuradores ríos, o las armas de Aragón, o simplemente las de Piedra: un castillo roquero sobre tres piedras sueltas, las tres piedras fundamentales del Monasterio, o sean los reyes de Aragón, Alfonso II, Pedro II y Jaime I, el Conquistador.

Y he dejado para el final la *Gruta del Iris,* porque así como la *Cola del Caballo* es el espectáculo que entona al turista, preparándole para la excursión, la *Gruta* es la decoración final, la apoteosis obligada de todo aquel conjunto de maravillas; cansada el alma de contemplar prodigio tras prodigio y encanto tras encanto, cobra nuevas fuerzas en la *Gruta;* la rendida fantasía lánzase a la carrera otra vez con espolazo semejante.

Cien veces había oído hablar de la *Gruta* de Piedra, y otras tantas descripciones había leído; con datos tales me había forjado una gruta en la imaginación; más el poner mi gruta imaginativa junto a la verdadera *Gruta del Iris* fue como pegar un mal plano ridículo y torcido, hecho en escala minúscula, de la planta de una catedral, en la puerta de la catedral misma, soberbia, grandiosa e indescriptible.

Tal es la palabra de ritual, pero es imposible prescindir de ella.

Indescriptible es desde luego lo que, no teniendo extremo de comparación, obligaría a describir sin apoyo alguno; lo que no obedece a reglas artísticas ni cánones científicos que puedan traerse a colación; lo que varía a cada hora, y aún a cada minuto, porque allí cada gota filtrada añade una maravilla a las rocas y cada rayo del sol produce matices y colores distintos, según la inclinación que toma y el sitio a donde da. Las dos tardes que estuvimos en Piedra contemplamos el crepúsculo en la *Gruta* acompañados por Muntadas, que orgullosamente muestra todo aquello.

Orgullo justificado ciertamente, porque, si autor no es, es descubridor de semejante maravilla, ignorada hasta hace poco. El fue quien, horadando la roca de arriba abajo, aprovechando para descansillos de la atrevida escalera las propias hoquedades de la peña, bajó y bajó, fieramente arrullado por la cascada, hasta sorprender la gruta monumental, que parece fabricada por gnomos para vivienda de mágicas hadas.

No es la *Gruta* un lugar oscuro y tenebroso, como pudiera creerse, más tampoco es un lugar iluminado como los demás lugares de la tierra. Llega al fondo toda la luz del sol, pero descompuesta, refractada y tamizada por la *Cola del caballo*, que tapa la entrada, cortina colosal de agua que, oficiando de espectro solar, hace que penetren en la gruta los siete colores separados, en vez del rayo blanco que el sol envía a los cuatro vientos.

Considerad que la luz del sol, así refractada, viene a reflejarse en las plantas acuáticas, en las rocas húmedas, en las estalactitas transparentes, y que todo esto tiene en la gruta unas proporciones colosales ciclópeas y no soñadas, y decidme ahora si es grano de anís intentar siquiera una descripción de la *Gruta del Iris*.

Inmensa como una catedral; de pavimento líquido, porque lo forman las ondas de un lago; con bóveda altísima, irregular, sublime, donde la vista cree contemplar fantasmas mostruos, inmensas cabezotas y animales disparatados, hay para estar allí horas y horas viendo siempre cosas y detalles severos ya grupos colosales de estalactitas como caza muerta suspendida del hombro del cazador, rocas que salen como puños amenazadores, colgantes inmensos como mazorcas de maíz, vegetación ecuatorial creciendo arriba y en los costados, en las ondas del agua y entre las hendiduras de la peña.....

Permanecimos en aquellas profundidades larguísimo rato contemplando los monstruos, las cariátides, las mil labores trabajadas allí por un artista muy modesto, pero muy constante, la gota de agua.

En un lado el *Tántalo,* torso y cabeza de piedra que se inclina hacia abajo, como queriendo mojar los labios en la laguna; allá la "lámpara funeraria", reflejo fantástico producido en húmedo rincón por el último rayo del sol poniente; más lejos, la "cabeza del elefante" con sus orejas colgadas y su trompa recogida hacia adentro, tres estalactitas hermosísimas, aunque mutiladas por una mano profanadora... Y no sentíamos ni la humedad de nuestros pies, metidos en el agua hasta el tobillo, ni la lluvia constante producida por la eterna filtración del río.

Subimos ansiosos de exteriorizar nuestras impresiones, y allá en el *Album de Piedra* dejamos una "página de *Blanco y Negro"* Huertas trazó a punta de lápiz un apunte lindísimo, *Mecachis* varias caricaturas graciosísimas y la de don Federico Muntadas con traje y herramientas de gnomo, como si acabara de descubrir la gruta fantástica; yo procuré aprovechar el hueco que dejaron los lápices de mis amigos y pensé esta fabulita que, como la de Iriarte, "esté bien o mal — se me ocurrió entonces — por casualidad":

HOMBRES Y RIOS

Hay hombres que no sienten la ilusión
de ver la gruta, orgullo de Aragón;
y en cambio el río Piedra se suicida
sólo por ver la gruta en su caída.
Y ahora dime, lector, ¿es cosa extraña
que murmuren los ríos en España?

* * *

Salimos de la gruta calados de agua, nos despedimos de nuestros amabilísimos huéspedes, y volvimos a esta corte de nuestros pecados, donde tenemos por toda cascada el chorro de las mangas de riego, por todo vergel el pinar de las de Gómez y por toda gruta las cuevas de Gobernación.

II

SAN SEBASTIÁN

Confieso francamente mi error.

Antes de conocer la vida veraniega de San Sebastián, su playa, que ni hecha de encargo, y ese lujo de policía urbana que allá se advierte y que podríamos llamar "*confort* callejero", creí que la preferencia del público veraneante hacia la hermosa capital donostiarra era cuestión de moda, y sólo de moda.

Así como en materia de trajes un año se estilan los cuadros y otro las rayas, así como los sombreros de paja se llevaban el año pasado al natural y este año pasados por tinta, puede ser, dije yo, que en materia de baños de ola, tan pronto se estilen las olas de San Sebastián, mansas, correctísimas, perfectamente educadas, lamiendo la curvilínea playa a manera de una hoz de espuma, como las olas de Biarritz, salvajes y furiosas, enarcando el verdinegro lomo allá en la "playa de los locos" y azotando a las peñas en horrísona y perdurable flagelación.

Por algo es malo pasarse de listo.

Ni capricho, ni moda, ni influencia de la corte, ni nada más que justicia y razón hay en el movimiento general del público veraniego hacia la playa guipuzcoana apenas comienzan los primeros ardores del estío.

La Concha es el número uno de las playas de baños.

Con una concha así, cualquiera capital es peregrina.

Formando inmensa C, no diré yo que sea una playa tirada a cordel, pero sí con cordel trazada, como se trazan las elipses en los encerados de las escuelas. En un extremo de la C, el barrio del Antiguo, donde alza sus torres piramidales el palacio de Miramar; en el otro extremo, el puerto, la dársena vieja, el barrio típico y popular de los pescadores.

Córrese hacia el mar la playa en pendiente tan suave, en plano inclinado tan próximo al plano horizontal, que por cada centímetro que el mar desciende en la marea baja, gana un metro la tierra en extensión, y por poco que el mar se eleve en la otra marea, hay que poner en movimiento ascendente a todas las casetas, gracias a esos pecíficos remolcadores que se llaman bueyes, y efectivamente lo son.

La isla de Santa Clara, clavada allá en medio, verdadero centro de una circunferencia cuya mitad fuese la Concha, viene a ser un rompeolas natural, gracias al que las olas llegan a la playa castigadas, tímidas y sin poder para hacer daño. Y diríase que, además de rompeolas, es una especie de filtro mágico, merced al cual el agua del mar llega limpia y pura, sin dejar, al retirarse, esa línea negra y maloliente formada por las algas, por los cuerpos muertos y por los mil desperdicios del mar.

Añádase a esta perfección de la playa y a esta simpatía de un mar fuerte, pero civilizado, el empeño de los donostiarras en hacer de su capital lo que se llama una tacita de plata. Calles rectas, corriendo paralelamente y cruzándose en perfecta escuadra, hacen del plano de San Sebastián nuevo un emparrillado impecable; jardines cuidados hoja por hoja, fuentes públicas por doquiera, relojes eléctricos sobre una columna de hierro (vamos al decir, relojes con péndulo fijo) y sillas a porrillo en todos los bulevares, plazoletas, alamedas y paseos.

La galantería y la amabilidad de San Sebastián es esa amabilidad perfecta que consiste en achicarse y desaparecer para que sólo brille y se luzca el huésped, el obsequiado. En efecto, hay que revolver media población para encontrar el elemento guipuzcoano. Vida madrileña en el bulevar por la mañana, vida madrileña por la tarde en el paseo de la Concha, vida madrileña por la noche en la terraza del Gran Casino; en todas partes una sucursal de Madrid, a la cual sucursal se han unido, por ese contrato que se llama "de cuentas en participación", la flor y nata de la sociedad elegante de provincia.

Los gritos de las vendedoras que con el capacho rectagular a la cabeza pregonan las sardinas a mitad de tarde; el acento marcadamente regional de los chiquillos que venden por la mañana *La Voz de Guipúzcoa,* a mediodía los periódicos de Madrid y *Las Noticias* al caer de la tarde, son las únicas notas de la tierra que desentonan simpáticamente en ese concierto madrileño formado por la sociedad paseante de la Concha y por la sociedad sentada del bulevar.

¿Quién es el afortunado mortal que consigue sentarse junto a un velador del café de la Marina en estos días de agosto?

Los más se quedan soplando la cuchara o la cucharilla del café.

La concurrencia ocupa el interior, los veladores de la acera, sale al arroyo, pide sillas y más sillas como pedirá más tarde caballos en la plaza, y poco a poco el famoso establecimiento del Suizo viene a resultar un Café... hasta la pared de enfrente.

Da gusto ver en San Sebastián los guardias municipales en su propia tinta.

Negros, severos, correctísimos, con su casco de fieltro en la cabeza y su vara de virtudes en la mano, parecen bomberos ahumados después de un incendio o soldados romanos en el más riguroso de los lutos.

Por todas partes se les ve cimbreando el bastón, negro como el de los antiguos alguaciles, y luciendo el casco por calles, paseos y encrucijadas. El Ayuntamiento quiere demostrar, sin duda, que la guardia municipal de San Sebastián no es ligera de cascos como la de otras poblaciones.

De noche aparecen los serenos, con sus boinas, su farol en el vientre y una carraca monumental como un arado metida en el cinturón a la espalda.

— ¡Caramba! ¡qué ruido hacen las cigarras en esta tierra! — exclama el forastero que no está en autos.

Pero al instante le explican que no son las cigarras, sino la guardia municipal nocturna en el pleno uso de sus derechos musicales.

La primera noche que estuvimos en San Sebastián, no habíamos acabado de tomar café cuando *Mecachis* se levantó con decisión.

— ¿Dónde va usted?

— A la fonda; temo que me haga daño el sereno — ¿Con qué? ¿con la carraca? Y nos metimos en el hotel de Ezcurra pensando que San Sebastián quedaba bajo la salvaguardia de una Partida de la Porra más o menos instrumental.

* * *

Bajemos a la playa.

Difícilmente habrá otra en España ni en el extranjero tan populosa, tan animada, con un tinte democrático tan característico. Aquellos respetables barracones, donde puede albergarse muy bien una compañía de soldados, no delatan una colonia de bañistas, sino una feria de lugar con sus figuras de cera, sus cosmoramas, sus hércules y su *menageries*. Sólo cuando después de mucho rato se convence uno de que no suenan organillos, campanas ni tambores, empieza a formarse concepto de aquella originalísima reunión. Allá se ve un letrero, acá otro, infinidad de ellos por todos lados. ¿Anunciarán acaso la mujer gorda o el hombre-canón? Nada de eso; son los nombres de los bañeros o bañeras; cada cual tiene su parroquia, conseguida a fuerza de crédito y de trabajo en muchos años de vida anfibia; cada cual tiene su trozo marcado en la playa, una escalera especial en la muralla con el letrero correspondiente, que dice: *Bajada* de *Fulanoaga*, de *Menganorrieta* o de *Zutanúa*, varios tablones para que los parroquianos no se hundan en la arena, una pareja de bueyes para el subir y bajar de los barracones siguiendo el movimiento de las mareas, y un barracón especial, sólo cerrado por la espalda, para comodidad y asiento de los mirones.

Las bañeras, con sus sombreros de paja y sus largas túnicas de tela negra, pululan en la parte de la playa dedicada exclusivamente al bello sexo. Descalzas de pie y pierna, hacen media sentadas a la sombra o pasean aguardando la venida al baño de las primeras parroquianas. Diríase que son almas en pena o reos de la Inquisición cumpliendo con el sambenito y la coroza alguna condena del Santo Oficio.

Los bañeros no se dan punto de reposo aguijando a los bueyes, que suben, bajan y alinean las casetas; tienden en largas cuerdas la ropa de baño de los que acaban de salir, limpian y fregotean los bártulos, llenan de agua los cubillos de cada caseta en los grandes cubos que al efecto hay dispuestos de trecho en trecho de la playa, y dejan que el sol seque poco a poco sus blusas impermeables y sus pantalones de agua, barnizados de amarillo.

El ejército de bañistas empieza a descender hacia la playa. Llevan algunos las sábanas y toallas rusas atadas con correas, como mantas de viaje; ostentan las niñas sus espaldares de hule, sobre los cuales se seca el pelo tendido;

enciérranse otros en los gabinetes de *La Perla* para bañarse por el sistema celular, mientras los más despreocupados cruzan la playa entera con el traje listado de baño. Parece que van a hacer ejercicios de agilidad o de fuerza delante del respetable público.

En el fondo, metida en el mar a algunas brazas, se ve una lancha anclada; en el extremo de sus palos tiene una plataforma, a manera de las cofas de las antiguas naos. De allí se arrojan los nadadores y en torno de la barca bucean y se bañan sin miedo al golpe de las olas.

Casi en el extremo de la playa, por la parte de Miramar, se distingue una caseta flamante, flanqueada por dos torrecillas coronadas por cúpulas casi esféricas. Es la nueva caseta con que la Diputación ha obsequiado a la familia real, y que ésta no aprovechará hasta la temporada venidera, porque en el año actual no se baña.

Como nota alegre, simpática y común a todas las playas de baños, pero más bulliciosa en San Sebastián que en otra alguna, los niños jugando en la arena, abriendo zanjas, levantando montículos, ganándose, si no el pan, los dulces con el sudor del rostro. Descalzos de pie y pierna, se meten dentro del agua los de la vanguardia infantil, alcanzando el ideal bellísimo de la ñiñez: mojarse, chapotear y ponerse perdidos de agua; los de afuera transportan arena en carretillas o aran la playa con rastrillos, abren pozos casi artesianos, que al fin y al cabo el agua sale de ellos, o fabrican quesos de arena, valiéndose para molde de los pintados cubos de hajalata.

Las niñeras, entretanto, cuidan la herramienta sobrante a la sombra del corredor de la Perla, en donde mil curiosos contemplan el romper de las olas y el ir y venir de los bañistas con largos gemelos marinos.

A poco de fijarnos en la animadísima y revuelta playa, comprendemos que el desorden allí es puramente artístico, aparente nada más. Cada bañero cuida su trozo como un feudo; nada, en apariencia, separa la playa de señoras de la playa para ambos sexos, y sin embargo, cuando algún descarado o ignorante quiere meterse en terreno vedado, los celadores de la playa acuden a recordarle que ciertas cuerdas son tan infranqueables como las murallas de la China; los baños tienen su reglamento de orden interior, que aparece pegado en cien tablillas, y que es todo un monumento administrativo; la playa de San Sebastián, en fin, tiene su policía, su reglamentación, su servicio de vigilancia y de higiene como un campamento a la moderna.

Tal es de extensa, concurrida y poblada.

Ahora que las huelgas están de moda, ¿qué sería una huelga de bañeros donostiarras?

Pero no hay que pensar en semejante cosa.

Ellos son gente grave, formal y seria; demasiado seria y formal para ser gente que, por obligación, tiene que salir muy a menudo de sus casillas.

* * *

El forastero en San Sebastián no tiene que ir a buscar la playa, como en otros puntos sucede. Así como la ciudad vieja se agrupa junto al muelle, cuna de su riqueza y su comercio, la ciudad nueva, el San Sebastián de los hoteles, de los jardines y de los paseos, está formado junto a la Concha como un ejército en día de parada. En primera fila los *chalets* particulares, los hoteles aislados, las casas todas de piedra, respirando belleza exterior y *comfort* por dentro. Su frente de batalla es una curva graciosísima paralela a la que forman el mar y el muro que limita la playa. Detrás de los hoteles la ciudad limpia y flamante, con sus calles tiradas a cordel, sus casas de vecindad impecables, sus hileras de árboles, sus líneas del tranvía, todo lo que puede apetecer el más exigente en una ciudad a la moderna.

Entre la línea de hoteles y la playa corre el paseo de la Concha, punto de reunión de la colonia forastera al caer la tarde. Se foman con las sillas agradabilísimos corros; se aspira la brisa paseando desde *Alderdi-Eder* (explanada que da frente al Casino) hasta cerca del palacio de Miramar, límites naturales de la playa guipuzcoana. Desde las terrazas y miradores de los hoteles se contempla el espectáculo del sol poniente, brillando en alta mar con un rojo cereza como el de la boca de un horno; a la izquierda del espectador el palacio de Miramar ocupando una altura, y Ondarreta, la playa del Antiguo, situada al pie de Mendizorrot; a la derecha la mole extendida y grisácea del Gran Casino, con sus dos torres centrales, que se elevan como los dos anteojos de un estereóscopo, su cúpula central, que corresponde al salón de fiestas su terraza magnífica y su explanada de jardines, en donde se alza el quiosco para la música.

Dimos una vuelta por el paseo entre las niñas de los corros y los gemelos enfilados al mar desde los hoteles; casi al extremo de la Concha encontramos lo que íbamos buscando; *Villa Esperanza,* la residencia de verano de nuestro director, que hace resaltar su artística fachada de madera entre las blancas construcciones que le preceden y le siguen.

Saludámosla cariñosamente y volvimos pies atrás para entrar en el Gran Casino.

* * *

A primera vista parece un palacio de exposiciones. No hay nada de eso; allí no hay más exposición que una en el piso de arriba, y de ésa no puedo hablar porque no la vi; pero, en fin, verde y con asa... mejor dicho, verde y con raqueta...

— ¿Qué opina usted del Gran Casino? — me preguntaron desde la explanada de Campo hermoso.

Y yo, fijándome en sus torres y cúpulas, en la gran terraza y en las pilastras con bolas de piedra que la limitan, contesté:

— Me parece una catedral encima del puente de Segovia.

La entrada es monumental y magnífica. *Un* amplio vestíbulo y una hermosa escalera de mármol, modelo de ligereza y esbeltez, dan acceso al salón de fiestas; la pieza principal de la casa, quizá algo recargada en materia de adornos arquitectónicos, pero muy decorativa, indudablemente. Aquellas cariátides que sobre la galería de tribunas simulan sostener el techo, tienen unos brazos que para sí los quisiera la Zurriola, porque son verdaderos brazos de mar.

En una noche de gran espectáculo es hermoso el que presenta el Gran Casino. La orquesta en el escenario preludia un vals, un rigodón o un *pas a quatre;* la crema femenina de Guipúzcoa, de Madrid, de España entera, porque toda España va a San Sebastián, danza graciosamente sobre el pavimento encerado y reluciente como un espejo; mariposean ellos, luciendo el frac (esa americana con cola), o el *smokinc* (ese frac rabón); los fumadores contemplan el baile desde las dos *serres* semicirculares situadas a babor y a estribor del salón de fiestas; y empleo esta terminología porque, en efecto, parecen las *serres* los dos tambores de un vapor de ruedas, desde donde se imprime movimiento a aquella inmensa máquina de bailar; llénase la gran terraza, las galerías superiores, los pasillos y las tribunas, y sólo entonces puede formar el turista idea exacta, no ya de la cantidad respetable, sino de la calidad superior de la colonia veraniega de San Sebastián.

Vimos los billares, las mesas de tresillo, los *caballitos* (un Tío Vivo de nueva invención), y cuando íbamos de salida, preguntamos:

— ¿Pero no nos queda nada por ver?

— La Biblioteca...

— ¡Bah!

— Los baños...

— Ya no es hora.

— Entonces...

— Mire usted nosotros, como periodistas, llevamos el *carnet* en una mano y el lapicero en otra; ¿cree usted que no hay en el Gran Casino otro sitio donde podamos *apuntar* alguna cosa?

Y sin aguardar contestación, salimos acordándonos del undécimo mandamiento.

* * *

¿Qué harán en invierno los donostiarras de esos magníficos hoteles de la Concha, de ese Gran Casino, de esas inmensas barriadas que se extienden desde el bulevar hasta la Avenida?

Tal es la pregunta que se hace el viajero tras el primer grito de admiración ante la soberbia capital guipuzcuana; y al imaginarse uno de esos inviernos de la costa, no ya "con sus nieves cano", sino con sus lluvias pasado por agua, piensa que la cuidadosa Administración municipal de la bella Easo debe guardar en sus almacenes buen número de lonas, embalajes y fundas que conserven todos aquellos lujos para la próxima temporada, bien así como los dependientes de un teatro tienden al acabar la función sendas percalinas sobre butacas y palcos hasta que llega la hora de la función siguiente.

Parécele a uno ver las villas y *chalets* de la playa tapados, como las sillas en verano, con fundas cenicientas, en cuyo centro campean las iniciales del dueño bordadas a la cadeneta; el Gran Casino cubierto por inmensa armazón de madera, en cuyas tablas se lee la palabra *frágil;* las nuevas manzanas de casas colgadas como verdaderas manzanas de invierno, tomando el aire y recubiertas de paja o de linón para que no las pique el gusano... Y a todo esto el Cantábrico rugiendo como una fiera, rompiendo la curva regular de la playa con los espumarajos del oleaje embravecido, batiendo el vértice del rompeolas, entrando en la Zurriola atropelladamente y saltando sobre el puente de Santa Catalina, como impidiendo a las aguas del Urumea la tranquilidad de su muerte en el mar.

Y en vez de la colonia veraniega, de los bañistas de la playa, de los curiosos de la Perla y de los carruajes de la Real Casa, tirados por cuatro mulas, las pobres familias de los pescadores allá en el solitario muelle o sobre las rocas más altas aguardando la vuelta del patache o de la barcaza, sorprendidos en alta mar por temporal fuertísimo que pone en grave riesgo la vida de los tripulantes... El salvavidas en vez de la caseta de baños; un pañuelo para las lágrimas en lugar de la capa blanca para la salida del mar; niños que lloran agarrados a la falda de su madre, y los niños que juegan cavando pozos en la playa...

Más ¿a qué recordar en plena alegría de las fiestas de San Sebastián las tristezas y miserias invernales? Hoy la capital arde en festejos, y cronistas venimos a ser, que no filósofos ni profetas.

Para el forastero que encuentra excesivo el bullicio de San Sebastián en estos días, insoportables las apreturas de la plaza, atronador el ruido de las músicas y de los *chupinazos,* peligrosas las carreras del *Cetcen-Zuscua* (toro de fuego), e intransitables el bulevard y las grandes vías de la población, están diciendo *tomadme* esas ligeras *cestas* que conducen al turista a Pasajes, a Hernani, a Rentería, a Lezo, a otros mil pueblecillos pintorescos llenos de bellezas naturales, de reliquias artísticas, de curiosos recuerdos históricos. Los cocheros de San Sebastián, con sus boinas rojas y sus chalecos encarnados de criado de casa grande, restallan los látigos llamando al viajero; en pocos momentos hacéis el viaje, tomando cómodamente el fresco en la ligera *cesta,* con su techo impermeable y sus cortinas que renuevan el aire como abanicos.

Almorzaréis en Pasajes a orillas del mar, sobre el propio mar; mejor dicho, porque *Pasajes de San Juan y Pasajes de San Pedro,* separados por el canal, tienden a unirse con pilotes y muelles que les dan el aspecto de ciudad lacustre.

Visitaréis en Lezo el famoso Santo Cristo; en Rentería el retablo de su iglesia, trazado por don Ventura Rodríguez; en Hernani, la tumba del capitán Joanes de Urbieta, que hizo prisionero al rey de Francia en la batalla de Pavía...

Pero nos vamos alejando de San Sebastián, objeto único de esta crónica, y es preciso volver a él, siquiera sólo sea para hacer punto, que tratándose de la ciudad donostiarra será un punto de admiración mejor que un verdadero punto final.

III

LA GRANJA

Cuando el calor aprieta en Madrid, hasta el extremo de que en aquel Sahara de la Cibeles se echan de menos dos o tres palmeras; cuando llega el caso de abandonar las cazadoras de alpaca y los pantalones de dril por ternos completos de incombustible amianto; cuando piensa el viajero que las compañías *tranvieras* deberían servir sus encuartes con sufridos camellos, y no con débiles y sedientas caballerías, no me admira que el absentismo madrileño tome los caracteres de una verdadera emigración, ni que los expresos se alejen para sumergir en el mar a la población abrasada, ni que Madrise quede como vieja colmena de donde han huido abejas y zánganos.

Lo admirable es que un solo cortesano (cuanto más, todos los que habitualmente se quedan en la corte), aguante a pie firme los rigores del agosto madrileño, cuando a la puerta de la casa, sólo con pisar las faldas de la Sierra, encuentra la temperatura bonancible que no hallan otros sino después de muchas horas de ferrocarril.

Tomando el tren hacia Segovia se nota este cambio apenas se trasponen los límites de la provincia de Madrid. Bordéase primero la valla de la Casa de Campo, una valla negra que parece carbonizada por el sol, y llégase a Pozuelo, albergue estival de muchos madrileños que no quieren o no pueden alejarse más que nueve kilómetros de Madrid; sigue marchando el tren, y se para a cada momento, como caminante sofocado, en El Plantío, en Las Rozas, en otra porción de apartaderos y cotos cerrados, donde se apean los cazadores con su abullonada canana al cinto y su escopeta desarmada y metida en una caja de cuero. Nadie les tomaría por sencillos perseguidores de codornices; diríase que son fieros cazadores africanos que van a cruzar aquellas tostadas llanuras en busca del león en celo o de la pantera arrinconada. En Torrelodones y luego en Villalba, el sol se despide de nosotros igual que si no fuera a vernos más; de tal modo se acerca y enfoca sus rayos como con una lente.

Dejamos en Villalba la línea general del Norte y acometemos el paso de la Sierra; el terreno empieza a levantarse como angustiado pecho que respira trabajosamente; aumentan poco a poco las estribaciones, aspírase con alegría el aire cada vez más fresco del Guadarrama, y el tren se cuela en uno, en dos, en tres, en cuatro túneles, negro hurón que recorre una tras otra las madrigueras de los conejos. En Cercedilla os asombra el inusitado movimiento de una colonia veraniega numerosa y alegre; gente simpática que prefiere la aeroterapia del Guadarrama a la hidroterapia del Cantábrico.

¡Quién sabe si aciertan! Haciendo esta visita de verano a ese *viento sutil* de que habla el dicho madrileño, quizá consigan que en diciembre, cuando viene a Madrid repartiendo pulmonías, les respete en calidad de antiguos conocidos.

De La Losa a Segovia no nos separamos de la ventanilla. ¿Veríamos el Acueducto? ¿el Alcázar? ¿acaso allá a los lejos la cúpula de la colegiata de San Ildefonso? Nada; pinares y más pinares un manto verde tendido sobre las montañas a uno y a otro lado del camino; a la izquierda y muy remotamente, como se echa de ver la nota blanca de un desconocido, divisamos un palacio aislado y escondido entre los pinares. Es la posesión real de Riofrío, residencia de caza únicamente, construcción que en pequeño conserva las trazas, el plano y la distribución del Palacio Real de Madrid.

Llegamos a Segovia sin ver de ella más que la estación.

— ¿Dónde está el Acueducto? ¿dónde está el Alcázar? — nos preguntamos mirando aquellos arrabales y dándoles vueltas como a un rompecabezas de los antiguos.

Mas aguardaba el coche; teníamos que almorzar en La Granja, y subimos sin satisfacer nuestra legítima curiosidad artística; miramos hacia atrás largo rato, pero ni atisbo siquiera descubrimos de lo que pensamos mirar de paso en aquella ciudad, que se iba quedando cada vez más lejos.

Al volver de La Granja lo comprendimos todo, como dicen los viejos desenlaces.

Segovia no es una ciudad orgullosa de sus bellezas, sino avara de ellas; no eleva con los brazos sus torres militares y sus arcos romanos como reclamo del viajero y señuelo del turista, sino que oculta a la espalda el Alcázar como niño temeroso de que le quiten su mejor juguete, y encierra el Acueducto entre calle y calle como si lo guardara debajo del sobaco. Segovia, en esta actitud defensiva, y frente a frente del Real Sitio de San Ildefonso parece todavía la ciudad de las Comunidades defendiendo contra el poder real, si no viejas libertades, antiguas reliquias del arte feudal y del romano.

Con tales o parecidas remembranzas históricas emprendimos la última jornada de nuestro viaje, y aún no habíamos entrado en plena carretera cuando leímos sobre una tapia:

"Se prohibe... (no recuerdo qué se prohibía) bajo la multa de seis ducados."

— ¿Ducados a estas fechas? Ciertos son los comuneros — me dije. ¿Vendrá a pincharnos las maletas el viejo cobrador de los peajes llevando un espadón de taza en vez del pincho de los del resguardo?

Ningún follón ni malandrín nos cerró el paso, sin embargo; dejamos atrás los más remotos arrabales de Segovia y entramos en despoblado por una carretera que nos hizo recordar la tierra abrasada de Villalba y Torrelodones. Los rayos del sol parecían saltar de rebote en toda la cinta blanca de la carretera; por toda sombra, delgadísimos árboles en las cunetas; chopos de torneado tronco y copa recogida y cónica, parecían apagavelas; álamos blancos de azulada corteza y hojas plateadas que se agitaban como sonajas de pandero.

El regimiento de jornada enviaba su impedimenta por delante. Carreros, asistentes y soldados de escolta formaban grupos pintorescos y simpáticos; la forzosa lentitud de su marcha les iba dejando atrás, y desde la trasera del coche oíamos el lento cascabeleo de las mulas y veíamos la mancha azul de los capotes, la roja del pantalón, la gris de los trajes de maniobra y la negra del toldo de los carros, donde campea el nombre y el número del regimiento bajo el escudo nacional y la cinta amarilla y roja.

Más de prisa marchaban los empleados del Real Patrimonio, con teresiana los unos, los otros con gorra de plato y cinta de labores cárdenas y blancas. Iban en briosos caballos encapotados, o sobre el pescante de coches cubiertos también por grandes lonas.

Aquel afluir de carruajes, soldados, palafreneros y servidores de la Real Casa, indicaba la próxima llegada de la infanta Isabel, la Providencia de aquel Real Sitio, que si en todo tiempo ostenta soberana belleza, cobra animación y vida extraordinarias cuando la infanta arrastra detrás de sí la aristocrática colonia veraniega de La Granja.

* * *

Llegamos a la plaza, y aún no habíamos bajado del coche, cuando una turba inmensa de *ganchos, cicerones,* mozos y guías nos rodeó, ofreciéndonos fondas y hospedajes a porrillo.

Echamos tras uno de aquellos indígenas siguiendo el movimiento de nuestro corazón, mas luego comprendimos que el corazón es mal consejero en cuestiones corporales. No diré yo en qué fonda dimos con nuestros huesos y con los huesos de la cocina; el pecado puede decirse; el pecador, no. En aquella mansión augusta fundada por Felipe V nos cobraron como a Borbones y nos trataron como a regicidas. Antes de salir a los jardines vimos *correr las fuentes* en la fonda, porque no tomamos nada de ellas, y pudimos observar que en La Granja (como en todo sitio que tiene vida de verano casi exclusiva) vive mucha gente a partir un piñón... sobre la cabeza del forastero.

* * *

Para ser La Granja lugar artístico y delicioso todo él y brillar desde el primer momento como tal, no le falta ni la belleza del fondo, que entona de tal modo iglesias, palacios y jardines, como si la propia mano que levantó los edificios y ordenó los vergeles hubiera acomodado con gigantesco pincel la estructura, el color y la tonalidad de las lejanías al mayor y más lindo resalte de las cúpulas, tazas, estatuas y áticos. Entrando en San Ildefonso por la puerta principal de hierro, diríase que aquella verja es un escaparate, que en el fondo ha extendido el platero una tira de *peluche* verde, y que sobre él brillan y resaltan mucho más que limpiados con gamuza, la colegiata, el palacio, todo lo que en La Granja se ve y se admira; porque la cinta de *peluche,* la hilera lejana e irregular de cerros, cubiertos de extensísimos pinares, da la vuelta al Real Sitio en forma de herradura y lo encierra como un estuche. Para serlo, no le falta ni el almohadillado que forma la seda para servir de lecho a las joyas; la quebrada línea de los montes, el cruzado de las vertientes, el pétreo oleaje de los cerros que, cubiertos de pinos en toda su extensión, toman aspecto blando y esponjoso, contribuyen a la ilusión visual y convierten en inmenso edredón el fondo sobre que se asienta, destaca y surge el Real Sitio de San Ildefonso.

En una explanada de junto al palacio, frente al más lindo de los *parterres,* que termina en la fuente de Diana, y al lado de una garita de centinela socavada en el tronco de un árbol secular, hay algunos bancos de jardín con asiento y respaldo formados por listones de madera pintados de verde. Aquello es nada menos que el *Corro grande,* donde la nata y flor de la colonia de Madrid se sienta antes de almorzar a la sombra de copudos árboles y dejando un sitio de preferencia a la infanta, que llega a última hora después de pasear por los jardines.

Allí se organizan las jiras campestres en coche, a pie en los *blases* famosos, a los pintorescos alrededores, a la *Boca del Asno,* a las *Buitreras,* a Segovia, a lo más intrincado de los pinares de Valsaín o a la casi inexpugnable altura que llaman *El último pino,* desde la cual se admira un espectáculo panorámico de primer orden.

Antes de la llegada de la infanta no hay *Corro grande,* por faltar el egregio núcleo a cuyo torno se forma; cuando la infanta se va, el corro se deshace *ipso facto,* y con el corro la vida veraniega: ya no hay quien subvencione el teatro, ni quien organice fiestas infantiles en obsequio a los niños pobres de La Granja, ni quien mande correr las fuentes fuera de los días marcados por antiquísimo ritual.

De once a una de la tarde, en pleno auge la aristocrática tertulia, se ven vagar por los alrededores parejas y veraneantes sueltos. Son las *almas en pena,* gente que por temperamento o falta de relaciones no se acerca por el *Corro grande* ni por los chicos. Pasean de aquí para allá, en las sendas de los *parterres* o en las calles de árboles, en la plaza de la Colegiata o en la explanada de Palacio, mirando a hurtadillas las estatuas por entre las verjas doradas del piso bajo.

De cuando en cuando miran al *Corro;* no quieren o no pueden sentarse allí; son herejes recalcitrantes o, por el contrario, catecúmenos que aspiran a entrar en la Iglesia.

* * *

No es grano de anís la obra emprendida y terminada con feliz éxito por nuestro primer Borbón en aquellos intrincados pinares cercanos al pueblecito de Valsaín y en aquellos durísimos cerros y laderas que rodeaban la ermita de San Ildefonso, cedida por los Reyes Católicos a los frailes del Parral.

Educado Felipe V en la corte fastuosa de Luis XIV, ¿había de tomar aquí como sitio de recreo y deleite la austera maravilla de los Austrias, el Monasterio de San Lorenzo del Escorial? Mejor cuadraba con sus hábitos un pequeño Versalles que reprodujese en España el Versalles cercano a París, con sus jardines cortados a punta de tijera, sus árboles frondosos, rumorosas fuentes y flamantes estatuas.

Y éstos son los jardines de La Granja; titánica empresa sólo para emprendida por el nieto mimado de un rey absoluto como Luis XIV; tardó muchos años, gastó muchos millones, mas al término de los unos y de los otros quedó el pinar convertido en jardín, el monte en llanura, el secano en terreno tan feraz y pletórico de agua, que los torrentes saltan al cielo desde los tazones con tal velocidad y a tal altura, que no parece sino que quieren apagar el fuego del sol.

Es fama que el rey fundador, al ver correr por vez primera *El baño de Diana,* una de las fuentes más complicadas del Real Sitio, exclamó:

"Dos minutos me has divertido; pero dos millones me cuestas."

Un criterio exageradamente modernista hallaría indudablemente defectos en la ordenación de los jardines y en la composición escultórica de las fuentes, donde el plomo de las figuras no casa muy bien con la piedra de las tazas y de los pedestales; más no hemos de medir con el rasero artístico del siglo XIX las obras de un período de decadencia tal como España lo atravesaba en aquellos tiempos. La Granja, bella siempre, es mucho más bella si se consideran los ímprobos trabajos que precedieron a su arreglo, y si en aquel escenario *rococó* de ninfas y cefirillos, dioses, fuentes, estatuas y jarrones, ponemos cabezas empolvadas a la Pompadour, espadines de corte, zapatos de hebilla y sombreros de tres candiles, en vez de los prosaicos trajes modernos, que se dan de bofetadas con todo aquel Olimpo de piedra y plomo.

Porque, en efecto, la impresión que el visitante saca de los jardines es que aquello, además de una mansión para los reyes, ha sido un retiro, un cuartel de inválidos para los dioses.

"Los dioses se van", nos dijeron hace ya tiempo.

Y, en efecto, cierto día se marcharon por el Guadarrama con viento fresco hacia los jardines de San Ildefonso, y allí están desde entonces curándose quizá de alguna hidropesía, porque todos ellos arrojan agua por alguna parte de su cuerpo.

Allí está Neptuno atravesando los mares en su carroza, tirada por caballos marinos. No es un Neptuno blanco y pacífico como el del Prado de Madrid, sino fuerte, curtido por el sol y las tempestades, llevando en su torno y a vanguardia tritones y genios de los mares que sujetan dos o tres tiros de caballos de mar. El vulgo pecador ha dado a esta fuente el nombre de *Carrera de caballos,* convirtiendo en *jockey* coronado a la respetable deidad de los mares.

En otro lado, *Diana* bañándose mientras *Acteón* toca la flauta. Náyades y ninfas rodean a la diosa; céfiros y geniecillos la contemplan, sujetando delfines y tiburones.

La fuente de la *Fama* se presenta atrevida y altísima. Sobre elevado peñón, por donde caen malheridas y derribadas la *Envidia,* el *Error,* la *Infamia* y la *Maledicencia,* se alza sobre sus cuartos traseros el alado *Pegaso,* llevando sobre sus lomos a la *Fama* con el largo clarín asestado verticalmente hacia lo alto. En momentos dados la diosa echa por el clarín tal columna de agua, que sin dificultad se ve desde Segovia. Resulta entonces una fama aguada como muchas que hubo, las hay y las habrá.

Yo quería ver la fuente de *Andrómeda, y* le indiqué mi deseo a nuestro joven *cicerone,* un chico que hablaba por los codos, a cuyo fin, sin duda, llevaba los de la chaqueta de par en par.

Anduvimos un rato, y llegamos a poco a una plazoleta.

— Esta es la *andrómina,* dijo el chico señalando a la fuente en cuestión.

— No estás tú mala *andrómina* — le dije dándole una peseta.

Y no miré si era falsa, porque, después de todo, los datos de nuestro guía tampoco habían resultado muy ciertos, que digamos.

Contemplé un rato a la bella *Andrómeda* encadenada, al valiente *Persea* dando muerte al dragón encantador, llevando en la diestra la espada de diamante y en la izquierda la cabeza de *Medusa;* dí la enhorabuena a *Minerva* por el buen éxito de su protegido, y nos encaminamos a ver la famosa fuente de las *Ranas.*

Caminábamos solos por los jardines *Mecachis* y yo con varios amigos.

— Como usted ve — dijo uno de éstos — hay todavía poca gente en La Granja.

— ¡Cómo poca! — le respondí — ¡si nos estamos encontrando a todo dios!

Al final de la calle Larga nos topamos con la fuente de *Latona,* llamada vulgarmente de las *Ranas.* En el centro forman artístico grupo *Latona* con sus hijos *Apolo* y *Diana,* mientras por todo el perímetro, y en toda la extensión de la gran fuente, infinidad de ranas, mascarones y espadañas rodean y parecen dirigirse amenazadores hacia el grupo principal.

No es cosa de describir una por una todas las fuentes monumentales de La Granja. El Olimpo entero petrificado vive o, mejor dicho, descansa en paz en aquellos jardines. Dioses mayores y menores, héroes y ninfas, genios y númenes habitan aquellos Campos Elíseos. La mayor parte del año descansan; en días señalados arrojan agua. ¡Oh vergüenza! Los dioses del Olimpo convertidos en mangueros de la villa.

Si ahora estuviesen de moda esta clase de estudios, ningún sitio como La Granja para estudiar la Mitología "en sus propias fuentes".

* * *

— Y ustedes — nos dijeron — ¿a qué vienen a La Granja? ¿A correrla?

— Por lo visto, al contrario a no verla correr.

En efecto; no tuvimos la suerte de ir al Real Sitio en día de carreras hidráulicas, y vimos las fuentes en seco, perdiendo así el espectáculo más característico del Real Sitio de San Ildefonso.

Fácil es imaginarlo. Todo el cuerpo de fontaneros se reúne en lo que llaman *El mar,* lago semejante al del Retiro, que reúne las vertientes de los montes Morates, Carnero y Peñalaras, y sirve de depósito para los riegos y juegos de agua de las fuentes. Los fontaneros examinan el buen estado de la gruesa y complicada cañería que pone en comunicación el lago con las fuentes, examinan éstas y pónense de centinela junto a las "llaves del agua", que se alzan del suelo como grandes barrones. Distribuido el personal y llegada la hora, toda la colonia veraniega echa tras el "rey de las aguas", o sea el fontanero mayor, vestido a todo trapo con su traje palaciego casaca, espadín y sombrero apuntado, llevando en la diestra un pañuelo blanco, insignia e instrumento principal de sus funciones.

Pausadamente va recorriendo el *rey* las fuentes una por una, seguido siempre por buen golpe de veraneantes. En cada plazoleta se para, agita solemnemente el pañuelo, y en aquel instante los fontaneros dan vuelta a las llaves y brotan de la fuente inmensos, innumerables y mágicos chorros, cuya variedad de combinaciones encanta al forastero, remojándole alguna que otra vez. Así corren sucesivamente las veintiséis fuentes que forman la carrera, si diferentes todas en su parte escultórica, variadas también en los juegos de agua, esplendentes y originalísimos. Así corre la fuente de la *Fama,* la de *Neptuno,* la de las *Ranas,* la de las *Tres Gracias,* los *Baños de Diana* y, sobre todo, la gran *Cascada nueva,* que se extiende frente a Palacio, bajando por magnífica gradería de mármol como una alfombra de agua.

* * *

Recorrimos el Palacio de prisa un momento antes de marchar; vimos en la escalera y en los frescos del techo los retratos de los fundadores: Felipe V e Isabel de Farnesio. La decoración interior es arcaica también, en armonía con los jardines: sillerías del Imperio; mesas Luis XV; sillones Luis XVI; recuerdos de la famosa fábrica de cristales de La Granja; remembranzas por todas partes de la historia española contemporánea; la cámara donde la infanta Carlota puso la mano encima a Calomarde, la otra en que el sargento García *llevó a la firma* la Constitución; el baño, más que regio, de Isabel II;

bastones de campo de Alfonso XII; el teléfono que le ponía en comunicación con Madrid, y su caprichosa mesa-despacho; las modestas habitaciones de la Regente; las de la infanta Isabel, donde a primera vista se ve que allí se hace la vida del arte, y abajo la hermosa galería de estatuas clásicas, mermada en mucho por los envíos hechos al Museo del Prado de Madrid.

Sin tiempo para más, ni para ver los pinares de Valsaín, ni Riofrío, ni el taller de aserrío mecánico, ni los pintorescos alrededores de San Ildefonso, nos dispusimos a abandonar La Granja y a enfilar otra vez la carretera de Segovia, de tan mezquino arbolado en sus márgenes, que bien podemos afirmar de ella que apenas si le apunta el bozo.

Recordamos a los dioses de los jardines, abonamos la cuenta de la fonda y, como es natural, salimos de allí sintiéndonos paganos por partida doble.

IV

BILBAO

Podéis entrar en la invicta villa por la estación de Achuri, y veréis la ciudad vieja, tranquila, sin resplandores de horno ni quejidos metálicos de hierro vapuleado; podéis entrar por la estación de la línea general del Norte, y admiraréis, antes que nada, las soberbias construcciones de la Bilbao moderna, extendida a la orilla izquierda del Nervión; podéis llegar por la línea de Portugalete, y habréis visto en el camino un vivo muestrario de cuanto es, vale, trabaja y representa actualmente en la vida de la nación la vigorosa capital de Vizcaya.

Y, sin embargo, entrar en Bilbao por ferrocarril no es entrar en Bilbao, digan lo que quieran las *Guías* del viajero. Bilbao tiene su entrada regia, colosal, típica e insustituible por la ría, esa arteria que nutre a la villa de sangre, merced a los golpes gigantescos de *sístole* y *diástole* del Cantábrico; infinidad de puentes la cruzan y parecen sujetarla como abrazaderas; en su desembocadura, el *Puente Vizcaya*, arco triunfal que tiene más de triunfal que de arco, y el gracioso semicírculo del abra con cuatro pueblos que corren a bañarse por parejas: Las Arenas y Algorta, a un lado; Portugalete y Santurce, al lado opuesto.

* * *

Firmes en tales ideas decidimos desde Santander hacer por mar el viaje a Bilbao, aunque no pequeños atractivos nos llamaban por otros lados. Bajando en ferrocarril hasta Venta de Baños, el viaje era larguísimo, pero, en cambio, disfrutaríamos otra vez la vista de la Montaña, Reinosa, el valle de las Hoces, todos esos aperitivos del turista que marcha a Santander. El viaje en coche costeando el mar era también pesado, pero riquísimo en vistas panorámicas; más ni el coche ni el ferrocarril nos llevaban a la boca de la ría, que era por donde queríamos entrar en Bilbao.

— ¡Al muelle, pues! — dijimos, tomando pasaje en el *Rodas*.

E inmediatamente nos asaltó un temor casi rayano en el miedo insuperable.

¿Y el mareo? No habíamos contado con la huéspeda; el Cantábrico es atroz, la barra de Santander es horrible, la de Bilbao tampoco le va en zaga... Íbamos a cambiar, no ya la peseta, ¡hasta el céntimo!

— ¿Y usted no se ha embarcado nunca? — me preguntaban.

— No, señor; en el mar nunca.

—Pues, entonces, mareo seguro. Y eso que hoy está el mar como un espejo.

— Sí; como un espejo... con mucho azogue.

— ¿De veras — me decía otro — es la primera vez que se embarca usted?

— Sí, señor.

— No pasará usted la barra derecho.

— ¡Cómo ha de ser!

Fueron enterándose los tripulantes, y caritativamente me enseñaron los cubos de baldeo; el capitán me dió ánimos, como si acabase de entrar en capilla, y yo empecé a preocuparme. Gritaban los chicos: *"¡La Voz Montañesa!"* Compré un ejemplar; lo abrí, como siempre, por la "Pacotilla", y ¡aquello era ya la recomendación del alma! Estraño se despedía de nosotros; anunciaba nuestro embarco... y mi próximo e inevitable mareo.

¡Cómo! ¿También don José me ayudaba a bien marear?

Era ya cuestión de amor propio no dar el gustazo a los amigos. Pacté alianza con mi neumo-gástrico, me senté en el puente, mirando siempre a proa, y ¡allá va la nave!; pero aquí se queda fijo y quieto el estómago.

Y nada, ¡que no me mareé!

— ¡Caramba! — me dijo un bilbaíno — ¿y cómo ha hecho usted para pasar tranquilo la barra de Bilbao?

— ¡Ay, amigo mío! ¿Y qué es la barra de Bilbao comparada con la *tabarra* de Santander?

Aquel viaje de cuatro horas por mar es delicioso.

Dejamos a Santander desperezándose a lo largo de la hermosísima bahía; perdimos de vista la larga hilera de casas, acribilladas de balcones y *ventanucos;* el pilotaje de los muelles, que parecen sujetar con los dientes el mar, y las machinas avanzando sobre el Cantábrico. Perdimos de vista las playas y las rocas del Sardinero, la casa de Galdós, la barra famosa, que yo llegué a imaginarme como verdadera barra fija en cuyo torno tenían que dar los buques vueltas y más vueltas, saltos y más saltos mortales. Entramos en alta mar, y bien pronto no distinguimos más que, allá, a la derecha, la línea azulada y tortuosa de la costa, en donde el mar agitaba sus espumas como colcha que agita sus flecos. Doblamos una punta de tierra que entraba en el Océano, solitaria y pelada como una cuña: era el cabo de Quejo. Desde allí el camino se anima; líneas blancas sobre puntos negros delatan allá, a lo lejos, la presencia de pataches pescadores que vuelven a Laredo, a Santoña o a Castro. Sucesivamente pasamos a la vista de los tres pueblos, sin distinguirlos bien entre las rocas; Santoña primero, con sus presidios y su fuerza militar; Laredo después; luego Castro Urdiales, el puerto militar de la segunda guerra civil.

Y en seguida el abra, el regio vestíbulo de Bilbao. El *Puente Vizcaya,* plantado en la embocadura de la ría, con sus jambas altísimas de hierro y su dintel larguísimo colocado sencillamente sobre entrambos apoyos como un asador sobre las horquillas, parece materialmente la embocadura de un teatro. De lejos distinguimos una boya pintada de rojo, tan bien colocada, que parece la concha del apuntador. A uno y a otro lado del puente las localidades de proscenio: Las Arenas y Algorta, a la izquierda del espectador; Portugalete y Santurce, a la derecha. En el fondo, la prodigiosa escena en su momento álgido, en el momento de la apoteosis. Cien chimeneas despiden humo en primer término, a manera de pebeteros orientales, y aquella atmósfera opaca contribuye a la magnitud del efecto. Buques de gran calado pasan, cruzan, entran y salen bajo el puente novísimo; allá en los montes de Somorrostro advertís los profundos huecos abiertos en sus entrañas por la industria minera; más acá, junto a la ría, gruesos terrones de color encendido llenando plataformas y vagonetas es el hierro nativo; más allá, lagrimones metálicos es el lingote destinado a la exportación; por puentes y túneles se ven cruzar a larga distancia trenes que parecen de juguete, y otros trenes misteriosos, medio ferrocarriles, medio telégrafos, conducen los baldes de mineral desde el monte al muelle y vuelven luego al monte de vacío, sin que se adivine por qué arte mágico bajan disparados los envases y suben después negros y ligeros como una bandada de buitres. Mucho ruido de interminable tráfico, mucho calor de nunca apagados hornos, y en las nubes como en el mar, en la tierra como en los hombres, dos únicas notas de color: la nota roja del hierro nativo y la nota negra del hierro fabricado.

Entramos en la ría a media máquina, casi bordeando el muelle de Churruca, colosal espolazo dado al Cantábrico y construcción galante que acompaña al Nervión en su salida hasta dejarlo muy metido en el mar. No es ocasión ésta de pregonar las ventajas que para la vida comercial y marítima de Bilbao han proporcionado el muelle de Churruca, los de Portugalete y Las Arenas, y demás trabajos llevados a la práctica por la Junta de Obras del puerto. La entrada de la ría, antes peligrosa, alborotada y de poco calado, da hoy cómodo paso a los buques de mayor porte; el *Canal de los Churros,* antes inabordable, no ofrece ya a los barcos dificultad alguna; Bilbao comprende todo el valor inmenso de su ría, y con admirable sentido práctico dedica a ella su constante atención. ¿Hay que domar al Cantábrico en el abra? Pues se le doma sin omitir dinero ni trabajo. ¿Los modernos buques exigen cada vez mayor calado? Pues se araña con dragados colosales el fondo de la ría hasta conseguir que las naves mayores y más abarrotadas entren por allí lo mismo que Pedro por su casa.

Cruzamos el *Puente Vizcaya* y empezamos a admirar aquella parada procesión de buques que a uno y a otro lado de la ría llegan hasta los mismos muelles de la aduana de Bilbao; buques mercantes de todas las naciones, ingleses, franceses, americanos, enseñando aquel vientre rojo que ha de hundirse despues al peso del mineral de hierro. Da gusto verles tan panzudos, unos tras otro amarrados a las boyas, que se inclinan hacia donde viene el tirón, puesta a popa la bandera de la nación correspondiente, pintada en la gran chimenea del centro la bandera comercial de la casa naviera, colgados como arrancados los botes a una y otra banda, surgiendo en medio las dos chimeneas de los ventiladores, que parecen dos trombones de murga.

Pululan en la ría, esquivando boyas y sorteando buques, elegantes lanchas de paseo con su toldilla y su casco pulimentado, lanchas de vapor para el servicio del puerto, gánguiles con su hueco de artesa, remolcadores, dragas, infinidad de embarcaciones menores.

No es más pequeña la animación en las orillas. Cada fábrica tiene sus muelles, sus grandes canalones por donde baja rodando el mineral hasta la sen fina del barco; sus grúas, potentísimas, que extienden hacia el agua su inclinado brazo y dejan caer el garfio y la cadena, semejando de lejos inmensas cañas de pescar.

Sin verlo de cerca se adivina, por todo aquel material acumulado junto a los muelles, todo el movimiento de la industria extractiva en Orconera, en Somorrostro, en Galdames, en la mina *César,* y todo el vigor de la industria metalúrgica en los *Altos Hornos,* en *La Vizcaya y* demás fábricas desparramadas por Sestao, Luchana, El Desierto, Olaveaga, todos los pueblecillos ribereños del Nervión a su orilla izquierda.

Poco a poco nos acercábamos a Bilbao; difumábanse atrás las chimeneas y surgían delante los campanarios, las torres, los tejados y chapiteles, señales todas de la vida civil y urbana. Distinguimos a la izquierda el *Olimpo* sobre una altura que no sé si sería el Helicón; allí se celebran bailes y festejos populares los días festivos, y desde allí, sobre todo, debe tener la ría una vista hermosa sobre toda ponderación; vimos luego, también a la izquierda, la Universidad de Deusto, con su fachada de estilo clásico; diéronme ganas de saltar a tierra para visitar el primer centro docente de los jesuítas españoles y saludar de paso al valiente autor de *Pequeñeces;* más no me era dado detener la marcha del *Rodas,* que iba a dejarnos en el propio corazón de la invicta villa. Atravesamos un puente giratorio y vimos frente a él una soberbia edificación el Palacio del Ayuntamiento. Dos matronas (la Justicia y la Paz, acaso) se yerguen al final de una escalinata regia; sobre esta gran plataforma se eleva el Palacio Municipal, construido según los cánones del Renacimiento, con sus guirnaldas talladas, sus frisos historiados, su serie de medallones, donde campean los bustos de bilbaínos ilustres. Sobre la construcción se eleva una torrecilla negra, no sé si de hierro o de pizarra; en cualquier otro sitio desentonaría ese aditamento oscuro puesto sobre la mole blanca; en Bilbao, no, porque allí "no estorba lo negro", es el matiz propio de la ciudad; la torre contribuye a dar al palacio sello especial bilbaíno, prestándole esa nota férrea, oscura, vigorosa y vibrante que domina en la ría como en los cerros, en las calles como en las fábricas, y hasta en el propio acento vizcaíno.

Llegábamos al término de nuestro viaje; pululaban los carabineros en el muelle; cerrábanos el paso, allá en el fondo, el magnífico puente de Isabel II; distinguíamos a la derecha las vías y construcciones del Ensanche y a la izquierda los jardines del Arenal; allá enfrente, como si estuviera anclado en la ría, veíamos la arrogante y artística fachada del Teatro Nuevo, con sus frontones, columnatas y figuras, como una de aquellas historiadas proas de los viejos navíos, que elevaban sus farolas y sus mascarones hasta ocultar el palo mayor.

* * *

Recorrimos la ciudad con el paraguas abierto; el maldito *sirimiri* calaba los huesos con sus gotas pulverizadas e invisibles. El cielo tristón y la atmósfera opaca por la lluvia contribuían a dar aire inglés a la invicta Bilbao; la ría nos pareció desde la ciudad un Támesis chico; aquellos carros de transporte con sus pequeños rodajes y sus caballetes de tiro, no tienen nada de nacionales; en el puerto, en el café, en la fonda, oímos hablar inglés, como en San Sebastián oíamos francés por todas partes. Una atmósfera ferruginosa parece envolver y como aculotar edificios y árboles, el pavimento y los rostros. Desde el Arenal oís el silbido de las locomotoras que corren a Portugalete, veis hierro en los barcos, en los puentes, en los pesados camiones que llegan o se alejan del muelle, y hasta en el adoquinado, férreo también, porque está elaborado con escorias.

Vizcaya es el país del hierro. El hierro de la guerra por poco la aniquila durante las dos luchas civiles, pero el hierro de la paz la ha levantado y fortalecido de tal suerte que no parece sino milagro del cielo lo que es sólo fruto de la constancia, del trabajo y del genio comercial de los bilbaínos, no en balde nietos de aquellos cónsules ilustres que dieron con las *Ordenanzas de Bilbao* un código mercantil para todo el Océano.

Diríase que las balas de Zumalacárregui y los pepinillos de Dorregaray echaron hondo y complicado sistema de raíces en las montañas bilbaínas, en los cerrillos de Luchana, como en las alturas de Somorrostro; el hierro nativo, que sale rojo de las minas, parece todavía envuelto en la sangre vertida allí con tanta abundancia; más después de la elevada cocción del horno alto, el hierro ensangrentado sale líquido; hecho ardiente lágrima que, al recorrer canal por canal el emparrillado abierto en la arena para recibir la húmeda *colada,* se convierte en el pesado, brillante e informe lingote de la industria.

De la guerra civil hablan todos; como que con este punto de comparación aumenta en grandiosidad y en hermosura la Bilbao moderna; pocos son los que recuerdan la entrada de Espartero después de la crudísima noche de Luchana, pero todos refieren punto por punto las angustias del Sitio del 74, los horrores del bloqueo, los trabajos de la defensa, la entrada del ejército libertador en día tan señalado como el 2 de mayo.

Trayendo a la memoria estos recuerdos y haciendo estas comparaciones, es como se distingue la verdadera fisonomía artística de Bilbao, que la tiene a pesar de su carácter modernista e industrial. Bilbao es artístico como lo son *Las Fraguas de Vulcano,* de Velázquez; sino que el Vulcano bilbaíno no forja como antaño las armas de Marte, que tantas veces se volvieron contra él, sino las armas de la paz: el fleje y la vigueta, la plancha y el roblón, el alambre para el telégrafo y la línea férrea para la locomotora.

Callejeamos un rato sin abandonar el paraguas. Entramos en el mercado, limpísimo, ordenado, con separación de clases y hasta de sexos en los artículos de comer, y agua corriente en todos los puestos de pescado; vimos las mujeres del pueblo con sus orzas a la cabeza como teteras monumentales, o con la *otana* debajo del brazo.

— ¿Qué es eso? — pregunté mirando la *otana*.

— Pan — me contestaron sencillamente.

Y yo me callé, pensando que en Bilbao no venden el pan más que al por mayor.

En efecto; con una *otana* de las regulares tiene una familia numerosa para resistir el hambre de un segundo sitio.

También estuvimos allí, en *El Sitio,* un casino muy lujoso, muy confortable y con un salón de fiestas que es una maravilla.

Reparamos las fuerzas probando el *chacolí,* y a poco vinieron a buscarnos para seguir la caminata.

— ¿Vienen ustedes?

— ¡Ay, hijos, estamos muy cansados!

— ¿Tanto?

— ¡Ya lo ve usted! Preferimos quedarnos en *El Sitio*.

No convenía, sin embargo, entretenerse. Vimos la Plaza Nueva, sus porches, la Diputación, y en medio de la plaza la estatua de don Diego López *de* Haro, décimoquinto Señor de Vizcaya y fundador de Bilbao en el año de 1300. Es una hermosa obra de Benlliure; el Señor vizcaíno y alférez de los reyes de Castilla va armado de todas armas; el ojival pavés a la espalda, el casco sobre la sangría del brazo izquierdo, largos acicates en los talones, sobrevesta de malla, y en la mano derecha el real pergamino, que alarga en la actitud de quien va a descabellar a pulso.

Vimos también un pedestal en medio de unos jardines, al otro lado de la ría. Dios mediante, sobre aquel pedestal se levantará la estatua de *Antón el de los cantares,* del popularísimo Antonio de Trueba.

Y fuimos a mirar algo típico de Bilbao *el Escudo*. No es fantasía heráldica el dibujo que ostenta el escudo de la capital vizcaína, esa iglesia y ese puente que vimos repetidos en mil medallas oblongadas sobre mil pechos militares al terminarse la segunda guerra civil.

El puente y la iglesia son la iglesia y el puente de San Antón, que existen todavía, aunque a manera de la navaja del cuento con el mango y la hoja renovados. El puente no es el mismo que el antiquísimo escudo representa, y la iglesia está restaurada, y, lo que es peor, amenazada de inmediata demolición.

Llegamos rendidos a la fonda.

— Y a todo esto — dijimos — no hemos visto lo principal, el objeto casi único de nuestro viaje.

— *¿Cuálo?*

— La playa. Las Arenas.

— Es verdad; pero nosotros no tenemos la culpa; mire usted que agua cae; las cosas se ven antes o después...

— Según como caen las pesas.

— Eso; o según como caen las gotas de *sirimiri*.

* * *

¡Gran Dios, y cómo iba aquella mañana el ferrocarril de Portugalete!

Fue obra de romanos acomodarnos en el tren, que, como colchón reventado, dejaba escapar vedijas por todas sus aberturas. Asomaban por plataformas y ventanillas cabezas y brazos de viajeros, blusas, y sobre todo boinas, muchas boinas negras, azules y rojas como racimos de uvas, de ciruelas y de cerezas.

Los vagones son lindísimos, el camino precioso, verdadero complemento de nuestro paseo por la ría, a la cual veíamos ahora de cuando en cuando a pedazos, a todo correr del tren, como se ve el escenario de un teatro entre caja y caja de bastidores.

En efecto, al subir a Bilbao por la ría habíamos recorrido el fastuoso escenario desde el proscenio del abra hasta el foro de la ciudad; ahora tornábamos hacia las candilejas, pero por la parte de adentro, curioseando por detrás los bastidores, con todas sus clavijas, tornapuntas y tentemozos.

En la na' se ven los productos del trabajo acumulados en los muelles y en los atracaderos; desde el tren se ve el trabajo mismo, la industria extractiva, la de transportes y la metalúrgica en todo el auge de su laboriosidad. Veíamos pasar sobre nuestras cabezas las cadenas sinfín de los ferrocarriles aéreos conduciendo fantástica procesión de cubos; pasábamos paralelos o cruzábamos perpendiculares a los ferrocarriles mineros que arrastran por planos inclinados las vagonetas cargadas de mineral; adivinábamos la labor ciclópea de *La Vizcaya* y de los *Altos Hornos* por el negro humear de las chimeneas, por el ruido constante del martinete y de las perforadoras, por el ir y venir de los obreros, cuyo perfil era una línea roja al pasar ante las bocas de aquellos hornos de altísima presión.

En Olaveaga, en Sestao, en Zorroza, en Luchana, encontrábamos los andenes llenos de gente que se abalanzaba al tren y se metía en los vagones como podía. A la media hora de nuestra salida de Bilbao desembarcábamos en Portugalete; cada ventanilla desalojó un torrente humano; todos corrimos en dirección al muelle, si bien los más se quedaron en el pueblo, que estaba de fiesta, según las señales.

Volteaban sin cesar las campanas de la elevada iglesia y abundaban en la plaza los puestos de feria, el bailoteo y el *rnnrún* del gentío. Seguimos muelle adelante hasta el *Puente Vizcaya, y* nos colamos de rondón en la jaula que había de cruzar la ría llevándonos dentro. El puente famoso, que de lejos parece una H, es de cerca una complicadísima tela de araña, cuyo entramado de fibras metálicas, cables y tirantes sostienen el vagón-lanzadera, y éste, a su vez, viene a ser la pobre mosca a quien la colosal araña de hierro hace ir y venir, en movimiento constante, de Portugalete a Las Arenas y de Las Arenas a Portugalete.

Nos enjaularon, como digo, y empezamos a pasar la ría.

La gente del muelle parecía gritarnos:

"¡Cantad en vuestra jaula, criaturas!"

Yo pregunté al conductor:

— Y diga usted, ¿aquí los viajeros no echan de menos nada?

— Sí, señor; algún sombrero que otro, porque ya ve usted que corre viento a la entrada de la ría.

— Es verdad; pero no me refería a eso. Entre estos alambres falta alguna cosa.

— ¿Qué?

— Dos hojas de escarola y una jícara con cañamones.

Bajamos a Las Arenas, y desde allí contemplamos cuatro playas, mejor dicho, tres, porque la de Algorta se esconde recatadamente tras unas peñas.

La de Santurce allá a la extrema izquierda, como punta de coros o centinela avanzado de los bañistas que quieren curiosear y saber la gente que viene a Bilbao por el Cantábrico. Más acá la de Portugalete, abierta, animada, casi recta. El pueblo se asoma detrás, elevándose un poco y corriéndose hacia la estación del ferrocarril. La parte nueva, fondas, hoteles y edificios, se extiende en larga y elegante hilera paralela a la ría, y teniendo por vestíbulo o general terraza el muelle de Churruca, donde se patina, siguiendo la moda de Madrid.

La playa de Las Arenas, por último, en sitio preferente en medio del abra, mirando cara a cara al Cantábrico, que en ningún sitio como aquí se muestra solapado e hipócrita. Llega a la playa en olas suaves y pacíficas, más al romper en tierra la arañan como la trilladora más profunda, y con inmensa fuerza de resaca se llevan arenas y más arenas al mar, y así tornan grises y sucias las olas que llegaron coronadas de espuma y mostrando en el cóncavo pecho todas las tonalidades del verde.

Hay en la playa de Las Arenas una nota muy característica las casetas. No son los inmensos barracones de San Sebastián, sino verdaderas garitas de centinela; casetas celulares, y no casetas para toda la familia. Las hay en gran número y están agrupadas por colores: aquí un pelotón de azules, como una avanzada de caballería; allá una patrulla de verdes, como una guerrilla de cazadores; otras listadas, en traje de maniobra; otras blancas, parecen soldados de la escolta real envueltos en sus capotones de invierno.

Y en medio de este ejército de madera, el ejército de bañistas entrando y saliendo del agua con el auxilio del robusto bañero, casi inevitable por la traidora fuerza de estas olas, que barren para adentro.

En el fondo los hoteles del establecimiento, muchas fondas, restaurantes, el casino animado siempre. ¿Y cómo no, si los trenes de Las Arenas y de Portugalete tienen en constante comunicación a estas playas con la rica y cercana metrópoli vizcaína?

* * *

Deseábamos que fuese típica, férrea, eminentemente bilbaína la última impresión que nos llevásemos de la invicta villa, y aprovechando la cariñosa invitación de mi querido paisano Carlos Mendizábal, director de los *Altos Hornos*, tomamos una tarde el ferrocarril de Portugalete hasta el Desierto y visitamos la gran fábrica, donde el acero es leve como una pluma y el hierro blando como la cera.

Antes de entrar nos dió en los ojos el resplandor infernal de inmensas hornillas, y en los oídos la imponente balumba de choques y quejidos metálicos. Miré al dintel, creyendo distinguir el desconsolador letrero que viera el Dante al bajar a los abismos infernales, y desde aquel momento el símil se fue ensanchando en mi imaginación. Yo no vi el cancerbero, más al acercarnos al muelle donde los buques dejan el mineral y se llevan los productos elaborados, pensé en la laguna Estigia y creí vislumbrar al viejo Caronte, que había dejado su barca para empujar una vagoneta cargada de escoria humeante.

Bajamos al depósito de los modelos, subimos adonde funcionan las máquinas de tornear y taladrar, ascendimos más todavía, pasando junto a las grúas colosales del atracadero, y seguimos subiendo hacía los hornos y hacia las calderas. Repetíanse, pues, los círculos dantescos, y la misma indiferencia con que obreros y capataces nos veían pasar contribuía a presentarlos a nuestra vista como cosa del otro mundo.

Vimos el hierro líquido salir abrasador y deslumbrante en grueso chorro que se subdivide y encauza en pequeñas acequias, donde al cabo del rato se hace sólido, convirtiéndose en plomizo lingote; vimos el grueso bloque de hierro atravesar una serie sucesiva de cilindros, que lo estiran y adelgazan como puede estirarse un niño las gomas de las botas; vimos humear al rojo pálido, como humea el pan recién salido del horno, lo mismo la gruesa viga de doble T que el cimbreante fleje para embalar, igual el tramo complicadísimo para un puente de hierro articulado que los largos rieles para la vía férrea y el sencillo alambre telegráfico.

El movimiento y el trabajo son allí constantes; las cuadrillas de obreros se relevan cada ocho horas; los hornos arden siempre, hasta que por sí mismos se desgajan y derrumban, enseñando las negras y humeantes entrañas de ladrillo refractario; giran sin cesar los inmensos volantes como negros astros sujetos al suelo por la correa; bracean las manivelas con movimientos de gigante, y émbolos y pistones, calderas y manivelas toman formas y actitudes de ser humano al ser examinados en aquella atmósfera obscura y caliginosa, bajo un sol obscurecido por el humo de cien chimeneas y en un ambiente poblado de ruidos inauditos y ensordecedores...

Era preciso salir. El otro mundo nos esperaba... atado con cuerdas y camino de la estación.

Antes de transponer los umbrales de la dantesca fábrica, nos pidieron que dejásemos la firma en el libro del establecimiento.

La cosa era grave... ¡Firmar en un sitio como aquél!... No hicieron más el licenciado Torralba, el doctor Fausto y Roberto el Diablo.

Pero ¿podíamos esquivar el ruego del amabilísimo Mendizábal?

Firmamos con pulso seguro, y únicamente nos permitimos exclamar, estrechando la mano de nuestro Virgilio:

— Bueno, ahí está la firma, pero conste que no nos obligamos a nada.

En este mismo número, y como complemento artístico y de actualidad a la crónica suprainserta, reproducimos algunos de los cuadros que figuran en la Exposición de Bellas Artes de Bilbao.

Dicho certamen, al cual han acudido la flor y nata de los artistas españoles, ha sido organizado por el Círculo de Bellas Artes de Madrid, que ha obtenido un éxito más en su noble tarea de acrecentar el movimiento artístico español, ya con los *Salones* madrileños de mayo, ya con las exposiciones regionales como la que actualmente se celebra en la capital de Vizcaya.

En la distribución de recompensas hecha por el Jurado calificador, ha obtenido el premio de Su Majestad la Reina el notable artista Urrabieta Vierge, residente en París, contándose además entre los artistas laureados nuestros distinguidos amigos y colaboradores García Ramos, Cutanda, Martínez Abades, Pla y Muñoz Lucena.

Nuestro pláceme a éstos, a Bilbao y al Círculo de Bellas Artes de Madrid.

V

SANTANDER

¡Venta de Baños! ¡Cuán despejada, cuán amplia y cuán ventilada llanura! Pocos lugares más a propósito para una revista militar.

Sin duda por eso tuvimos que hacer allí la "gran parada" en aquella infaustísima noche.

Habíamos salido de Madrid como sardinas en banasto, y lo que es peor, cada uno en su banasto respectivo. Ningún coche tenía vacante más de un asiento y fue preciso divorciarnos en pleno andén.

— ¡Adiós, *Mecachis*! — dije abrazándole — ¿cuándo nos volveremos a ver?

— ¡Adiós, Royo! ¡Hasta el Valle de Josafat!

— Dios le oiga; pero verá usted cómo por ese valle no pasan los expresos.

Nuestra mutua y triste incomunicación duró hasta Venta de Baños, en donde saltamos a tierra como si nos hubieran soltado de una prisión a cada uno. Hicimos una visita a la fonda, otra a lo contrario (como dijo el otro), y al intentar de nuevo subir al coche, yo no sé si un empleado con un farol o un farol con un empleado, nos atajó diciendo:

— Ustedes, ¿adonde van?

— A Santander.

— Pues para rato hay caldo. Esperen ustedes con calma y no suban ahí, que ése es el tren gallego.

— Entonces, ¿dónde está el nuestro? La *Guía* nos da la salida de aquí dentro de dos minutos.

— La *Guía*! ¿Pero ustedes han comprado *Guía*? Pues es la peor novela que han podido elegir para el camino.

Hubimos de resignarnos a pasar dos horas mortales, dos horas de madrugada en Venta de Baños, una estación (invernal) situada a 11 kilómetros de Palencia, y el mejor reclamo para sus mantas.

— ¡Ay, *Mecachis,* qué mundo éste!

— ¡Ay, Royo, qué maleta aquélla!

Así decíamos en el colmo del aburrimiento y del cansancio, pero sin cabecear ni cerrar los ojos, firmes en nuestros puestos, como si estuviéramos cuidando un enfermo grave.

Y, en efecto, un agonizante había en la fonda al lado nuestro.

La luz del quinqué, lanzando sus últimos destellos antes de que la aurora pensase en sustituirlos.

No hay bien ni mal que cien años dure. Llegó por fin el expreso, y llegó el maldito poniéndose la venda; es decir, silbándonos, cuando el silbado debía ser él.

Entramos en el vagón, echamos a andar camino de Palencia, y con esto quedó terminada nuestra primera y muchas veces vista aventura de la Venta... de Baños.

La del alba sería cuando pasamos por Palencia, y seguimos a todo correr, ganando tiempo, con tal jaleo de ruidos, vaivenes y temblores dentro del vagón, que no parecía sino que el tren rodaba como un mingo impelido por colosal tacazo en medio de aquella tierra lisa y llana como una mesa de billar.

En Reinosa, ¡ya se sabe! parada y lavabo público. Muchos viajeros se echaron al andén como locos, metieron la cabeza en sendas jofainas y entraron de nuevo en el vagón sacudiéndose como perros de lanas.

— No hay cosa como ésta para sacudirse...

— !Hombre, pues me gusta! — decían los compañeros apartándose.

— Para sacudirse... la pereza, quiero decir.

Rodaba el tren en plena montaña, y el cristal de la ventanilla parecíanos el cristal de un poliorama encantador y variadísimo. Cruzando valles y horadando montes, describíamos curvas y más curvas, pasábamos por alturas colosales; pero aquella anchura de horizonte, proporcionada a la profundidad de los valles, quitaba todo aspecto terrorífico a la atrevida línea; allá abajo las casas montañesas nos mostraban su techumbre de teja menuda y encarnada; parecían granadas recién abiertas; caminos grises faldeaban las montañas, trazando mareantes curvas como esas cintas de serpentina que arrojaban en Madrid estos Carnavales.

De pronto se obscurecía el aparato óptico, pasábamos un túnel y cambiaba de *vista* el poliorama. Puentes antiquísimos, esos puentes de ojo apuntado y cumbre a dos vertientes, parecían doblarse sobre arroyos clarísimos; marchaban las carretas sobre ruedas macizas y al paso tardo de los bueyes; la montaña seguía mostrando tonos y más tonos verdosos, según las especies arbóreas que en sus faldas y cumbres crecían; cada revuelta del tren, cada paso de túnel nos traía un paisaje montañés siempre y siempre nuevo; que en aquella hermosísima tierra, lo mismo la montaña que el mar, constantemente son los mismos y constantemente tienen nuevas cosas que ver.

De Barcena para allá, el mismo ferrocarril se detiene a cada momento para mirar un rato. Diríase que, hasta Santander, está urbanizado todo el camino; cada dos o tres kilómetros, una estación con movimiento constante de mercancías y viajeros, se adivina la vida comercial de Santander tres horas antes de llegar a la capital de la Montaña. Así pasáis junto a los amplios edificios de las Caldas de Besaya, por Torrelavega, por Renedo, y caéis en la cuenta de que en aquel lindísimo camino, por ser todo variado, hasta lo son las estaciones, diferentes todas y no ajustadas a un patrón, como en todas las líneas sucede.

Llegamos a Boo, al fondo de la bahía; la brisa del mar nos da en las narices un perfume sano, fresco y salobre; todavía andamos unos kilómetros sin ver el mar, y cuando ya el disco nos anuncia por un lado la entrada en agujas, dilátase por otro el espacio y contemplamos un trozo de la bahía, tranquila mancha de un azul iluminado que se esfuma hacia nosotros desde la vigorosa línea del horizonte.

— Como ustedes ven, esto es un coche parado — nos decía un santanderino, apoyado como nosotros en el balcón del hotel y teniendo enfrente la hermosa y dilatada bahía.

— No — le respondimos — diga usted más bien que es un carruaje corriendo a galope por medio de paisajes y marinas cada vez más encantadoras y esplendentes.

El mar, en continuo movimiento, es por sí mismo vario y mudable. Ya aparece claro, tranquilo y luminoso como luna de espejo que se limita a reflejar el azul celeste, ya aparece ensamblado y unido al cielo como si un difumino colosal hubiera esfumado la línea del horizonte; ya el Nordeste riza la bahía en pliegues largos y paralelos como los de una sobrepelliz recién planchada, ya el viento Sur revuelve, alborota y ennegrece las aguas, cerrando la entrada del puerto con muralla amenazadora y haciendo chocar unas con otras en horrísono castañeteo las barcazas de la sardina aprisionadas en la dársena grande.

Esto en lo que toca tan sólo a la líquida planicie de la bahía. Poned ahora sobre ella los grandes trasatlánticos, verdaderas islas artificiales; los vapores que hacen a diario la travesía entre Bilbao y Santander; los vaporcitos que cruzan cada dos horas la bahía y os llevan al Astillero, a Pedreña y al Puntal; las balandras, los quechemarines, los bergantines, las fragatas, todo aquel cúmulo de barcos de vela llamados a desaparecer por el progreso (como dicen que lo está la poesía), sin duda porque ellos son también la poesía de los mares. Débiles, anticuados, cimbreándose a cada sacudida del mar o al menor golpe de los vientos, son mil veces más poéticos y sugestivos que los modernos vapores, semejantes a inmensas cocinas económicas, sin más gracia ni más movimientos que el de avance, obscureciendo el aire con el humo de sus chimeneas, lanzando el antipático graznido de las sirenas de vapor, agujereando horriblemente las ondas con el potente berbiquí de la hélice.

— Han tenido ustedes mala suerte — nos decían.

— ¿Por qué razón?

— Ahora no hay anclado ningún trasatlántico.

— ¡Valiente cuidado nos dan los trasatlánticos mientras podamos ver todas las mañanas y todas las tardes la llegada de las lanchas de la sardina y del bonito, ya a toda fuerza de los remos, que dan a la lancha el aspecto de un patudo crustáceo, ya a velas desplegadas, mostrando a nuestros ojos las mil graciosas curvas, los diez mil escorzos que presenta, bien mirada, una vela latina!

Y nos declaramos platónicos amantes de la bahía santanderina en su aspecto regional, típico, casi exclusivamente pescador. El puerto chico, el muelle de las Naos, la dársena, la plaza del Pescado, todos estos sitios nos llamaban mientras huíamos de Maliaño, con sus nuevos muelles y flamantes machinas, sus vías férreas, sus almacenes y... sus tristísimos recuerdos del *Machichaco*.

Acaso en esta mi repentina afición influyesen no poco las páginas de *Sotileza*, que por especial arte nemotécnico resucitaron en mi memoria a la vista de aquellos tipos y lugares literariamente eternizados por Pereda; quizá la vida pescadora (absolutamente nueva para mí) me impresionaba con revelaciones tan significativas como la de que en esta época de huelgas y redenciones todavía hay gente humilde que no piensa en unas ni en otras, que vive en constante peligro, y que quizá por eso es sencilla y buena de corazón, con esa bondad infinita que sólo nace en pecho humano al borde de la muerte.

El hecho es que *Mecachis* y yo, sentados como chicos al borde de los muelles y agitando sobre el agua las piernas como dos *Muergos,* pasamos horas enteras codeándonos con los *lobos de mar* y aspirando el aroma de la sardina fresca. Venían las barcas escalonadas, vestidos los pescadores con sus ropas de agua pintadas de ocre, y el timonel guiando la embarcación con un remo atado a popa. En el muelle aguardaban las vendedoras, los acaparadores, los encargados de la salazón y exportación. Se hacía el trato en pocas palabras, y empezaba el desembarco de la redada. Contábanse las sardinas una por una; volaban las vendedoras descalzas de pie y llevando en la cabeza el capacho grandísimo y redondo; arreglaban otras el pescado en cajas, mezclándolo con sal, y los pescadores subían hacia el barrio alto, con sus trajes y redes a cuestas, después de dejar al menor de los tripulantes el cuidado de baldear y limpiar la modesta embarcación.

Por la tarde llega el bonito, nombre que es un sarcasmo aplicado a aquel pez abotagado y pesadote, negro como el betún, con aletas que parecen hoces de segar y cola ensanchada y curvilínea también como una media luna. Consumada la venta, desaparecen los pescadores, pero aún quedan paseando sobre los tablones del muelle los viejos marinos fumando sus pipas y hablando de que Fulano marcha *avante* y Mengano necesita *carena*.

Son las creaciones del autor ilustre de la novela montañesa. Acaban de escaparse por entre las páginas de *Sotileza* o de *El fin de una raza,* y vienen al muelle a tomar la brisa. Descubrámonos ante ellos. Aparte de su abolengo literario, ellos son los nietos de aquellos balleneros montañeses que trataron de igual a igual con el rey de Inglaterra, de aquellos mareantes que dieron nombre ilustre a las *cuatro villas de la costa,* de los santanderinos que acogieron piadosos los restos de aquella desdichada Armada Invencible, de los auxiliares de San Fernando que en la conquista de Sevilla dieron al traste con el puente moro de Triana.

* * *

Estaba de Dios que en Santander no habíamos de abandonar un momento la vida contemplativa.

El deber nos arrancó de aquella bahía espléndida, más al llevarnos a las playas del Sardinero, otra vez la admiración nos dejó inmóviles y mudos, tumbándonos de espaldas. No es figura retórica; echados boca arriba sobre la arena, entornados los ojos y puestas bajo la cabeza las cruzadas manos, contemplamos largo, larguísimo rato el mar del Sardinero, sublime en su furia como es sublime en su serena tranquilidad el mar de la bahía. Tendida así nuestra mirada sobre el propio nivel del mar, veíamos el oleaje en toda su hermosura, la luz del sol tras la onda que poco a poco viene hacia nosotros hinchándose, la espuma con que se corona luego, como si invisibles manos arrojaran puñados de blanca sal sobre el reventado oleaje; el estallar de las olas en la punta del Piquío, en Cabo Menor, en las montañas que a la derecha nos denuncian la proximidad de Santander; blanco, vaporoso e intermitente romper de las espumas que llega a nuestros ojos como serie de fogonazos de innúmeras baterías que estuviesen bombardeando al Sardinero. Y más cerca, las rocas de la primera y la segunda playa, las del Semáforo y de San Roque, mojadas siempre por el batir constante de las aguas; y el Cantábrico, nunca tranquilo, atacando a la arena constantemente en olas tan pronto muertas como amenazadoras, rebeldes arrugas de un mantel que en vano se esfuerza en aplanchar solícita e incansable mano.

Un escritor ha llamado al Sardinero "el atrio de la bahía", y esta frase dice más que párrafos enteros. No sólo es amplio peristilo porque, situado a la entrada del puerto, ábrese despejado hasta alta mar, como quien dice hasta la puerta de la calle, sino que la diferente fisonomía del mar, ya en el Sardinero, ya en la bahía, da mayor exactitud a la frase. Primero el Sardinero; allí las olas se arremolinan, se empujan, chocan y meten ruido como concurrencia que en el atrio del templo grita, alborota, se empuja y pugna por ganar la puerta de entrada. Luego la bahía; el mar tranquilo, silencioso, correctísimo; ni se oyen golpes ni levanta una onda más que otra; es el interior del templo, por donde discurren acallados y respetuosos los fieles, verdadero templo con sus *naves,* sus *cruceros* y sus *velas;* la bulla del atrio no llega al interior; allá todo es alboroto, aquí todo tranquilidad desde que los fieles, al entrar, han tomado el agua bendita.

Dos ferrocarriles hacen continuo servicio desde el centro de la capital hasta las playas. Uno de ellos (el tranvía de vapor), os lleva por el barrio de Molnedo, sin ver el mar, hasta que os lo encontráis de golpe y porrazo al pasar junto al balneario de la primera playa. Otro (el ferrocarril al Sardinero), os conduce pegados a la costa, permitiéndonos admirar una serie de marinas que son como los apuntes del gran cuadro marítimo que habéis de mirar después en las alturas del Piquío. Marcha el ferrocarril por una calle paralela al bulevar, y veis a la derecha la bahía a trozos, verdaderos *panneaux* encuadrados por la manzana de las bocacalles; llegáis al barrio de San Martín, el simpático barrio obrero, en movimiento constante, y después a la Magdalena, tranquila playa de la entrada del puerto. El ferrocarril pasa sobre ella, deteniéndose a la misma puerta del hotel de Pérez Galdós, mansión lindísima que se alza en el lugar artísticamente más estratégico de todos aquellos contornos.

Subimos a saludar al maestro, a quien encontramos en el jardín dando de comer a los conejos. Admiramos la fachada del hotel, el despacho bellísimo (reproducidos ya por *Blanco y Negro), y* subimos a la terraza, desde donde se divisa un paisaje imponderable, mejor dicho, varios, porque cada lienzo de la torre enfila un panorama diferente.

— Esto se presta a una descripción — me dijo cariñosamente don Benito.

Más no será mi pecadora pluma la que se meta a describir paisajes como aquéllos, y al lado de un hombre como Pérez Galdós.

De allí al Sardinero hay pocos pasos. La infinidad de hoteles, que han urbanizado casi por completo tales lugares, os da idea de la importancia de las playas; porque son varias, situadas unas junto a otras, como las ondas de una greca o los senos de un festón. Primero, la Magdalena; luego, la de San Roque, una playa de juguete sobre la cual se levanta la ermita, con su gran cimborrio casi oriental. Allí empieza a bajar el terreno, y os encontráis con la primera playa del Sardinero: la elegante, la preferida, la aristocrática; porque así como en la Concha hay separación de sexos, aquí hay separación de clases. Desde las peñas de San Roque hasta la punta saliente del Piquío, es hermoso el semicírculo de la primera playa, llena de casetas, de cestos de castaño como confesonarios, de bañeros, mitad bañeros, mitad pescadores, y de la población infantil, adorno indispensable de todas las playas. Con sus herramientas de juguete, sus cubos de hojalata, sus carretillas y rastrillos, laborean la arena como locos estos nuevos y minúsculos "trabajadores del mar".

Recuerdo el apunte que hice en la cartera para que no se me fuese esta nota infantil:

> Entre picos, palas y azadones,
> dos mil mamones.

Sobre la playa, la galería del establecimiento; tras ella, la gran explanada que limita el Casino, el Gran Hotel e infinidad de fondas; y a espaldas de las construcciones, el Pinar, donde la gente pasea cuando no es hora de playa, ni hay sombra en "la acera", ni, por de contado, se celebra en el salón de fiestas del Gran Casino uno de esos conciertos musicales que jueves y domingos traen hacia el Sardinero a todo Santander.

Subamos al Piquío. La senda es corta, pero muy empinada. Podemos descansar, sin embargo, en los bancos rústicos sembrados con muy buen acuerdo allí como en casi todas las peñas y montículos que dominan el mar del Sardinero. El Piquío es la división natural de las dos playas, y desde la altura extrema de la roca podemos contemplar ambas despacio y a gusto. A la derecha, la primera playa, animada y alegre, rica en notas de color, plagada de casetas y cestas de playa, realzada por las construcciones de parte de tierra, y en la parte de mar por la isla del Semáforo, que alza sus instrumentos de señales como la arboladura de un navío; por la isla de Mouro, que divide la entrada de la bahía; por las lejanías de montaña, que anuncian a Santander, tomando por el azul de la distancia el aspecto de un oleaje inmóvil.

A la izquierda, la segunda playa, quizá más despejada y grande que la primera, y desde luego parece doble por la ausencia de lujos, construcciones y perifollos. Es la playa de los *castellanos,* de la gente de poco más o menos; forasteros que viven hacinados en el barrio de San Martín, y que han venido a Santander por los baños y sólo por los baños. Limitan esta playa Cabo Menor primero, y luego Cabo Mayor, con la gran farola que alumbra la entrada en alta mar.

Y éste es el Sardinero, playa hermosísima *partida por gala en dos* como el viviente rubí del poeta. Allí el mar, abierto, indomable, completamente entregado a sí mismo, muestra todas sus gracias y hermosuras sin traerse la mala intención con que se acerca a otras playas; el Casino, el Pinar, los grandes hoteles, ofrecen al bañista recreo y animación constante; los tranvías de vapor le traen y llevan a Santander en un periquete. Sin moverse de la arena encuentra atractivos para no cansarse: las peñas del mar, todo poesía; las *peñas* de la playa, todo conversación.

* * *

Para los que somos de tierra adentro, las ciudades marítimas ofrecen palpitantes novedades en su modo de vivir como en su misma estructura topográfica. En nuestras capitales, el movimiento, mucho o poco (poco generalmente), es rigurosamente centrífugo o centrípeto; es decir, o parte del centro hacia la periferia, o viene de toda la periferia hacia el centro. Y el centro es siempre la plaza principal, con sus pórticos invariables, sus edificios públicos, su nombre "de la tierra", además del nombre dado a todas estas plazas a la caída del régimen absoluto: *Plaza de la Constitución.*

En las ciudades marítimas el movimiento de la población empieza allá donde termina el movimiento del mar. Los grandes edificios, los ensanches, las construcciones nuevas, están junto al muelle, y conforme la población huye del mar, se esfuman el modernismo, el lujo, el movimiento comercial y las mejoras urbanas. Las ciudades del litoral presentan siempre un magnífico frente de batalla; las de tierra adentro "forman el cuadro" y encierran en él a la música, a la bandera y a toda la plana mayor. Y hacíame yo estas consideraciones paseando por el bulevar de la Capitanía, la población en donde más se nota este movimiento especial de la ciudad costera. Paralelamente a los muelles, en terrenos robados al mar, dando frente a la bahía espléndida desde la plaza de Velarde hasta la dársena de Puerto Chico, se extiende el bulevar de la Capitanía, formado por las mejores y más nuevas construcciones de la simpática capital de la Montaña. Allí el Suizo, allí las dependencias del puerto, allí muchos edificios públicos, las fondas, los hoteles, los palacios, el núcleo, en fin, del Santander nuevo y pujante. Frente a él se extiende el maderamen de los muelles y avanzan sobre el mar las machinas, ensanchándose a su terminación como mangos de guitarra. Pululan allí las carretas de bueyes llevando mercancías al vapor o sacándolas de él hacia la ciudad, mientras los pescadores baldean o carenan sus lanchones; doble fila de cargadores sale y entra en los barcos como reguero de hormigas, mientras la mujer del pescador remienda las redes o las tiende a secar en el mismo muelle; la sirena del trasatlántico apaga los gritos de las vendedoras de sardinas; el Santander clásico y el Santander moderno se ven en el muelle confundidos y barajados; el mundo de los pescadores se resiste a dar plaza al mundo de los navieros.

— Y ahora, ¿adonde quieren ustedes ir? — nos dijo el amabilísimo Extraño, a quien no he de pagar tanta bondad con elogios completamente inútiles.

— Yo quisiera — le dije — ver la calle Alta, recordar a Pereda otra vez, curiosear lo que queda de aquellos cabildos de mareantes...

— Vamos allá, pero ya verá usted que es poco lo que queda y muy desparramado.

En efecto, la calle Alta es una vía como todas las demás; en algún balcón vimos redes colgadas y calzones de agua tendidos a secar; pero ni esta nota se repetía mucho, ni era exclusiva de aquel barrio. Los antiguos pescadores bajaban al mar desde la calle Alta por agria pendiente, que terminaba en las mismas ondas. Hubo pescador santanderino que murió de viejo sin conocer de Santander más que el mar, la rampa y el trozo de calle comprendido hasta la puerta de su vivienda.

Hoy el mar "cae más lejos", porque el progreso le ha robado espacio; a la calle Alta llegan con más dificultad los aromas acres de la brisa; la molesta pendiente ha desaparecido, y en su lugar desciende como regia escalinata la soberbia "rampa de *Sotileza*".

Bajamos en los muelles de Maliaño, y pudimos ver los restos de la catástrofe. Un montón informe de vigas, retorcidas y oxidadas, es cuanto queda en los muelles de todo aquel cargamento que cayó en infernal lluvia de fuego y plomo sobre el pueblo de Santander.

Llegamos a la plaza del Pescado, que así la llaman los santanderinos, pese al nombre moderno de "plaza de Velarde". El insigne artillero, héroe de la Independencia, se alza sobre su pedestal con el cañón al lado; mas ni pudo su heroico valor contrarrestar a la puerta del Parque el empuje de los batallones franceses, ni puede en Santander, por más esfuerzos que haga con el cañón, barrer el ejército de vendedoras que pregonan la sardina y el bonito en una de las plazas mejores de la antigua villa.

* * *

Salimos de Santander llevando innumerables recuerdos de una playa sin igual y de una población que reúne, a la riqueza y el empuje de una capital a la moderna, el poético aroma de lo típico y tradicional.

Esto en cuanto hace a las memorias visuales; respecto a las auditivas, aún resuena en nuestros oídos el interminable campaneo de Santander. El ferrocarril de Solares entra y sale de la ciudad a campana herida, como pudiera entrar y salir el señor obispo de la diócesis; los tranvías del Sardinero campanean también mientras atraviesan las calles de la ciudad; un heraldo también campanólogo, les precede hasta dejarlos en despoblado; los del ramo de limpiezas llevan cada cual su campana al cinto, y por si esto fuera poco, los buques anclados en el puerto y en los muelles dejan oír sus sirenas, sus pitos, sus campanas de niebla...

Y claro es que de este concierto santanderino tomé nota únicamente para que vea el lector que he oído campanas... y que sé en dónde.

VI

BIARRITZ

¿Quién desde San Sebastián no hace una visita a la playa francesa, llamada por nuestros vecinos la "perla del Océano"?

La distancia es corta, si bien la altura de los cambios ha elevado de tal modo la pendiente, que el camino para los españoles es un camino muy cuesta arriba.

Mas de algún modo hemos de pagar a los franceses las visitas que nos hacen en Guipúzcoa. ¿No vienen ellos a ver los toros? Vayamos nosotros, en cambio, a la *Gran Playa* de Biarritz, que viene a ser también un circo taurino. Allí el mar es un herradero. Persíguense las olas unas a otras como reses y lidiadores; yacen sobre el mar las rocas negras y sudorosas como cadáveres de caballos; vuelan en la costa las espumas del oleaje como vuela el capote del lidiador después de una larga; las fondas y hoteles, colocados a elevada altura sobre el mar, son los palcos y gradas; la galería del establecimiento, el palco de la presidencia; la misma arena de la playa, sin casetas, pero llena de gente, parece la arena del circo llena de *capitalistas,* y esta vez de verdaderos capitalistas, rusos e ingleses en su mayor parte.

Más no es cosa de que entremos en Francia con el capote al brazo, proporcionando un argumento más a los *écrivains* de pandereta, que hoy, como en tiempos de Teophile Gautier, siguen viendo en España únicamente *chulos et toreadores,* navajas en liga y matadores de estirpe real.

El hecho es que, con nuestro billete hasta Hendaya, tomamos en San Sebastián el expreso del Norte, que llegó polvoriento, ojeroso, desaseado, con el cansancio real y la febril excitación nerviosa de quien ha pasado la noche en vela rodando y rodando sin cesar por esos caminos de Dios. Salió del vagón una bocanada de aire impuro y viciado por el humo de los cigarrillos, cuyos *cadáveres,* consumidos y carbonizados, manchaban la alfombrilla; gruesa capa de polvo cubría el maderaje y la cristalería; periódicos retrasados en dos fechas yacían manchados de grasa o hechos pelotas de papel. El trayecto era corto, por fortuna; sacudimos con el pañuelo la carbonilla que cubría los almohadones, bajamos los cristales para que el viento disipara el acre olor al cuero y al herraje, y de codos en la ventanilla contemplamos el trazado de la línea, casi, y sin casi, paralela al mar hasta el mismo Bayona.

Mientras el tren corría de Pasajes a Lezo, de Lezo a Irún, nos soltábamos en el francés para hacer boca, mejor dicho, para hacer lengua. *S'il vous plait* por un lado, *Prenez garde,* por otro, sosteníamos nuestro diálogo sin ningún tropiezo y nos entendíamos perfectamente; prueba palpable de que lo hacíamos bastante mal.

En Irún se despedía dignamente la línea española. Magnífico edificio el de la estación; el jefe daba órdenes, pulquérrimamente vestido con corbata blanca y uniforme inmaculado; mozos robustos y bien vestidos; carabineros de porte marcial netamente español.

De Irún a Hendaya no hay más que el Bidasoa, cruzado por el puente internacional. Apenas resonaron los tramos de éste bajo las ruedas del tren, nos asomamos y volvimos la cabeza atrás. Allá, en la punta española del puente, quedaba una pareja de carabineros con el ros enfundado de blanco, la carabina atrás colgada al hombro por el portafusil, el uniforme serio, negro, con vivos de color magenta. ¿Qué habrá en la otra punta?, dijimos mirando hacia adelante. Y vimos dos hombres con trajes grises, como de paisano, cubierta la cabeza por el kepis menudo y cruzado el pecho por una correa de color de avellana.

— Estos deben ser *touristes;* no han olvidado su caja de gemelos.

— ¡Ca, hombre, fíjese usted bien: es el revólver, que le llevan colgado como una cartera.

— ¡Toma! Pues es verdad.

Y mientras las plataformas de la estación de Hendaya sonaban como platillos al paso del tren, veíamos en lontananza, señalando los extremos del puente, entrambas parejas de carabineros; los franceses, cachazudos, desgarbados, con las manos atrás, pacíficos empleados del Fisco; los españoles, tiesos, ligeros, marciales, soldados antes que nada.

Cruzamos la estación por entre dos larguísimos tableros, donde los empleados de la Aduana francesa examinan los equipajes. Varios *douaniers,* con sendos terrones de tiza en la mano, trazan un garabato en los bultos, devuélvenlos al propietario y sigue su curso la procesión.

Nosotros no llevábamos a la mano nada absolutamente, ni más contrabando, como dijo el otro, que nuestras personas.

Entramos, pues, en Francia con la legítima satisfacción de no haberle hecho al Estado francés ni el exiguo gasto de unos polvos de yeso.

— Con estas tizas — nos decía un amigo — y estos tableros, ¡qué carambolas se podían hacer!

— Sólo faltan las bolas.

— Y los tacos.

— No; los *tacos* ya los echaremos ahí dentro al cambiar de moneda.

En efecto, la moneda francesa nos costó carita; pero al fin y al cabo, en vez de aquellos livianos billetes que dimos a cambiar, pesábamos en nuestras manos unos cuantos *luises* brillantes y sonoros como unas campanillas.

— Tome usted, *Mecachis* — le dije — allá van también esos francos y esos perros franceses.

— Póngaselos usted en el otro bolsillo.

— Es que aquí llevo perros españoles, y se van a morder.

Ya con los billetes en la mano, yo no quería montar en el tren sin satisfacer una curiosidad. ¡Los gendarmes! ¿Dónde diablos andaban los gendarmes?

Después de mucho entrar y salir, divisamos uno grandote allá en el extremo del andén. Recorría el muelle a grandes pasos, las manos cruzadas atrás, los cordones blancos en el pecho como si enseñara las primeras costillas, la cabeza inclinada al peso de su seriedad y de su tricornio.

— Vaya — me dijeron — ya ha visto usted gendarmes.

— ¡Ah!, ¿pero son dos? Ya me lo temía.

Entramos en el coche, partió el tren, y el gendarme siguió paseando arriba y abajo.

— ¡Diablo con el hombre! ¿Y desde cuándo está así?

— Desde esta mañana; cuando se acaba ponen otro, y gendarme concluido.

* * *

Echamos a rodar por tierra extranjera y, a decir verdad, no admiramos en los ferrocarriles franceses ese lujo y ese *comfort* de que invariablemente hablan los enemigos sistemáticos de todo lo español. Un color más sufrido en la tela de los asientos, dos lámparas en vez de una en el techo del vagón, y un timbre de alarma (con terrible sanción penal para los avisos imprudentes); esto era todo.

Doble seto vivo corría paralelo a las vías, marcando a uno y a otro lado los límites del terreno anejo al ferrocarril; en las estaciones veíamos primero el timbre eléctrico, derecho como un centinela, al comenzar el muelle; luego los mozos de estación, con sus blusas holgadas, recogidas en los ríñones por un cinturón de colores vivos. Parecían cosa de circo. En seguida chocábanos extremadamente aquel silencio, aquella seriedad, aquel recogimiento medroso que tanto contrasta con el alegre bullicio y el jaleo castizo de las estaciones españolas.

La línea marchaba casi paralela al mar; de cuando en cuando columbrábamos a lo lejos tranquilo y sereno al Cantábrico, nuestro mar del Norte, en pos del cual habíamos hecho toda nuestra expedición por Cantabria y Euskaria, aquel mar que habíamos visto lamer sosegado las arenas de la Concha, tiritar levemente en la bahía de Santander, encenagarse en el abra de Bilbao, tirar a volea su oleaje en la Zurriola y batirse a puñetazo limpio con los peñascos del Sardinero. Pasamos por San Juan de Luz, por Guethary, por Bidart, llegamos a Biarritz, y sin embargo...

— ¿Llovía? — preguntará de seguro el lector impaciente.

No sé si llovía; pero el hecho es que no bajamos del vagón y que seguimos hasta Bayona con el intento de tomar allí el tranvía de vapor y ver de paso la ciudad, medio militar, medio comerciante, dos notas que rabian de verse juntas.

Bayona es un pueblo triste y melancólico; asómase al Nive y al Adour como pudiera hacerlo un hipocondríaco para ver si su enfermedad desaparece viendo correr el agua.

Atravesamos el puente del Espíritu Santo, esquivando el ofrecimiento de los cocheros, que con sus sombreros cónicos y sus chaquetas cortas y ribeteadas nos pareció que iban a arrancarse por algún aire de *El Postillón de la Rioja*. Callejeamos un rato por la ciudad, viendo en el fondo de las calles, y alzándose sobre los tejados más altos, las dos torres de la Catedral, firmes y derechas como un par de banderillas bien puesto.

De la Bayona comercial nos daban idea aquellas tiendas y almacenes muy largos, pero lóbregos y obscuros como las viejas *botigas* españolas. Grandes letreros en castellano indican la gran parroquia peninsular del comercio bayonés. Y antes más que ahora; porque hará cosa de seis años era delito de leso *turismo* haber llegado a San Sebastián y no alargarse a Bayona a ver a los judíos dar golpes de cabeza en la Sinagoga y golpes de metro en el mostrador. ¿Quién volvía de allí sin alguna compra, aunque sólo fuera por el gusto de pasar la Aduana con el impermeable puesto o el paraguas enristrado, así hiciera un sol canicular?

Tal es la Bayona mercantil; en cuanto a la Bayona militar, mejor idea nos dieron de ella los glacis, la ciudadela y el reducto, que aquellos soldados pacíficos que con aire bien poco marcial veíamos cruzar las calles llevando sendas carteras bajo el brazo, como colegiales terminada la hora del recreo. No trato de ofender al soldado francés, porque claro es que el hábito no hace al monje; pero declaro que aquellos militares bayoneses, con sus calzonazos blancos, sus charreteras cayéndose por la vertiente de los desmayados hombros, y el número del regimiento bordado en estambre sobre el cuello flojo de la guerrera, me hicieron pensar, no en los aguerridos servidores de una gran patria, sino en la baja comparsería de un teatro mediano, con un guardarropa más mediano todavía.

En la plaza de Armas tomamos al fin el tranvía de vapor que había de llevarnos a Biarritz en poco más de media hora. Y fuerza es hacerse lenguas de aquel camino, espléndido de poesía y de belleza; o banizado casi, y sin casi, en toda su extensión; bordeado a uno y otro costado de la vía por doble fila de hoteles, villas y palacios, cuyas verjas flaman tes, verdes huecos y exteriores recién pintados, nos los presentaban como un ejército en revista extraordinaria de vestuario.

Salimos de Bayona a todo escape por la puerta *Marina*, cruzamos los glacis, entramos en las *allées* Paulmy, gran avenida de hermosa vegetación, y pasamos uno tras otro los cafetines, merenderos y *brasseries* que acusan la proximidad de la *urbe*. En seguida *chalets* y más *chalets*, cerrados y tristes, con grandes letreros sobre la puerta de entrada que decían en letras rojas *A louer;*

o bien, *A vendre*. Por lo visto estábamos todavía lejos de Biarritz, cuando ningún veraneante había apechugado con alquileres o compras a tal distancia. Paramos un momento en *San Juan de Anglet*, mitad de ruta para Biarritz, y el camino se fue animando poco a poco. Ya no eran las *brasseries*, ni los *chalets* por alquilar, sino las grandes *villas* y los palacios de planta, con su cifra y su corona sobre la gran verja, que parece contener a duras penas la exuberante vegetación de parques y jardines. El horizonte se ensanchaba de pronto sobre inmensas campiñas cultivadas, o se estrechaba entre grandes y oscuros pinares. Nos parecía atravesar terraplenes y trincheras naturales en vez de los grisáceos terraplenes de otras líneas y de las trincheras de roca en donde aún se ven las largas cicatrices del barreno. Pasamos así junto a las villas Salvador, Santa Suárez y cien más; nuevo interregno de pinares, y en seguida la villa del duque de Tamames, el puente del camino de hierro y la avenida *Lebas*. Minutos después llegábamos a *Palais* Biarritz; un empujón más, y estaríamos cerca de la Gran Playa. En efecto; dejamos atrás el hotel Continental, el pabellón Enrique IV, el *British-Club (soncta sanctorum* de la colonia inglesa); divisamos las grandes terrazas del palacio de Osuna, el del conde Duchatel, y paramos casi de golpe junto a la villa *Desirée*, punto final de nuestro viaje.

Bajar del vagón y emprender el descenso hacia la Playa de los Locos, fue todo una misma cosa.

* * *

La simple vista de una ciudad costera produce casi siempre una impresión de tranquilidad y hasta de orgullo; orgullo fundado en la legítima idea de que allí la mano del hombre ha triunfado sobre la furia del mar. Apiñados los edificios en formación correcta a pocas varas del mar, parecen desafiar cara a cara el poderío de éste; los muelles, los diques, los rompeolas sujetan y contienen al enemigo, y en vano éste lanza insultantes salivazos de espuma contra la costa, porque no ha de lograr que se conmuevan, no ya los fuertes sillares machihembrados que forman el dique, pero ni aun los pedruscos irregulares que se amontonan abajo, en la escollera.

Biarritz da una impresión diametralmente opuesta, y Biarritz, a pesar de esto, y quizá por esto mismo, causa verdadera emoción perfectamente artística y poética la primera vez que se la ve.

Su costa, desde que empieza a agitarse en Cabo Martín hasta que se pierde casi en línea recta, pasada la playa de los Vascos, forma una línea medrosa, agitada, sinuosísima, como la que acusa la aguja del *sfismógrafo* cuando el aparato se aplica al pulso de un cardíaco grave. Las villas, los *hoteles*, los palacios, la población entera ha echado a correr lomas arriba, cada construcción por su lado, en un "rompan filas" que tiene todos los caracteres de una desbandada general. El Casino se ha subido a la más alta loma, donde no le alcance el furor del Cantábrico; el viejo palacio del Emperador quédase rezagado, y ya el oleaje le pica la retaguardia; el mar, por su parte, envalentonado y fiero como en costa alguna, no ceja en sus asaltos y embestidas; el perfil costero aparece, como antes dije, mellado y sinuoso, lleno de entrantes y salientes; infinidad de rocas y peñascos pueblan el mar a poca distancia de la costa; diríase que el Cantábrico ha atacado a la tierra a dentelladas, y que al retirarse furioso ha dejado caer los bocados sobre el mismo campo de batalla. Sólo dos puntas de tierra avanzan heroicamente sobre el mar ensoberbecido: el Cabo Martín y la Roca de la Virgen; sólo dos siluetas aparecen altivas y serenas frente al enemigo en medio de la general desbandada: el faro, la ciencia de los hombres imponiéndose a las ondas y alzado el gigantesco dedo; la Virgen, la fe bajada de lo más alto, inmutable, serena y tranquila en su pedestal de rocas lamidas por el oleaje, prestando consuelo y esperanza a los marineros de la costa que en Ella confían y a Ella se encomiendan desde alta mar.

No una, sino tres playas tiene Biarritz. A la extrema derecha, la *Chambre d' Amour,* entre el faro de Cabo Martín y la barra, allá en la desembocadura del Adour. La playa está desierta en todo tiempo; de una parte, la distancia que la separa de la población retrae a los bañistas; de otra, una leyenda triste pesa sobre ella, dándole nombre. Dice la conseja que una tarde paseaban junto al mar dos amantes, tan abstraídos en su amor mutuo como olvidados de los peligros del mar. Este vino hacia ellos, sin darles tiempo para escapar; una cueva (la *Chambre d' Amour)* les ofreció engañador refugio; entraron en él, y las olas tras ellos en horrísona catarata. Al día siguiente flotaban en las aguas los cadáveres de estos Hero y Leandro del Cantábrico.

A la extrema izquierda la playa de los Vascos, olvidada también, y esto no por virtud de leyenda alguna, sino por la prosaica razón de encontrarse muy lejos de la ciudad. Divísanse en lontananza desde allí las costas de España, mientras por el lado de Biarritz se adelantan en el mar grandes rocas y menudos cabos. El Puente y las Rocas del Diablo sirven de grueso tornavoz a las olas, cuyo mugido colosal arrulla fieramente a *Villa Belza,* la atrevida e interesante construcción elevada sobre el más adelantado de estos peñascos.

La Gran Playa, la Playa de los Locos, la preferida por los bañistas, está en medio de las otras dos, como en sitio de preferencia, limitada a un lado por el Cabo Martín y a otro por la infinidad de rocas y peñascos cercanos al Puerto de los Pescadores y al antiguo Parque de las Ostras. Todo es animación en la Gran Playa, donde las olas se encabritan y encrespan con mayor furor que en ninguna playa del Cantábrico. Concurrencia aristocrática que viene de todos los países y habla en todos los idiomas, pulula por la arena y baja por la rampa del Gran Casino. Espléndido mirador por el estilo de *La Perla* de San Sebastián, ofrece refugio a los mirones; nada de casetones en la playa: en vez de las barracas burguesas, elegantes cestas que semejan sitiales, forradas de encarnado, tejidas de finísimo mimbre, que no de anchas tiras de castaño. Algunas de estas sillas de playa son muy anchas, de dos o tres asientos;

clavadas allí, en medio de los príncipes rusos y de los nobles polacos, parecen destinadas a alguna real pareja que fuese a recibir en corte. Mientras los niños juegan y las muchachas elegantes *flirtean* por la playa, las institutrices y las *demoiselles* de compañía hacen *crochet* u hojean algún libro bajo las sombrillas de la playa, cuyas cortinas se clavan en el suelo como las lonas de una tienda de campaña, y cuyo casco sigue como el girasol al astro del día, gracias al bastón articulado.

Hermoso panorama descúbrese desde la playa de los Locos. A la derecha, el faro, perpetuo centinela de la costa; más acá, el palacio imperial, mandado construir por una española: la emperatriz Eugenia, a quien bien podemos llamar la descubridora de Biarritz. Hoy el regio palacio es explotado, como hotel, por una Compañía parisiense. Detrás de él como en segunda fila y más lejos de la playa, los hoteles Victoria y Continental, el *British-Club* y una línea irregular de construcciones aisladas que allá en lo alto, y detrás de la galería del establecimiento, siguen paralelamente la quebrada línea de la costa. Por el otro lado el Gran Casino, alzado a gran altura sobre la playa. En su gran terraza, cerrada por soberbio mirador de cristales, una orquesta se deja oír durante el estío, en las horas del mediodía y del crepúsculo.

Debajo del Casino avanzan una tras otra sobre el mar, hasta muy adentro, las rocas de *Basta,* de la *Artillería, Peña Redonda* y *Chauning,* que a la puesta del sol simulan animales fantásticos, cetáceos colosales pugnando por asaltar el muro. En todas estas rocas y en las de la *Chinague,* no tan apartada de la orilla, legión innumerable de pescadores de caña pasan las horas muertas viendo flotar el corcho y la plumilla.

No he visto jamás número mayor de pescadores reunidos.

Si alguna vez las cañas se vuelven lanzas, podrán salir de Biarritz diez o doce escuadrones de lanceros.

Más lejos distínguese el castillo del *Semáforo,* cuyas banderas anuncian todas las mañanas al bañista el tiempo probable; y más lejos todavía se aprecia la silueta de la Virgen, firme en su peñasco, batido a todas horas por el oleaje.

* * *

No busquéis en Biarritz teatros ni circos, paseos urbanos cubiertos de sillas, músicas municipales que tocan aquí y allá para divertir al forastero... Ninguno de esos recreos burgueses cuadran con la estructura de Biarritz ni con su advenediza población, eminentemente aristocrática, y por ende enemiga de toda diversión comunal y democrática. Como cada noble de los antiguos vivía aislado en su burgo, rodeado de fosos, así los aristócratas concurrentes a la playa francesa viven cada cual en su palacio, encerrado por la verja del parque y oculto a las miradas del curioso por el follaje espléndido de los árboles. Para ir a los toros, al teatro, al paseo, a los bulevares, ahí quedan San Sebastián y Bayona. En Biarritz no cabe más que el *sport* aislado y aristocrático, no anunciado en la cuarta plana de los papeles públicos, sino por medio de invitaciones perfumadas. Así tienen lugar, ya los paseos en coche hacia la Barra, o bien hacia la playa de los Vascos, ya los *récords* velocipédicos en la carretera de Bayona, por donde han pululado este año distinguidos v aristocráticos campeones de ambos sexos, ya las partidas de *larwns-tennis* o de *golf* en la plataforma del Faro. Y en la temporada de invierno, pasada la época de carreras, cuando desaparecen los españoles y *dicen que vienen los rusos,* empiezan las reuniones y *five o cloks* en los palacios de los ingleses, célebrase dos veces a la semana la *chasse au renard* con increíble lujo de caballos y traillas, arde en fiestas el *British-Club,* especie de reducto donde acaba por encerrarse la colonia inglesa, y soberbio palacio cuya primera piedra puso no hace muchos años el egregio duque de Connaught.

Ni se crea por esto que la colonia española es lo de menos en la playa francesa; bien al contrario, podemos asegurar que es lo más. Una española, la emperatriz Eugenia, convirtió en morada señorial el antiguo y humilde puerto de pescadores. Desde entonces, la aristocracia española y la política también han tenido en Biarritz un refugio. Los palacios de Osuna, de Frías y de Tamames forman entre los más soberbios y ricos; dichos nombres y otros no menos ilustres dan título a las avenidas y calles de la villa francesa; durante muchos años, la política veraniega española ha tenido en Biarritz su foco principal. A no ser por la animación, la espontaneidad y la llaneza netamente españolas, ¿quién no se aburriría en Biarritz, lleno de ingleses mudos y estirados, de príncipes rusos, misteriosos como anarquistas, y de franceses correctísimos, demasiado ceremoniosos, sin duda alguna, para la vida de playa?

Y ahora, si queréis dejar ésta y conocer algo de "Biarritz por dentro", podemos subir la empinada cuesta de la playa, dejar atrás el Gran Hotel y el Casino, como inmenso bloque próximo a despeñarse sobre el mar, y después de pasar ante el Hotel de Inglaterra, empinado sobre una colina de verdura, llegaremos a la plaza de Santa Eugenia, en cuyo centro un quiosco da albergue alguna que otra vez a la orquesta del Casino. La capilla de Santa Eugenia alza su elevada aguja, y a sus pies se encuentra el puerto de los Pescadores, refugio de pobres barcas que se agitan y cabecean sin cesar. A lo lejos y sobre una altura divísanse la Atalaya y el Semáforo. Más allá un túnel atraviesa la colina y nos lleva a la Roca de la Virgen; visitamos también la pequeña bahía que conduce a Puerto Viejo, y siguiendo la costa admiraremos la gentil colocación de Villa Belza, sobre un cúmulo de rocas socavadas por la furia del mar. Llegados a la playa de los Vascos podemos emprender el regreso; y siempre subiendo y bajando (porque la colonia aristocrática de Biarritz es, sin duda, enemiga de la nivelación social y de la nivelación del terreno), seguiremos la calle de Gambetta, pasaremos por el Mercado, al cual rodean infinidad de puestos ambulantes, y llegaremos a la plaza de la

Alcaldía, en donde confluyen las calles de Gambetta y Mazagrán, las vías de las grandes tiendas. La plaza de Buena Vista forma una soberbia meseta que domina el mar: la playa, el faro, la verde llanura poblada de hoteles, todo Biarritz se ve desde la magnífica plazoleta, en donde se encuentra el Casino y el Gran Hotel. Pasando ante éste llegaremos a la plaza de la Libertad, en donde se encuentra la estación del ferrocarril de Bayona-Anglet-Biarritz, y de donde parte la soberbia calle de Francia, poblada de hoteles y palacios...

Con la contera del bastón pusimos el *visto* sobre la arena de la Gran Playa, tomamos un coche que nos condujera a la estación de la *Negresse,* y allí aguardamos la llegada del primer tren que pasase con dirección a España.

Nos volvimos para dar a Biarritz el último adiós, pero ya Biarritz no se veía; más que la magnitud de la distancia lo ocultaban a nuestra vista los frondosos árboles del camino.

Sólo allá, a la puerta de un cafetín próximo a la estación, divisamos un grupo de cocheros que charlaban sentados, moviendo sus cabezas, cubiertas por el encintado sombrero cónico-truncado.

Parecían un grupo de girondinos comentando el último discurso de Vergniaud.

FIN

EL CRÍTICO y EDITOR - Juan Bautista Bergua

Juan Bautista Bergua nació en España en 1892. Ya desde joven sobresalió por su capacidad para el estudio y su determinación para el trabajo. A los 16 años empezó la universidad y obtuvo el título de abogado en tan sólo dos años. Fascinado por los idiomas, en especial los clásicos, latín y griego, llegó a convertirse en un célebre crítico literario, traductor de una gran colección de obras de la literatura clásica y en un especialista en filosofía y religiones del mundo. A lo largo de su extraordinaria vida tradujo por primera vez al español las más importantes obras de la antigüedad, además de ser autor de numerosos títulos propios.

SU LIBRERÍA, LA EDITORIAL Y LA "GENERACIÓN DEL 27"

Juan B. Bergua fundó la Librería-Editorial Bergua en 1927, luego Ediciones Ibéricas y Clásicos Bergua. Quiso que la lectura de España dejara de ser una afición elitista. Publicó títulos importantes a precios asequibles a todos, entre otros, los diálogos de Platón, las obras de Darwin, Sócrates, Pitágoras, Séneca, Descartes, Voltaire, Erasmo de Rotterdam, Nietzsche, Kant y los poemas épicos de La Ilíada, La Odisea y La Eneida. Se atrevió con colecciones de las grandes obras eróticas, filosóficas, políticas, y la literatura y poesía castellana. Su librería fue un epicentro cultural para los aficionados a literatura, y sus compañeros fueron conocidos autores y poetas como Valle-Inclán, Machado y los de la Generación del 27.

EL PARTIDO COMUNISTA LIBRE ESPAÑOL Y LAS AMENAZAS DE LA IZQUIERDA

Poco antes de la Guerra Civil Española, en los años 30, Juan B. Bergua publicó varios títulos sobre el comunismo. El éxito, mucho mayor de lo esperado, le llevó a fundar el Partido Comunista Libre Español que llegaría a tener mas de 12.000 afiliados, superando en número al Partido Comunista prosoviético oficial existente. Su carrera política no duró mucho después que estos últimos le amenazaran de muerte viéndose obligado a esconderse en Getafe.

LA CENSURA, QUEMA DE LIBROS Y SENTENCIA DE MUERTE DE LA DERECHA

Juan B. Bergua ofreció a la sociedad española la oportunidad de conocer otras culturas, la literatura universal y las religiones del mundo, algo peligrosamente progresivo durante esta época en España.

En el 1936 el ejército nacionalista de General Franco llegó hasta Getafe, donde Bergua tenía los almacenes de la editorial. Fue capturado, encarcelado y sentenciado a muerte por los Falangistas, la extrema derecha.

Mientras estuvo en la cárcel temiendo su fusilamiento, los falangistas quemaron miles de libros de sus almacenes por encontrarlos contradictorios a la Censura, todas las existencias de las colecciones de la Historia de Las Religiones y la Mitología Universal, los libros sagrados de los muertos de los Egipcios y Tibetanos, las traducciones de El Corán, El Avesta de Zoroastrismo, Los Vedas (hinduismo), las enseñanzas de Confucio y El Mito de Jesús de Georg Brandes, entre otros.

Aparte de los libros religiosos y políticos, los falangistas quemaron otras colecciones como Los Grandes Hitos Del Pensamiento. Ardieron 40.000 ejemplares de La Crítica de la Razón Pura de Kant, y miles de libros más de la filosofía y la literatura clásica universal. La pérdida de su negocio fue un golpe tremendo, el fin de tantos esfuerzos y el sustento para él y su familia...fue una gran pérdida también para el pueblo español.

PROTEGIDO POR GENERAL MOLA Y EXILIADO A FRANCIA

Cuando General Emilio Mola, jefe del Ejército del Norte nacionalista y gran amigo de Bergua, recibe el telegrama de su detención en Getafe intercede inmediatamente para evitar su fusilamiento. Le fue alternando en cárceles según el peligro en cada momento. No hay que olvidar que durante la guerra civil, los falangistas iban a buscar a los "rojos peligrosos" a las cárceles, o a sus casas, y los llevaban en camiones a las afueras de las ciudades para fusilarlos.

–El General y "El Rojo"–Su amistad venia de cuando Mola había sido Director General de Seguridad antes de la guerra civil. En 1931, tras la proclamación de la Segunda República, Mola se refugió durante casi tres meses en casa de Bergua y para solventar sus dificultades económicas Bergua publicó sus memorias. Mola fue encarcelado, pero en 1934 regresó al ejército nacionalista y en 1936 encabezó el golpe de estado contra la República que dio origen a la Guerra Civil Española. Mola fue nombrado jefe del Ejército del Norte de España, mientras Franco controlaba el Sur.

Tras la muerte de Mola en 1937, su coronel ayudante dio a Bergua un salvoconducto con el que pudo escapar a Francia. Allí siguió traduciendo y escribiendo sus libros y comentarios. En 1959, después de 22 años de exilio, el escritor regresó a España y a sus 65 años comenzó a publicar de nuevo hasta su fallecimiento en 1991. Juan Bautista Bergua llegó a su fin casi centenario.

Escritor, traductor y maestro de la literatura clásica, todas sus traducciones están acompañadas de extensas y exhaustivas anotaciones referentes a la obra original. Gracias a su dedicado esfuerzo y su cuidado en los detalles, nos sumerge con su prosa clara y su perspicaz sentido del humor en las grandes obras de la literatura universal con prólogos y notas fundamentales para su entendimiento y disfrute.

Cultura unde abiit, libertas nunquam redit.
Donde no hay cultura, la libertad no existe.

LA CRÍTICA LITERARIA
www.LaCriticaLiteraria.com

TODO SOBRE LITERATURA CLÁSICA, RELIGIÓN, MITOLOGÍA, POESÍA, FILOSOFÍA...

La Crítica Literaria es la librería y distribuidor oficial de Ediciones Ibéricas, Clásicos Bergua y la Librería-Editorial Bergua fundada en 1927 por Juan Bautista Bergua, crítico literario y célebre autor de una gran colección de obras de la literatura clásica.

Nuestra página web, LaCriticaLiteraria.com, es el portal al mundo de la literatura clásica, la religión, la mitología, la poesía y la filosofía. Ofrecemos al lector libros de calidad de las editoriales más competentes.

LEER LOS LIBROS GRATIS ONLINE
www.LaCriticaLiteraria.com

La Crítica Literaria no sólo está dedicada a la venta de libros nacional e internacional, también permite al lector la oportunidad de leer la colección de Ediciones Ibéricas gratis online, acceso gratuito a más que 100.000 páginas de estas obras literarias.

LaCriticaLiteraria.com ofrece al lector un importante fondo cultural y un mayor conocimiento de la literatura clásica universal con experto análisis y crítica. También permite leer y conocer nuestros libros antes de la adquisición, y tener la facilidad de compra online en forma de libros tradicionales y libros digitales (ebooks).

COLECCIÓN LA CRÍTICA LITERARIA

Nuestra nueva **"Colección La Crítica Literaria"** ofrece lo mejor de los clásicos y análisis de la literatura universal con traducciones, prólogos, resúmenes y anotaciones originales, fundamentales para el entendimiento de las obras más importantes de la antigüedad.

Disfrute de su experiencia con nosotros.

www.LaCriticaLiteraria.com